남기고 싶은 흔적들

회고록

回　　顧　　録

青波 김 흔 중 著

엘맨 출판사

남기고 싶은 흔적들

회고록

回 顧 録

靑波 김 흔 중 著

엘맨 출판사

卷頭辭

　우리의 년수가 칠십이요 강건하면 팔십이라도 그 년수의 자랑은 수고와 슬픔 뿐이요 신혹히 가니 "우리가 날아간다"고 했다(시 90:10).

　나의 지난 일생을 회고해 보건대 전광석화(電光石火)와 같은 빠른 세월 속에 일본 강점의 일제 강점기에 초야에서 태어나(1976.12.2.) 초등학교 3학년 때 해방이 되었고, 중학교 2학년 때에 6•25남침전쟁의 참화를 직접 생생하게 목견했으며 고등학교, 대학교를 졸업한 후 해병대 장교가 되어 젊음을 국가와 해병대를 위해 헌신했다.

　특히 베트남(남북)전쟁 중에 남베트남의 원정군으로 참전(중대장)하여 정글전투의 포화속에서 구사일생으로 살아 남게 되었다. 또한 26년전 고속도로에서 승용차를 운전하며 대평 교통사고가 있었지만 죽음을 면했다.

　그리고 2021年末, 亞洲大學病院에서 심근경색, 부정맥, 위출혈의 합병 증세로 위기를 맞아 두 번의 심장 박동이 멈추는 순간을 넘기며 심장시술(stent) 시술을(집도: 양영모교수) 성공적으로 마쳐서 두 세상을 살게 되었다. 그러나 오늘날 100세 시대에 접어들어 축복의 삶을 살고 있다.

　금년에 벌써 80대 중반을 넘어 미수(米壽, 88세)를 맞이하게 되었다. 또한 인생의 한 획을 긋게 된 해병대 장교, 소위 임관 60주년을 맞이하게 되어 무척 감개무량(感慨無量)하다.

　나는 작가(時人, 隨筆家)로 등단 했으나 작가로서 활동에는 전념하지 못했다. 그러나 그간 목사 임직후 이스라엘에서 1년여 동안 체류하며 성지 답사를 했고, 요르단, 그리스, 터키, 이집트, 이란 등 여러나라에 분포된 성지를 빠짐없이 두루 답사하여 〈성서의 역사와 지리〉 등 15권의 저서 및 각종 출판기념 행적을 남겼다. 그들 저서의 핵심부분을 요약, 발췌(拔萃)하여 난삽(難澁)하지만 한권의 단행본으로 종합, 정리하여 해병대 장교 소위 임관 60주년 기념 및 미수기념(88세)으로 졸저(拙著)를 출간하게 되었다.

첨언(添言)하건대 통일부 통일교육 전문위원으로 13년간 헌신하며 독일통일(東西獨)의 현장을 4차에 걸쳐 답사하는 등 한반도(南北韓)의 통일연구에 심혈을 기울여 왔다.

그간 일생동안 허탄(虛誕)하게 좌고우면(左顧右眄)하지 않고 지탄 받지 않으며 사심없이 바쁘게 살아온 족적(足跡)에 대한 명암(明暗)의 흔적(痕迹)을 정리하여 변변치 못한 회고록(回顧錄)을 남기게 되었다. 이 회고록을 남겨 놓고 이제 이 세상을 떠날 때 천사들의 영접을 받으며 날빛 보다 더 밝은 천성에 입성하게 되기를 간절히 소망한다. 오직 절대자(The God)에게 감사하며 일생의 말년에 대미(大尾)를 장식하게 되어 무척 보람되고 영광스럽게 생각하며 이만 각필(擱筆)하고자 한다.

2023. 6. 1.

목차

대한민국이여 영원하라

중국 상해의 대한민국임시정부청사 앞에서 기념사진을 촬영했다.
(2008.8.16. 김흔중 목사)

독립투사 · 순국선열 · 참전용사
국가유공자 · 애국시민들이
대한민국을 지켰다.

大韓民國

건국 초대 대통령
이 승 만(李承晚)

國家中興 대통령
박 정 희(朴正熙)

난세 영웅 대통령
윤 석 열(尹錫悅)

?

남북 통일 대통령
○ ○ ○(　　)

한민족 통합 ←——————→ 한반도 통일

絶對者의 놀라운 攝理

건국 초대 대통령 이승만 박사

(초대~3대 대통령)

(재직 : 1948.08.15.~1960.05.09)

(생애 : 1875.03.26.~1965.07.19.)

김흔중이 초당학교 3학년 때에 대한민국 초대
건국 대통령이었고, 해병학교 사관후보생
구대장(중위)으로 재직 시에 서거했다.

이승만 대통령의 휘호이다.

대한민국 건국을 세계만방에 선포하는 기념식장인 중앙청에서
연합군 총사령관 맥아더 원수가
이승만 대통령에게 인사하고 있다.(1948.8.15.)

이승만기념사업회 주관, 이승만 심포지움(명동, 퍼시픽호텔)
에서 받은 저서의 표지이다.(2023. 4.10. 김흔중 참석)

박 정 희 대통령
(5대~9대 대통령)

(재직 : 1963.12.17.~1979.10.26)

(생애 : 1917.06.15.~1979.10.26.)

(재직시 시해사건으로 서거했다.)

김흔중이 해병1사단에서 대대장재직시 서거했다.

내 일생 조국과 민족을 위하여

지방 공사 현장에서 지시를 내리는 모습, 박정희대통령

논에서 모를 심은 다음 동네 노인과
막걸리를 마시고 있는 박정희 의장, 1962. 6. 3

김포공항 부근 양서면 내발산리 송병오씨 논에서 모를 심은 다음
동네 노인과 막걸리를 마시고 있는 박정희 의장, 1962.6.3.

윤 석 열 대통령

(취임 : 2022.05.10.~현재)

(출생 : 1960.12.18.)

대통령 취임식 행사 중에
상서로운 무지개가 국회의사당 상공에 떴다.(2023.10.9.)

난세에 영웅이 출현한다.

1. 나는 보수세력의 분열된 광화문의 태극기 집회를 바라보며 개탄했다.

2. 나는 하늘이 무너져도 솟아날 구멍이 있다는 말을 항상 믿고 있었다.

3. 나는 난세에 영웅이 출현한다는 말을 좋아하며 자주 주장하고 있다.

4. 이제 안보, 경제나 무너지고 정치적 혼란속에 영웅이 출현할 것이다.

5. 이제 광화문의 종북 촛불혁명을 청산할 수 있는 영웅이 출현할 것이다.

6. 나는 불세출의 영웅이 바로 윤석열이라 믿으며 자타가 공감할 것이다.

7. 나는 정의와 도덕이 회복되고, 불법이 아닌 법치주의 국가를 원한다.

2019.09.19. 씀.

난세에 영웅이 나고 개천에서 용이 난다.
그러나 용이 승천하지 못하면 이무기가 된다.

(대통령으로 당선되기 3년 전에 예언했다.)

대통령으로 당선되기 전 사진이다

慶祝

윤 석 열 대통령 당선자

김命을 받은 대통령은 俟命을 완수해야 한다.

대통령 취임선서

나는 헌법을 존수하고 국가를 보위하며 조국의 평화적
통일과 국민의 자유와 복리의 증진 및 민족문화의 창달
에 노력하여 대통령으로서의 직책을 성실히 수행할 것을
국민 앞에 엄숙히 선서 합니다.(헌법 제69조)

윤석열
대한민국 제20대 대통령

亂世의 英雄旗

윤석열 대통령의 난세의 영웅기

김훈중목사가 도안했다.(2022.5.10.)

대한민국기독교원로연합회
중직자 일동(2022.3.25.)

- 일시 : 2022년 3월 25일(금) 오후 3시
- 장소 : 한국기독교연합회관 509호실
- 주관 : 대한민국기독교원로연합회(대표회장 김 흔 중 목사)

깃발과 목사님 사진

青波 金炳中 近影
(1937.12.2.생)

平齊 權漢周 先生 揮毫

집에서는 부모에게 효를 생각하고
임금을 섬길 때는 충성을 생각한다.

(平齊 權漢周 先生은 김흔중과 고등학교 동기 동창이다.)

靑波 김흔중 博士
대한민국 제18대 대통령선거 출마 준비선언

기자회견

• 일시 : 2011년 10월 19일 오후 2시
• 장소 : 한국교회 100주년기념관 소강당

대통령 출마 준비를 위한 주요정책을 영상차트를 통해
상세히 설명하고 있다.(2011.10.19. 김흔중 총재)

朝鮮日報

1920년 3월 5일 창간   chosun.com   52판①   2011년 10월 11일 화요일

대통령선거 출마 준비선언

"예" 해병 대령, 전 해병 연평부대장)

(표어) 안되겠다 "확" 바꾸자
  −새시대 새사람이 필요하다−

(목적) 총체적 국가위기의 극복이 시급하다.
  −난세에 영웅이 출현한다−

(현황) 썩은 여당과 종북 야당은 안된다.
  −부패한 여당은 국가의 정체성을 확립하라−
  −종북의 야당은 반국가적 이념을 청산하라−

(대책) ①의식개혁 ②정신혁명 ③선거혁명 ④정치혁명
  −군사혁명이 아닌 의병정신의 비폭력혁명이다−

◆선친의 잠언 : 너는 "文武兼全" 하라
  •나는 젊음을 국가를 위해 전부 바쳤다.
  •남은 여생 국가를 위해 몸을 던지겠다.

김 흔 중

선견적 위기 진단

① 김정일의 선군정치로 아사자·탈북자가 속출하며 공개처형과 정치범 수용소에서 인권을 말살하고 있다.

② 북한의 적화통일전략과 통일전선전술의 대남공작이 잘 먹혀들어 남한은 국가안보 위기에 직면해 있다.

③ 국가 정통성을 부정하고 보안법철폐와 주한미군 철수를 주장하는 세력을 척결 못하면 나라가 망한다.

④ 서울시장을 종북세력 손에 넘겨주면 수도 서울이 삽시간에 적화통일의 교두보가 될 것이 분명하다.

⑤ 총선과 대선의 승리를 위한 반미,종북좌파 세력의 위장된 전략과 전술에 국민들이 속지 말아야 한다.

⑥ 베트남이 적화통일된 후에 친월맹 지도자 전부가 숙청됐다. 반미, 종북세력은 교훈으로 삼아야 한다.

⑦ 온 국민들은 투철한 국가관, 세계관, 역사관, 안보관, 경제관, 통일관을 겸비한 통치자를 갈구하고 있다.

• 사무실 : 서울시 마포구 도화동 51-1 성우빌딩 807호(마포전철역2번출구)
• 전   화 : 02-707-3929, 070-4127-3980
• E−mail : chungpha@naver.com
• Blog : blog.naver.com/chungpha

<채명신 장군이 광고 문안을 감수해 주셨다.>

김 훈 중 프로필

본 적 : 대전광역시 (출생 : 전북 익산)

〈학 력〉
- 충남 강경상업고등학교 (1955년도 졸업 : 제31회)
- 충남대학교 문리과대학 (국어국문학과 : 문학사)
- 동국대학교 행정대학원 (국방행정학과 : 행정학석사)
- 육군대학 (정규과정 : 제19기)
- 공군대학 (A.I.C : 사관학교 교수요원반)
- 총회신학대학 신학연구원 (M.Div)
- 연세대학교 연합신학대학원 (목회지도자과정)
- San Francisco Christian University & Seminary (선교학박사, 명예신학박사)

〈경 력〉
- 해병대 소위 임관 (사관후보생 : 제32기)
- 주월 청룡부대 전투지휘관 (중대장)
- 해병연평부대 부대장
- 해군본부 헌병감실 헌병차감 및 헌병감
- 울산대학교 사회과학대학 강사 (공산주의이론비판)
- 목사임직 및 이스라엘 선교사 (총회 파송)
- 양문교회 담임목사 (수원, 2005년 은퇴)
- 서울장신대학교 외래교수 (성서지리학)
- 통일부 통일교육 전문위원 (92년-05년 : 15년간)
- 경상남도 민방위강사협의회 회장
- 한국기독교 지도자협의회 고문 (현)
- 대한민국 안보와 경제살리기 국민운동본부 공동회장 (현)
- 자유대한지키기 국민운동본부 공동대표 (현)
- 병역의무미필 정치인 근절대책협의회 대표회장 (현)
- 대한민국 새시대 새사람연합 총재 (현)

〈상 훈〉
- 한국 충무무공훈장 • 월남 엽성무공훈장
- 미국 동성무공훈장 • 국무총리 표창
- 한국 보국훈장삼일장 • 국방부장관 표창 등 다수

〈저서 및 논문〉
- 성지순례의 실제 (2000년)
- 성지순례의 실제 원본의 점자 번역집 (전3권)
- 시각장애인용 점자 성서지리교본 (2000년)
- 성서의 역사와 지리 (2003년)
- 성경말씀 365일 하루 한요절 암송수첩 (2003년)
- 성경 66권의 개설(槪說) (2005년)
- 선견적 시국진단 (2011년, 3월)
- 국방을 위한 서해5개도서에 관한 연구 (석사학위 논문-78년도, 국회도서관-열람가능)
- 한반도 통일의 문제점과 한국교회의 선교적 사명에 관한 연구 (박사학위 논문, 국회도서관-열람가능)

〈 채명신 장군이 "상훈"을 추가토록 권고해 주셨다. 〉

31

김흔중 박사 제18대 대통령선거 출마 준비 선언

대한민국새시대새사람연합 총재인 청파 김흔중 박사가 19일 서울 종로구 연지동 한국교회100주년 기념관 소강당에서 기자회견을 갖고, 대한민국 제18대 대통령선거 출마 준비를 선언했다. 김흔중 박사는 종북 좌파세력 척결, 안보의식 강화 등을 정치적으로 내세우며, 자신이 총체적 위기에 처한 대한민국을 바로 세우기 위한 적임자임을 강조했다.

김 박사는 "대한민국은 현재 반미, 종북 좌파세력에 의해 백척간두의 국가위기 국면에 처해 있는 상황"이라며 "이대로는 안 된다. 확 바꿔야 한다. 새시대 새사람이 필요하다. 총체적 국가위기 극복이 시급하다"고 밝혔다.

김 박사는 이어 "썩은 여당과 종북 야당은 안 된다. 부패한 여당은 국가의 정체성을 확립해야 하고, 종북 야당은 반국가적 이념을 청산해야 한다"면서 "주요 정책과제인 의식개혁, 정신혁명, 선거혁명, 정치혁명을 위해 계속 노력하며 발전시켜 나가겠다"고 강조했다.

그는 또 "국가 정체성을 확립하고 국가위기를 극복하며 국가안보, 경제발전, 사회통합, 국토통일의 전기를 마련할 수 있도록 계속적으로 적극적인 협조를 바란다"고 당부했다.

김 박사는 최근 개신교계 내에서 직접적인 정당정치 참여와 정치세력화에 대한 논란이 일고 있는 것과 관련, "기독교 정당에는 참여하지 않겠다"고 분명한 선을 그었다.

김흔중(해간 32기, 대령 예편, 목사, 박사, 연평부대장).

김 박사는 "기독교뿐만 아니라 모든 종교가 똘똘 뭉쳐야 총체적인 위기에 처한 대한민국을 바로 세울 수 있다. 종교를 초월해 하나가 되는 것이 국가와 민족이 사는 길"이라고 피력했다.

한편 김흔중 박사는 충남 강경상업고등학교와 충남대학교 문리과대학, 동국대학교 행정대학원을 졸업하고, 해병학교, 공군대학, 육군대학 등을 거친 후, 해병대 소위로 임관, 해병연평부대 부대장과 ▨▨부 헌병감실 헌병차감 및 헌병감을 역임한 후, 대령으로 예편했다.

양문교회 시무장로로 봉사하다가 늦게 신학 공부를 하고 목사임직을 받은 후 이스라엘 선교사(총회 파송)로 사역했으며, 양문교회 담임목사로 시무하다 2005년 은퇴했다. 현재 한국기독교지도자협의회 고문, 대한민국 안보와 경제살리기 국민운동본부 공동회장, 자유대한지키기 국민운동본부 공동대표, 병역의무미필정치인 근절대책협의회 대표회장, 대한민▨ ▨▨ 새사람연합 총재 등으로 활동하고 있다.

青波 김흔중 博士
대한민국 제19대 대통령선거 출마선언

기 자 회 견

대한민국이여 영원하라!

- 일 시 : 2016년 12월 7일(수) 오후 3시
- 장 소 : 한국기독교회관 2층 강당

조선일보 기사 2

必生卽死
死卽必生

青波 김흔중 博士

선견적 위기 진단

① 김정은의 폭정으로 공개처형, 인권말살, 빈곤극심, 탈북자
속출 등 북한 동포들은 생지옥의 생활을 하고 있다.

② 북한의 적화통일전략과 통일전선전술의 대남공작에 잘
넘어가 남한은 국가 안보위기에 직면해 있다.

③ 북한의 핵무기, 미사일(ICBM,SLBM), 생화학 무기 등
비대칭군사력으로 남한 및 미 본토 까지 위협하고 있다.

④ 국가 정통성 부정, 보안법 철폐, 주한미군 철수, 전작권 환수,
한미연합사 해체, 사드배치 반대 등 주장세력이 남한을
지배하고 있다.

⑤ 베트남이 적화통일 된 후 친북 베트남지도자 전부가 숙청됐다.
친 북한 지도자들은 교훈으로 삼아야 한다.

⑥ 차기 정권쟁취를 위한 종북, 반미, 좌파 세력의 위장된 선거
전략, 전술에 선량한 국민은 속지 말아야 한다.

⑦ 투철한 국가관, 세계관, 역사관, 안보관, 경제관, 통일관을
겸비한 차기 통치자는 추락한 국위를 회복해야 한다.

統治者의 德目을 提示한다
(15개항의 덕목)

1. 자유,민주, 평화, 복지를 실현해야 한다.

2. 국가관과 역사관을 왜곡해서는 안 된다.

3. 안보관과 통일관에 혼선이 없어야 한다.

4. 도덕.윤리의 기본정신에 무흠해야 한다.

5. 권력 남용이 절대적으로 없어야만 한다.

6. 매관과 매직의 구태를 청산해야만 한다.

7. 물욕과 탐심을 깨끗하게 버려야만 한다.

8. 정경유착 고리를 반드시 단절해야 한다.

9. 부정부패를 완전하게 척결해야만 한다.

10. 보수와 진보의 갈등을 해소해야만 한다.

11. 지역, 빈부, 노사,갈등을 없애야만 한다.

12. 인치가 아닌 법치가 우선이어야만 한다.

13. 논공행상, 신상필벌이 엄격해야만 한다.

14. 합리적이고 신속한 판단을 해야만 한다.

15. 대민관계와 의사소통이 잘 되어야 한다.

대통령 후보를

철저히 검증해서 선택해야 한다

2012.09.12. 김흔중

SAN FRANCISCO CHRISTIAN
UNIVERSITY & SEMINARY
名譽神學博士 / 宣敎學博士

(학위논문 : 한반도 통일의 문제점과 한국교회의 선교적 사명에 관한 연구)

박사학위 논문

宣教學博士 學位論文

韓半島 統一의 問題點과
韓國敎會의 宣敎的 使命에 관한 硏究
- 韓國 歷史的 背景의 敎會史를 中心으로 -

A Study in the Problem of the Unification of
the Korean Peninsula and the Missionary
Mission of the Korean Church
—with Precedence over Korean Church History
against the History of Korea —

2005年 5月

SAN FRANCISCO CHRISTIAN
UNIVERSITY & SEMINARY

金 炘 中

한반도 통일의 문제점과 한국교회의
선교적 사명에 관한 연구(박사학위 논문)

(국회 도서관에 소장되어 있음.)

동국대학교 행정대학원 졸업
(1978년도, 행정학석사)

(학위논문 : 국방을 위한 서해5개 도서에 관한 연구)

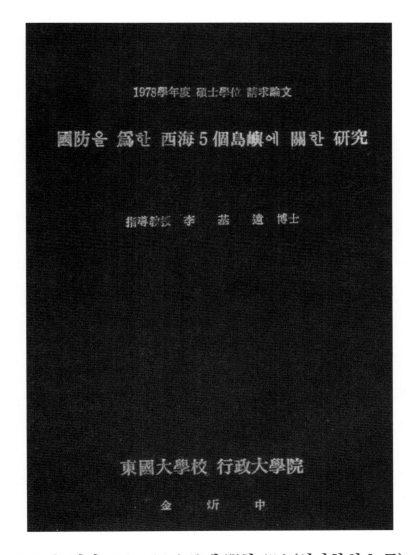

國防을 위한 西海 5個 島嶼에 關한 研究(석사학위 논문)

(국회도서관에 소장되어 있음.)

석사학위 수여식

석사학위 수여식(동국대학교 행정대학원, 김흔중)

(1979년도 행정대학원장 민병선 박사)

명예박사 학위 수여식

명예 신학박사 학위를 받고 인사하고 있다.
(2003.3.20. 한국교회 100주년기념관)

명예신학박사 학위를 받고 나서
(이병철, 김흔중, 김영민)

연세대학교 연합신학대학원 목회지도자 과정을 마치고

연세대학교 연합신학대학원 목회지도자 과정을 마치고
촬영한 사진이다. (2000.1.14. 김흔중 목사)

연세대학교 연합신학대학원 목직과를 마치고
(2000.11.4. 해병사관 제48기 김성남 목사와 함께)

前 전두환 대통령이 보내준 연하의 친필이다.
(2006.1.5.)

진심으로 축하합니다

대통령 박근혜

2014년 4월 20일

l033389372A   경(봉황(경축))

A008303D16_0042

김흔중 위원님 귀하

예수님의 부활을 축하합니다.
부활절은 온 세계의 평화와 화해를
일구는 희망의 상징이 되었습니다.
기독교선교 130주년을 맞이한 한국
교회의 성숙한 역량으로 우리 국민들이
새 시대의 희망찬 미래를 맞이할 수
있도록 기도해 주시기 바랍니다.
생명과 기쁨이 충만한 부활절이 되기를
기도드립니다.

前 전두환 대통령이 보내준 연하의 친필이다.
(2006.1.5.)

(虎死留皮 八死留名)
南泉 金萬峰 先生 揮毫

오직
나로 나된 것은
하나님과
부모님 은혜이다

범사에 감사한다
김흔중 목사

김흔중이 아래 로고를 직접 도안했다.

대한민국기독교원로연합회
대표회장 김 흔 중 목사

대한민국 새시대 새사람연합
총 재 김 흔 중 목사

병역의무 미필
정치인 근절대책협의회
대표회장 김 흔 중 목사

대한민국 안보와
경제살리기 국민운동본부
대표회장 김 흔 중 목사

서울성서지리교육원
원 장 김 흔 중 목사

베트남전쟁 알리기운동본부
대표회장 김 흔 중 목사

김흔중 훈장

강원도 체전 공기권총 금메달이다.(1973.6.30. 춘천, 김흔중 수상)

김흔중의 저서

1	새천년 성지순례의 실제 도서출판 청담
2	성지순례의 실제 점자 번역집(전3권) 한국시각장애인선교회
3	시각장애인용 점자 성서지리교본 한국시각장애인선교회
4	지도, 도표, 사진으로 보는 성서의 역사와 지리 엘맨출판사
5	성경 말씀 365일 하루 한 요절 암송수첩 도서출판 청담
6	성경 66권의 개설 도서출판 청담
7	선견적 시국진단 엘맨출판사
8	성서의 성지 파노라마(화보) 도서출판 세광
9	예수 그리스도를 예표한 성막과 제사 엘맨출판사
10	새벽별은 저목위에서 빛나고 수상문집 엘맨출판사
11	성서기록 현장찾아 답사하며 성지순례 두루투어 출판사
12	채명신 장군은 묘비가 말한다 두루투어 출판사
13	아기예수 애굽 피난경로 성지답사 기행 엘맨출판사
14	수상문집 천자봉 엘맨출판사
15	회고록 엘맨출판사

김흔중 서재 현판

정성들여 가꾸고 있다

1.

김흔중이
해병대에 남긴
흔적들

해병대에 남긴 흔적들

해병사관 제32기 임관 60주년 기념
2023년 6월 1일 김 흔 중 펴냄

흔적을 남기면서

인생은 부운기 부운멸(浮雲起 浮雲滅)의 현상과 같고, 잠깐 보이다가 사라지는 아침의 안개와 이슬처럼 인생은 무상하다고 했다. 또한 세월은 전광석화(電光石火)와 같이 빠르다고 했다. 그러나 허무한 인생이라, 무정한 세월이라 탓만 할 것이 아니라 짧은인생을 가치있고 보람있게 살며 한평생 주어진 여건과 시간을 잘 선용하면 후회가 없을 것이다.

나는 청운의 뜻을 품고 해병대 장교(소위)로 임관(1963.6.1.)한 것이 엊그제 같은데 벌써 60주년을 맞이했다.

현역의 해병대 복장에 빨간 명찰을 붙이고, 팔각모를 쓰고(월남전에 철모, 얼룩무늬 작업복)서 무적해병 정신을 자랑하며 불의에 타협하지 않고 초지일관하여 맡겨진 사명을 다했기에 무척 자부심을 갖는다.

나는 벌써 80대 후반을 넘어 금년에 미수(米壽, 88세)를 맞이하게 되었고 나그네 여정의 종착역이 가까이 오고 있다. 석양의 하늘에 인생의 황혼이 붉게 타오르고 있다.

나는 이 세상을 하직하기 전에 남기고 싶은 발자취가 있다. 즉 해병대 현역복무 당시 의욕적이고 패기(覇氣)있게 근무하면서 남긴 흔적을 되돌아보려고 한다.

오직 한눈 팔지 않고 열심히 국가와 해병대를 위하여 헌신했던 가시적(可視的)인 유형(有形)의 유적인 해병대 전적비(2), 나의 자비(自費)로 세운 기념비(3), 기타 기념물(3)을 사진으로 정리하여 되돌아 보게 되어 인생 말년에 무척 감개무량(感慨無量)하다.

2023년 6월 1일
青波 김 흔 중 謹書

목차(흔적사진)

6·25 전쟁중 최초의 야간전투

최초의 야간전투가
도솔산전투에서 시작되었다.

난공불탁의 험준한 24개의 목표를
한국해병대가 완전히 점령하여
적사살 3,283명,
아군 피해 700여명이 발생했다.

도솔산 야간전의 승리는
6·25 전사에 길이 빛나고 있다.

1. 해병대 도솔산 전적비

도솔산 전투의 영웅

강복구 중위(중대장)

경력
- 1949년 4월 15일 해병대 창설
  (380명, 진해덕산에서 부사관으로 동참)
- 1950년 해병소위로 임관
- 1950년 인천 상륙작전 참전
- 1951년 양구 도솔산전투 참전
- 해병학교장, 보급정비 단장
- 1971년 3월 대령 예편
- 해병대 전우회 중앙회 총재(전역후) 역임

공훈
- 을지 무공훈장 2개, 충무 무공훈장 2개
- 화랑 무공훈장 2개 등 무공훈장 18개를 받음

생애
- 2022년 8월 24일 별세(향년 99세)
  (※강복구가 기압 빠지면 해병대가 기압 빠진다는 전설적 인물이었다.)

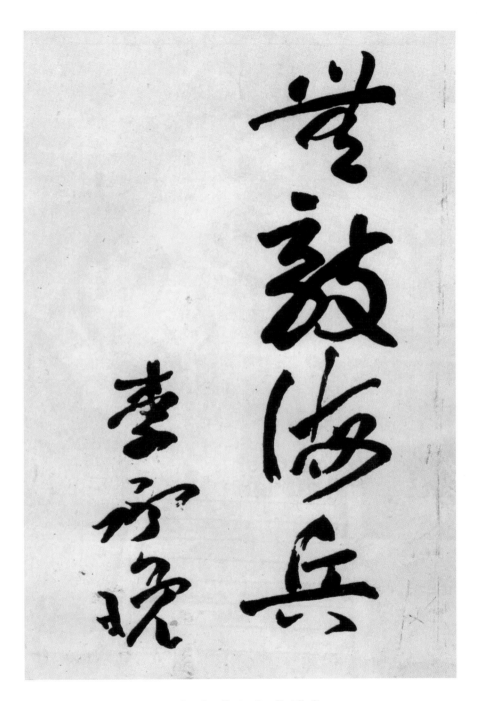

도솔산 전투 승리 치하

이승만 대통령 친필 휘호

해병대 도솔산 정상의 전적비

양구, 도솔산 정상에 전적비를 세웠다.
(1981.8.26. 주무책임장교 김흔중 중령)

도솔산 정상에 전적비를 세우며

김 흔 중 씀

우리는 서울 광화문 광장에 우뚝 서 있는 성웅 이순신 장군의 동상을 볼 수 있다. 또한 경주에 가 보면 삼국통일을 한 김유신 장군이 말을 타고 칼을 빼들어 보이는 동상의 위용을 보게 된다. 그리고 6.25 전쟁을 통한 격전의 현장에 전적비가 많이 세워져 있어 전적 비문을 읽어보면 국가를 위해 희생한 영령(英靈)들에게 절로 숙여진다.

모든 동상이나 전적비는 정신적으로 의지할 만한 상징체계(Icon-geaphy) 즉, 국민의 감정(sentiment)을 지도, 지배, 통합시키는 힘을 발휘하게 되는 것이다. 그래서 국가의 호국 안보에 커다란 영향을 미치게 된다.

기독교에서 동상은 우상적 존재로 지적하는 견해도 있다. 북한은 김일성 동상 2,500여개를 세워 놓고 참배하며 숭배하고 있다. 어떤 날조된 인물을 신적 위치에 놓고 섬기는 것이 우상이다.

그러나 어느 특정 인물의 역사적 호국 인물에 대한 위대한 상징적 동상이나 국가를 위해 산화한 영령들을 추모하기 위한 전적비는 우상적 형식적 조형물로 볼 필요가 있다.

우리 해병대의 전투사를 보면 수많은 해병 용사들이 희생되었다. 그 선열의 고귀한 희생정신을 기리기 위해 최기덕 사령관(해군 제2참모차장 : 1981.3.16.일 부임)의 뜻에 따라 해병참모부에서 전적비 건립 5개년 계획을 수립하여 연차적으로 건립에 착수되었다.

나는 해병참모부 상륙훈련과장에 이어 편제과장을 맡게 되었다. 그리하여 현제과장시 제2해병사단을 편성 작업하여 2사단(초대 사단장 : 박희재 소장)이 창설 되었다.

또한 전적비 건립계획의 최초 사업인 도솔산 전적비 건립의 주무 책임 장교를 맡게 되었고, 다음 해에 연희고지 해병대 104고지 전적비 건립에도 양구 서남쪽 7km 일대로 진출하고 있었다.

당시에 맡은 전투지역은 38선 이북 양구와 인제 간에 잇는 태백산맥 중 가장 험준한 지구로 표고 1,290m의 취봉, 1,142m의 가칠봉, 1,178m의 대 우산, 그리고 1,148m의 도솔산 등이 남북으로 뻗혀 있어 평균 표고 1,000m 이상이 된다.

이 지역은 일찍이 유엔군과 한국군이 한 번도 진격을 못했으며 적이 난 공불락을 호언하던 천연적 요새의 지역이다.

또한 좌우로 양구와 인제에서 북상하는 도로를 끼고 있음으로 이 지역을 확보하지 못하면 해병대의 좌우로 인접한 우군의 전선은 한 걸음도 진출이 불가하며 인접 우군 부대의 협력이 없으면 돌출지역의 취약성 때문에 포위당할 우려도 적지 않은 지역이었다.

더욱 해병대가 담당한 도솔산 지구 일대는 양양에서 철원을 삼각저변으로 한 원산을 정점으로 하는 중동부의 삼각형 산악지구에서 가장 중심이 되는 지점이 되기 때문에 이 지대가 지닌 전략상의 지리적 가치는 실로 중요하였다. 전적비를 세우며 많은 전사 자료를 검토하여 요약된 약사를 전적비에 각자하게 되었다.

약사문

　적이 난공불락을 호언장담하던 이 도솔산 지구는 1951년 6월 4일 미 해병대 제1사단 5연대와 임무교대한 아 해병대 제1연대가 공격을 개시하여 17일간의 혈전 끝에 완전 탈환하므로써 그 용맹을 만천하에 떨쳤다.

　당시 이 지역을 점령 방어하던 적은 분한군 제5군단 예하 제12 및 32사단의 정예부대였다. 이 작전에 계획된 24개 목표를 점령함에 있어 아군은 초전벽두 붙어 적의 완강한 저항을 받게 됨에 따라 수간 공격을 야간 공격으로 전환하여 결사적인 돌격전을 감행한 끝에 6월 20일 드디어 빛나는 개가를 올리게 되어 교착상태에 빠졌던 우군 전선에 활로를 개척하게 되었다.

　우리 해병대는 이 작전에서 3,263명의 적을 사살한 반면 아군 또한 700여명에 달하는 사상자를 내었으며 해병대 전통의 찬란한 금자탑을 이루는 이 전투야 말로 이 나라 산악전 사상 유례가 없는 피의 공방전으로서 청사에 길이 빛날 해병대 5대작전의 하나로 기록되고 있다.

(전적비 세울 때 정사 요약정리 : 김흔중 중령)

해병대 도솔산 전적비

도솔산 초목도 울었다
포화 작열한 아비규환
어찌 세월흘러 잊으랴

미 해병대가 점령못한
도솔산 고지의 전투에
한국 해병이 공격했고

야간 전투의 혈투에서
24개 목표를 점령하여
승리의 개가를 울렸다

해병대 용사들이 목숨
바쳐 젊은피 흘리면서
끝까지 써워 이겼노라

이승만 대통령 친필로
無敵海兵, 휘호를 써서
직접 勝戰을 치하했고

한국 해병대 가는곳에
무적해병 오직 승리의
귀신잡는 해병대였다.

나는 도솔산의 전적비

제막식에 사회를 보며
눈물을 흘려야만 했고

어찌 잊으랴 도솔산의
정상에 세워진 돌비석
눈물로 세운 전적비다.

해병대 전통 영원하라
상승 해병대 가는곳에
우리 조국은 영원하다.

2019.6.6. 현충일에 김흔중
(해병대 전우신문에 기고)
1981년 8월 26일
도솔산 정상에
전적비를 세웠다
고 최기덕 해병대사령관
고 오윤진 해병참모부장
주무장교, 김흔중 중령

제막식에 도솔산전투 참전
전우들의 눈물바다가 됐다.

김흔중 씀

양구군민들이
도솔산 하록에 세웠다.

서울시 서대문구 연희동 고지에
건립 주무책임장교 김흔중 중령

2. 해병대 104고지 전적비

〈한국해병대의 연희동 전투는
9.28 수도 탈환에 결정적인 역할을 했다.〉

〈인천 앞 바다의 맥아더 장군과 참모들〉

한국 해병대가 행주산성전투의 승리에 이어
연희동전투에 개가를 올렸다.

해병대 104고지 전적비(연희동, 제막식 : 1982.9.28.)
◦실무담당 : 김흔중 중령　　◦설계 : 장양순 교수(45기)
◦공사담당 : 제2해병사단 공병중대 지원

진혼(鎭魂)

조국을 위해 산화한 피우지 못한 꽃봉오리여
암흑의 장막 걷으시고 서광의 하늘문 여셨네
태극기는 중앙청에 휘날리고
비둘기는 남산에 평화로이 날으니
아- 그날 감격의 눈물은 흐르고
초목도 흐느꼈네
장하도다 호국의 영령이여 젊은 해병혼이여
한많은 역사의 사연을 잊으시고
고이 잠드소서 평안히 쉬옵소서
(1982.9.28. 김 흔 중 추모시 씀)

　진혼(鎭魂)의 추모시를 김흔중이 작시하여 전적비 좌편 하단에 음각으로 각자되었다. 제막식에 역대사령관 및 내빈이 많이 참석했다. 김흔중 중령이 실무 건립책임을 맡았고 재막식 사회를 봤다.

(2015.9.15. 오후 3시)

서울 연희동 뒷산에서

"해병대 104고지 전적비"의 제막식을 하고 있다.
(1982.9.28.)

진혼가

전적비를 세우고 진혼(鎭魂) 추모시를 1절로 하고
2절을 추가 작사하여 악보를 만들었다.

※김흔중 작사, 백대웅 작곡(해병사관 35기)

서울 탈환작전에서 선봉에 섰던
해병대 2대대 6중대 1소대 박정모 소위와 최국병 해병이
다시 찾은 광화문 중앙청에서 태극기를
계양하고 있는 모습이다.(1950.9.28.)

김흔중의 피안시비(彼岸詩碑)

강화제적봉 평화전망대

강화도 제적봉 평화전망대 광장에 김흔중의
피한시비와 채명신장군 추모비가 세워져 있다.

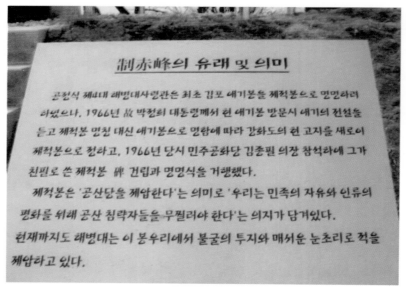

制赤峰의 유래 및 의미

공정식 제4대 해병대사령관은 최초 김포 애기봉을 제적봉으로 명명하려
하였으나, 1966년 故 박정희 대통령께서 현 애기봉 방문시 애기의 전설을
듣고 제적봉 명칭 대신 애기봉으로 명함에 따라 강화도의 현 고지를 새로이
제적봉으로 칭하고, 1966년 당시 민주공화당 김종필 의장 참석하에 그가
친필로 쓴 제적봉 碑 건립과 명명식을 거행했다.
  제적봉은 '공산당을 제압한다'는 의미로 '우리는 민족의 자유와 인류의
평화를 위해 공산 침략자들을 무찔러야 한다'는 의지가 담겨있다.
  현재까지도 해병대는 이 봉우리에서 불굴의 투지와 매서운 눈초리로 적을
제압하고 있다.

강화도 최북단 758 OP에 세워진 제적봉 기념비
(1966년 세움, 김종필 민주공화당 의장이 명명 및 친필)

김흔중의
피한(皮漢) 시비(詩碑)

해병소령 김흔중 작시(1974.11.3.)
강화도 최북단 평화전망대 광장에 세웠다.(2009.9.18.)

彼恨

나의 조국 금수강산
두 동강이로 허리를 잘라
강화도를 휘감아
한강수는 유유히 흐르고

하루에도 두 차례
거슬러 올르고 다시 내려가는
피눈물 고인 짙은 물줄기

뚝 건너
한 많은 사연이 있어
애절한 신음소리 끊이지 않고

한 핏줄 내 형제를 바라보며
손짓해도 못 본 체 외면하면
목 놓아 다시 불러 보아도
메아리조차 허공으로 빗겨가니

좁은 가슴에 스미는 설움일랑
이곳에 묻어두고
찬란한 미래의 꿈으로
비둘기 나래를 펴리니

가까우면서도 멀고 먼
강 건너에
아름다운 무지개다리 놓아
단숨에 가고 오며
통일의 찬가를 부르리라.

(1974.11.3.)
강화도 최북단 758 OP에서
북녘땅을 바라보며
해병소령 김흔중 씀

(※강화도 최북단 제적봉 평화전망
대 광장에 彼恨시비가 세워져 있다.)

758 OP장의 사무실에 액자로 걸어놓았다.(1974.11.3. 김흔중)

최초로 758 OP에 세워 놓았다.
소령 김흔중이 직접 정으로 각자하여 세웠다.(1974.11.3.)

제막식에 강화도 6.25 참전 청소년유격동지회 회원들이 군복을 입고 참석했다.
강성원(해병사관, 34기) 전우의 사회로 뜻깊은 제막식 행사를 가졌다.(2009.2.18.)

강화도 제적봉 통일전망대 광장에 통일을 염원하는
김흔중 詩作의 "피한(彼恨)" 기념시비가 세워져 있다.(2014.8.16. 김흔중)

청사 포럼에서 강화전적지 답사를 했다.(2010.10.2.)
(권혁조, 김흔중, 현소환, 유화선)

채명신 장군 묘비

채명신 장군은
묘비가 말한다
김흥중 편저

{ 화 보 }

남북통일을 염원하며 황해도 곡산이 고향인 채명신 장군의 추모비를
주월 청룡부대 참전장교들, 건립위원 24명이 북녘땅을 바라보며 강화도
최북단 제적봉 평화전망대 광장에 세웠다.

특히 역사적인 남북정상회담이 판문점에서 개최된 2018년 4월 27일
통일을 기원하며 건립했다.

채명신 장군은 묘비가 말한다

밤하늘에 무수한 별들이 모여
속삭이며, 미소가 넘쳐 나지만
나라 사랑의 별 이름은 없더라.

1926년 애국애족의 삼태성이
황해도 곡산 요람에서 떠올라
원수의 오성 보다 더욱 빛났다.

오늘 새벽에 소망의 三台星이
현충원 동쪽 하늘에서 빛나며
아침 기다려 여명의 문을 연다.

월남 전사자들의 단잠을 깨워
빗돌에 새겨진 이름을 부르며
젊은 청춘의 원혼을 위로한다.

불멸의 장군은 묘비가 말할 뿐
손수건을 적신 진실한 사랑은
가슴 아픈 눈물로 얼룩져 있다.

장군 모역이 아닌 사병 묘역의
삼태성의 별이 작은 빗돌 위에
유독 찬란히 빛을 발하고 있다.

더욱 혼탁한 정치를 멀리하고
올곧은 귀감의 전쟁영웅으로
오늘도 의로운 별로 떠오른다.

한반도에 전쟁, 공포 사라지고
민족통합의 새 역사 이룰 때에
모든 선열들 기뻐 환호하리라.

삼태성은 지구 종말 올 때까지
영원히 새벽별과 함께 떠올라
새벽을 깨우는 별빛이 되리라.

언젠가 진혼나팔이 그치겠고
천사의 나팔 소리가 진동하면
모두 잠깨어 홀연 비상하리라.

대한민국 만세, 남북통일 만세
온 백의민족이 참 빛 세상에서
자유, 민주, 평화를 누릴 것이다.

2014. 1. 13.
청파 김흔중 목사 씀

(추모비 앞면의 추모시 내용이다.)

남북통일을 염원하며 황해도 곡산이 고향인 채명신 장군의 추모비를
주월 청룡부대 참전장교들, 건립위원 24명이 북녘땅을 바라보며 강화도
최북단 제적봉 평화전망대 광장에 세웠다.

특히 역사적인 남북정상회담이 판문점에서 개최된 2018년 4월 27일
통일을 기원하며 건립했다.

채명신 장군의
추모비를 왜 세워야 했나요

1. 역사적인 인물이었기에 남침전쟁 참전했으며
지장, 덕장 두루 갖춰서 전쟁영웅 권위 넘쳤고

2. 애국심에 귀감 되어서 정치판을 멀리했으며
국격 높인 외교관으로 국위선양 헌신하였고

3. 장군다운 위풍 넘쳐서 정글전에 전략가 되며
용병술에 독보적여서 장병들의 희생 줄이고

4. 장병들을 사랑했기에 눈물 흘려 애도했으며
장군묘역 마다하시며 유언으로 안장되셨고

5. 불후의 명장으로 오래토록 추앙될 것이며
귀감의 채명신 장군은 묘비가 말하고 있다

베트남전쟁 알리기 운동본부
대표회장 김 흔 중 씀

채명신 장군 묘비에 손을 얹고 기도하고 있다.(2014.3.29. 김흔중 목사)

채명신 장군은 이곳에서 평안히 안식하고 있다.

"채명신 장군은 묘비가 말한다"는 제목의 추모시를 작시한 김흔중 목사가 낭송하고 있다.(2014.6.4.)

추도예배를 마치고 채명신 장군 묘비 뒤에서 침통한 마음을 억제하고 있다.(2014.6.4. 김흔중 목사)

김흔중 고희기념행사에 격려사를 하고 있다.
(2005.12.2. 해군회관에서 채명신 장군)

채명신 장군(蔡命新 將軍)

(1926.11.26.~2013.11.25.)

대한민국의
삼태성이었지만
북두칠성 못지않게
밤하늘에서 찬란히 빛나고 있다.

오늘도 채명신 장군은
현충원에서 묘비가 빛을 발하고 있다.

부대지휘방침

전투태세완비

• 필승의 정신전력 배양
• 경계 및 대응태세 확립
• 임무형 교육훈련 강화
• 경제적 부대관리 철저

1984년 4월 27일
해병연평부대장
해병대령 김흔중

풍어의 연평도 노래 기념비이다.
연평도 등대공원에 세웠다.(2017.5.2.)

풍어의 연평도 노래 기념비(후면)

성명이 각자된 곳

<나의 동료 장교들에게 감사드린다>
오경식 김윤중 임무웅 강성원
정주식 유인균 김무일 장수근
장양순 김동원 이재원 김헌경

풍어의 연평도 노래 기념비이다.
연평도 등대공원에 세웠다.(2017.5.2.)

풍어의 연평도 노래

김흔중 작시 / 길옥윤 작곡

바다에 우뚝 솟은 연평섬 마을
서해에 황금 어장 연평 앞바다

살기 좋은 복된 터전 즐거운 곳에
풍요로운 삶의 터전 낭만의 고향

고기떼 모여든다 배를 띄우자
갈매기 모여든다 노래 부르자

어기여차 어기여차 노를 저어라
어기여차 어기여차 장단 맞춰라

오늘도 수평선에 희망은 있다
영원한 희망 속에 기쁨이 있다

기념비 건립경위

1. 해병연평부대장 재직시에 노래가사를 만들어 길옥윤이 작곡하여 권성희 가수가 부른 카세트 테잎을 보내왔다.(1984년)

2. 부대장의 출어 지시로 면사무소 방송망으로 이 노래가 울려 퍼지면 부두의 어선단이 바다를 향해 환상적으로 일제히 출항했다.

3. 2010년 노래기념비를 연평도에 세우고자 기념비를 제작했다. 당시 천안함 폭침사태로 해병대기념관 정원에 임시로 세워 놓았다. 그러나 기념비가 파손되어 최초의 원형 그대로 다시 제작했다.

4. 경기도 곤지암 능전석제 공장에서 제작하여 인천 미래해운 화물선에 탑재하여 해상으로 연평도에 운반하여 등대공원에 세우게 됐다.

해병 예비역 대령
김흔중 세움

제막을 위해 줄을 잡고 당기려 하고 있다.

풍어의 연평도 노래를 부르고 있다.
(기념비에 새겨진 가사를 바라보며)

감동의 순간

제막식을 마치고(김흔중 목사, 여운일 목사)

• 일시 : 2017년 5월 2일 오후 3시
• 장소 : 연평도 등대공원

김정은이 뗏마선을 타고 순시한 장제도와 저도를 연평부대 OP에서
망원경으로 바라보고 있다.(2012.11.23. 김흔중)

연평도 포격으로 전사한 고 성정우 하사, 문광옥 일병의 위령탑이다.

제1연평해전 전승비이다.
연평도 당섬의 입구에 세워져 있다.

월남전 참전 메달

'개선문'은 큰 기둥 4개를 세우고 지붕을 올려
중대방석(타원형 제방진지 300m×250m)의 출입문으로 세웠다.

베트남 청룡부대 3중대 정문(호이안)

해병 대위 김흔중

◦월남전 참전기간 : 1968.12.7. ~ 1970.1.6.
◦청룡부대장 모범중대 표창 받음 : 1969.8.5.
◦주월 군사령관 모범중대 표창 받음 : 1969.9.6.

3중대 용사들

김훈중 작사 / 백대웅 작곡

힘차고 씩씩하게

온 세계 주름잡는 대한 - 의 아 - 들
아 세아 밝은 터전 평화 - 의 사 - 도

무적의 해 - 병정신 가 - 슴에 - 안 고
조국의 명 - 예 - 를 가 - 슴에 - 안 고

정글을 누비 - 면 - 서 베트콩 찾 - 아
정글을 헤치 - 면 - 서 베트콩 찾 - 아

용 맹을 떨 - 친 - 다 청룡의 건 - 아
땀 방울 흘 - 린 - 다 정의를 위 - 해

보 아 라 장 - 하 다 씩 씩한 기 - 상
보 아 라 장 - 하 다 씩 씩한 기 - 상

승 리 는 여 기 있 다 3 중 대 용 사 들
승 리 는 여 기 있 다 3 중 대 용 사 들

나는 3중대 노래를 직접 작사하여 서울대 음대 출신 백대웅 후배장교가
곡을 붙여 부르게 하여 전쟁터에서 사기를 높였다.

청룡부대 제1대대 3중대 중대장 대위 김흔중
(1969.4.5.~1969.10.19.)

중대장 복무 방침

1. 명령엄수
2. 전우애 발휘
3. 안전사고 방지

'개선문'은 큰 기둥 4개를 세우고 지붕을 올려 중대방석(타원형 제방진지 300m×250m)의 출입문으로 세웠으며, 진지 안에서 작전을 위해 나갈 때는 장병들이 '이기자'라는 현판을 볼 수 있도록 했고, 작전을 마치고 돌아올 때는 개선하고 돌아온 승리감을 상징하는 '개선문'의 현판이 보이도록 한 승리의 문이다.(김흔중 중대장이 세움 : 1969년 5월)

승룡 12호 작전

最初의 韓-美-越海兵작전

「고노이」섬의 凱歌

「파이프·스톤·캐년」

朝鮮日報

敵 4백19명 射殺

섬전체가 베트콩굴

20年間 共産軍아성

폭탄 69만餘파운드

越南戰 最大의화력

◇재가를 올린 고노이섬의 작전. 청룡 용사들이 적의 식량창고를 점령, 잔부를 점령하고있다.

〈위 조선일보의 기사 내용〉

6월 11일 오전 11시 갈대숲을 헤치며 수색하던 김흔중 대위 등 청룡3중
대 요원들은 갑자기 나타난 40명의 적과 조우, 하마터면 이쪽이 큰 피해
를 입을 뻔 했다. 10m 앞에서 적을 만난 3중대 1소대 요원들은 겨냥할 틈
도 없이 M-16을 퍼부으니 그 중 20명을 단번에 사살했다. 3중대는 계속
적의 퇴로를 차단해 가며 진격, 12일과 13일 이틀 동안에 52명을 사살하
고 2명을 사로잡았으며 개인화기 22정, 중공제 박격포 2문을 노획하는 큰
전화를 올렸다.
〈승룡 12호 작전에 3중대가 헬기로 기습 침투하여 고노이섬 소탕작전에
교부보를 마련했다. 이 작전에서 많은 전파를 올렸기 때문에 중대장 김흔
중은 충무무공훈장, 미동성무공훈장, 월남엽성무공훈장(최고)을 받았다.〉

충무무공훈장

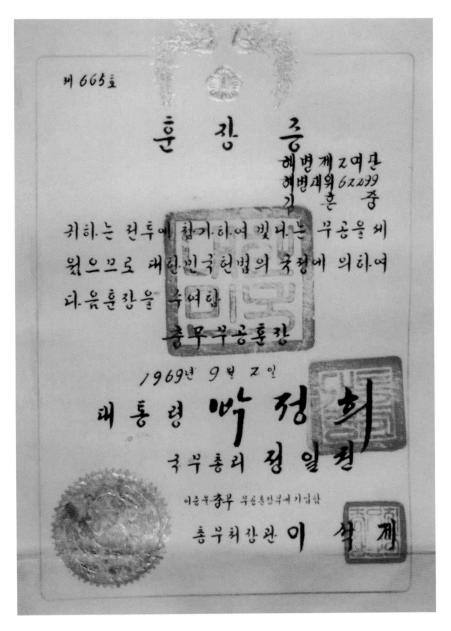

김흔중이 받은 충무무공훈장증이다. (1969.9.2.)

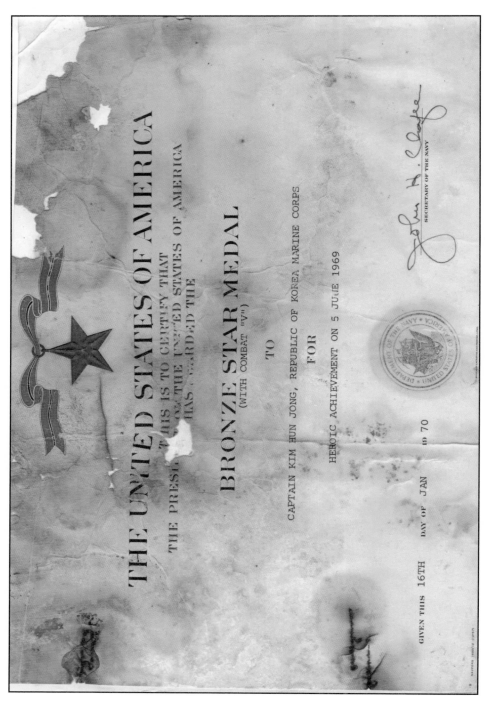

미국동성무공훈장 받음. (1970.1.16.)

사단급 최우수대대 표창(포상금 포함)

김종곤 해군참모총장으로부터 최우수대대 표창장 및 포상금을 받고 있다.
(1980.1.30. 진해 해군작전사령부 광장)

승리탑

첨성대를 상징하는 승리탑 건립(1979.10.1.)

해병1사단 3연대 1대대장으로 부임(1979.3.22.)하여 "승리부대"라
지칭하고 "승리부대의 노래"를 작사하여 곡을 붙여 부르며, 명실공히
성공적인 부대로 발전시켜 사단 최우수대대로 선발되어 해군참모총장의
표창장과 포상금을 받았다.(1980.1.30.)

승리의 노래(대대노래)

김흔중 작사 / 이운환 작곡

힘차고 씩씩하게 (♩=120)

동 해의 푸른바다 우리-의요람
영 일만 넓은터전 우리-의요람

성 난파도 헤치며 목숨을걸었다
험 -한길 헤치며 피땀을흘렸다

힘 차게 퍼져라 진군의나팔소리
드 높이 외쳐라 환호의함-성을

조 국을 지키러 해병은간다
무 적의 해병을 누가당하랴

(후렴)
뭉쳐라 돌진이다 3연대건아들

승리-는 우리의것 1대대용사들

대대장 김흔중 작사
해군군악대장 작사

한반도통일과 한민족통합을 간절히 기원하며 축도하고 있다.
(2002.1.12. 김흔중 목사)

둥근돌을 석제공장에서 톱으로 켜서 두 개로 만들어 각자했다.

해병1사단 "충무교회" 출입문

출입문 양측의 화단에 세워놓은 둥근 돌판은 경주 토함산 계곡에서
발견하여 석공소로 옮겨 둥근돌을 톱으로 켜서 쪼갠후 오른편 돌판면에
사랑, 소망, 믿음을 왼편돌판면에
겸손, 온유, 용서를 각자하여 세워 금일에 이르렀다.
(김흔중 대령 세움, 1983.10.15.)

연세대학교 본관 광장의 언더우드 동상 앞에서
(2016.12.26. 김흔중 목사, 여광조 목사)

이화장 이승만 초대 대통령 동상 앞에서
(2014.6.26. 이인수 박사, 김흔중 목사)

2.

수상문집

해병사관 32기생들이 천자봉을 등정했다
(1963.4.15. "32기" 김흔중)

해병사관 32기생
★해병학교 최초입교 : 184명
교육도중 퇴교 : 55명
최종소위임관 : 129명

첨언

나는 非才淺學(비재천학)한 鈍才다
검정 먹물을 가지고 글씨를 쓰거나
그림 그리는 墨客(묵객)이 아니며
오직 저명한 作家들의 班列에 설수
없는 草野의 書生으로는 適格이다

歲月이 빨라 80대 중반에 이르렀다
고뇌 고통 보다 감사 보람이 많았고
전쟁터에서 "죽을 고비"도 모면했다
살아 오면서 體驗한 情感을 서툴게
적어 놓은 隨想文을 남기게 되었다.

2021년 5월 16일
青波 김 흔 중 謹拜

이스라엘 예루살렘 통곡의 벽(1997.3.4. 김흔중 촬영)

예루살렘 감람산 언덕에서
양떼들이 풀을 뜯고 있다.(1997.2.9. 김흔중 촬영)

천자봉(天子峰)
(시루봉)

경남 진해에 위치한 시루봉(653m)을 통상 천자봉이라 부르고 있다. 시루봉과 천자봉을 동일시 해서 불러도 큰 무리는 없을 것 같다. 천자봉은 자못 웅장하고 신비스러운 모습의 큰 바위의 네모형 봉우리가 산 정상에 떡 시루 모양으로 우뚝 버티고 서 있다. 그래서 시루봉이라는 이름이 붙여진 것 같다. 그 밑에서 고대 신라시대에 제사를 지냈고, 근대에 명성황후가 세자를 책봉하고 이곳에서 산제(山祭)를 드렸다고 한다.

본 隨想文集(2집)의 표제(表題, title)를 천자봉(天子峰)으로 택한 것은 필자가 해병대 고급장교 출신으로서 지난날 아래와 같이 천자봉과 깊은 인연이 있었기 때문이다.

1. 천자봉 밑에 위치한 덕산 비행장(현, 골프장)에서 필자의 모군인 해병대가 창설(380명, 1949.4.15.)되어 무(無)에서 유(有)를 창조했다는 자부심과 귀신잡는 해병대, 무적해병대, 상승해병대 등 해병대의 고유전통에 대한 자긍심을 가지게 되었다.

2. 필자는 진해 해병교육단 해병학교에서 사관후보생 제32기로 최초 184명이 입교하여 55명이 퇴교 되고, 129명이 전 교육과정을 마친후 자랑스러운 해병소위로 임관 했다. 포항 1사단에서 소대장으루 마친 후 진해 해병교육단 해병학교로 전보되어 구대장(중위)으로 사관후보생 4개기

수(34, 35, 36, 37), 초군반(기초반) 1개기수 그리고 베트남전에 참전(중대장)하고 귀국하여 해병학교 중대장(대위)으로 보직되어 사관후보생 중대 2개기수(45, 48)를 배출했다. 무려 6개 성상을 피교육자들과 땀을 흠뻑 같이 흘리며 천자봉 정상을 42회나 등정했기 때문에 천자봉은 각별한 감회가 있다.

3. 필자는 지금으로부터 6년전 내 나이 80세(傘壽)가 되던 해에 필자의 해병장교 소위 임관 53주년 기념(6월 1일)으로 혼자서 단독으로 천자봉 정상을 올라가 총 43회를 등정했다. 필자는 해병학교 연병장의 특별훈련과 천자봉 정상 등정을 잊을 수 없고, 사관후보생들과 악전고투하며 함께 흘린 땀방울이 헛되지 않고 무척 값졌다. 지난날을 되돌아 보면 꿈만 같다.

4. 필자는 천자봉 정상에 올라가 진해만을 가슴에 품고 검푸른 넓은 바다를 마음껏 팔벌려 감싸게 되면 세상을 한아름 품은 듯 했다. 천자봉 정상에서 바다를 내려다 볼 때 마다 호연지기(浩然之氣)의 기상이 넘치며 개선장군이라도 된 것 같이 흐뭇했다. 더욱 나라를 구한 충무공 이순신 장군과 해병대를 창설케 한 해군 초대 참모총장 손원일 제독도 머리에 떠 올라 감사했다.

5. 필자는 진해의 대도예식장에서 결혼식을 가졌고, 2녀1남의 자녀중 두 딸이 진해 천자봉 하록의 덕산마을에서 출생하여 벌써 딸들이 50세를 넘어다. 또한 진해의 육군대학 정규과정(19기)에서 1년여동안 군사전문 교육과정을 이수했다. 당시 필자 가족(부부, 2녀1남)은 육대 관사에서 생활하며 장녀가 대야초등학교, 차녀가 육대 유치원에 다녔다. 그래서 진해

와 천자봉은 많은 추억이 얽히고 설켜서 일생 동안 잊을 수가 없다.

6. 필자는 해병연평부대 부대장을 마치고 해군 헌병감(27대)을 마지막으로 전역했다. 국가를 위해 젊음을 다 바쳤고 해병대를 위해 헌신한 것을 가장 보람되게 생각한다. 오늘날 나라를 걱정하며 사회활동을 할 수 있도록 노익장의 건강이 허락된 것은 천자봉의 정기와 기상으로 점철된 투철한 해병정신이 아직까지 소진되지 않고 고스란히 살아있기 때문이다.

7. 필자에게 천자봉의 기상이 만학의 무지개 꿈으로 펼쳐져서 뒤늦게 신학공부를 마치고 목회자가 되어 사명을 다하게 되었다. 이스라엘 선교사로 파송되어 1년여간 체류하는 동안, 이스라엘, 요르단, 이집트, 그리스, 터키 등의 성지를 두루 답사(이란은 귀국후)한 후 "성지순례의 실제", "성서의 역사와 지리", "점자, 성서지리 교본" 등 10여권의 저서를 출간했다. 그리고 서울 장신대학에서 성서지리학 강의, 울산대학에서 공산주의 이론비판 강의에 최선을 다 했다. 또한 수원 양문교를 개척하여 담임목사의 사명을 마치고(2005.12.2.) 국가 안보와 통일에 관련된 각종 연구 및 활동에 참여하며 금일에 이르고 있다.

결론적으로 필자의 지난 인생여정(人生旅程)에 관련된 편린(片鱗)이 조잡(粗雜)하여 보잘 것 없지만 여러 장르의 詩, 隨筆, 手記, 散文, 紀行, 干證, 詩論을 Naver blog의 김흔중 칼럼(2007-2020년, 13년간)에 올려 놓았다. 총 1,540개 중 300개를 선택하여 편집했다. 그 편집된 내용에 함축(含蓄)된 사진(寫眞)을 매장(每章)에 첨부하여 천자봉 제하(題下)의 隨想文集(2집)을 출간(出刊)하게 되었다.

해병대 장교교육 회상기(海兵隊 將校教育 回想記)

나는 대학을 졸업한 후 해병대 사관후보생 제32기로서 진해 해병학교에 185명이 입교하게 되어 인간의 한계를 넘나드는 악전고투의 고된훈련으로 56명이 중도 퇴교하고 129명 만이 3개월간의 최종 교육훈련을 마치고 소위로 임관하게 되어 "해병대 장교의 자부심과 긍지"를 가지게 되었고 계속 6개월간 초군반(기초반) 과정을 마쳤다.

포항의 해병대 1사단 3연대 1대대 9중대 1소대장으로 보직되어 1년 넘게 소대장직을 성공적으로 잘 수행중에 해병대 초급장교교육의 요람인 진해 해병학교의 중책인 제34기 사관후보생 구대장으로 뜻밖에 발령받게 되었다.

해병대는 매년 사관후보생 1개중대(약 100-150명)에서 교육훈련 담당 중대장(대위, 1명)과 구대장(중위, 3명)이 선발되는데 대위와 중위의 보직으로서는 가장 모범장교가 선발되기 때문에 해병대에서 널리 선망의 대상였다.

통상 매년 해당 기수에서 1명의 구대장이 선발되는데 제31기에서 중위 1명이 선발되어야만 했지만 적격자가 없어 제32기에서 2명이 선발되어 중위가 아닌 소위의 계급으로 김흔중과 오경식이 같이 구대장에 선발되어 구대장 재임중 6월1일 중위로 진급되어 책무를 다했다.

해병대에서 가장 기압이 들었다고 호평을 받던 강복구 대령이 해병학교 교장, 동경 올림픽에서 권총사격으로 유명해져 박정희 대통령으로부터 45권총을 하사받은 안재송 중대장(박대통령 서거시 사망), 또한 철두철미했던 구대장들이었는데 안병훈(30기) 구대장은 도중에 전역, 조선일보 평사원 입사, 편집국장, 부사장이 됐다.

제34기는 최초 168명이 입교해서 해병대 장교의 적성에 맞지않는 부적격자 약 50%를 퇴교시켜 최종적으로 88명을 임관 시켰다. 교장, 중대장, 구대장이 손발이 잘 맞아 눈동자가 흐릿하고 자세가 불량하며 체력이 약해 구보를 못하면 퇴교 대상이 되어 가차없이 퇴교시켰다.

해병대 소대장의 충원소요에 차질이 생겨 소대장요원의 부족이 문제였고 설상가상으로 월남전에 파병하게 되어 소대장 요원의 확보를 위해 제35기는 많은 인원의 모집과, 퇴교를 완화시켜 월남전의 소대장 요원에 많이 참전, 모범적이었다. 제35기에서 해병대상령관이 배출되었고, 각 기수들이 예편해 고위층에서 헌신했다.

나는 34,35,36,37기 구대장을 줄곧 맡았다. 37기를 마칠 무렵 구대장을 면키 위해 결혼하게 되었고 대위 진급해 포항에서 중대장을 마치고 첫딸이 돌이 지나(현, 대학교수) 아장아장 걸을 때 월남에 원정군으로 파병되어 청룡부대 '1대대 3중대장'을 보직 받아서 베트콩과 정글전에서 전과 올려 개가를 울리게 되었다. 베트남에서 귀국하여 해병대사령부 인사국 행정관 겸 인사국장 부관으로 보직 받았다. 인사규정에 6개월내 인사이동할 수 없다. 사령관 특명으로 인사국 행정관 보직 3개월 만에 해병학교 45기 중대장으로 발령되었다.

45기 중대장 마치고 48기 중대장을 계속적으로 맡았다. 진해 해병학교에서 무려 6개 성상을 해병대 장교육성에 사명을 다할 수 있던 자부심과 보람된 긍지가 넘쳐 났다. 해병대에 젊음을 바치고 전역한 후 세월이 많이 흘렀다.

특히 나의 고희기념행사를 위해 후배 장교들이 거액을(당시 1천5백만 원) 각출하여 서울 해군회관 연회실에서 축하행사를 성대하게 베풀어 주었고 고희 기념문집(海兵魂기과 함께한 師道)의 책자를 만들어 헌정해 주었기 때문에 감개무량한 감사가 가슴에 벅찼다. 평생동안 잊지 못한다.

그러나 나의 고희 축하행사에서 격려사 해주신 채명신 장군, 박세직 장군, 현소환 회장이 애석하게 별세를 하셨으며, 홍은혜 권사, 최해일 목사, 이동성 목사, 정해영 장로의 별세, 그리고 많은 후배 장교들이 타계를 했다. 오직 인생무상을 금할 수가 없다. 100세시대가 무색하다.

또한 현역 마지막에 '해병연평부대장'으로 보람이 있던 과거와 해군헌병감(27대)을 역임했던 지난 날이 주마등처럼 자주 스쳐 지나간다. "인생무상"을 느낄 때가 많다.

2019.7.6. 김흔중

人間改造

한번 해병은 영원한 해병

해병학교 초군반 신축병사

진해 군항제(벚꽃 축제)

제주도의 원산지 벚꽃이 활짝 피어
벌써 진해의 벚꽃장으로 상륙했다.

진해 군항제에 매년 상춘객이 붐벼
인산 인해를 이루며 벚꽃에 취한다.
진해는 낭만이 넘쳐 나는 군항이며
젊음을 불태우는 해군의 요람이다.

장엄한 위풍의 천자봉 높이 솟았고
진해만은 호연지기의 가슴 열렸다.

장복산 능선 따라 병풍처럼 감쌌고
공제선 따라서 산 줄기줄기 뻗었다.

제왕산 계단 오르는 청춘 남녀들의
발랄한 몸매는 벚꽃을 무색케 한다.

개나리도 노란꽃 피워 미소 지으며
온통 진해는 벚꽃 축제로 요란하다.

〈나는〉

진해 해병학교에서 장교가 되었고
국가를 위하여 젊음을 전부 바쳤다.

해병학교 장교교육에 6년 헌신했고
육군대학에서 정규 1년을 공부했다.

장복산 정상을 향해 행군 할 때에
암수 노루가 바위밑에 쉬고 있었다.

노루 한 마리가 뛰어서 내려 오자
내가 추격해서 그 노루를 생포했다.

41년전 노루에 얽힌 사연 생생하며
짝 잃은 노루의 애절함이 떠오른다.

〈해병대〉

진해 골프장 산 정상에 세워진 탑은
해병대 창설의 발상지 기념탑이다.

해병대 아니면 나의 존재도 없었고
국가를 위한 헌신이 있을수 없었다.

진해에서 아내를 만나 결혼을 했고
두 딸의 출생지로 고향이 된 곳이다.
해병 DNA를 계승한 2녀 1남 자식은
대학교수, 소프라노, 벤처대표 이다.

진해는 항상 뇌리에 각인되어 있고
기억에 남는 추억의 흔적이 새롭다.

군항제 벚꽃 축제에 마음을 쏟으니
과거의 추억이 주마등처럼 스친다.

2019.4.1.
진해 군항제 개막에 즈음하여
김흔중

해병대 처음 세운 곳

진해 벚꽃장

남침 6•25 동족상잔의 진실을 밝힌다
(남침도발 제65주년을 맞으며)

65년전 여름, 때 아닌 북풍한설이 불어 닥쳤다. 그날이 1950년 6월 25일 주일 새벽이었고, 서울이 3일만에 인민군에 점령되고야 말았으며 인민공화국 붉은기가 중앙청에 펄럭이게 되었다.

한반도 적화를 위한 작전계획은 주도면밀하였다. 소제 탱크(T-34) 242 대를 앞세워 남진을 계속하며 주공축선을 중앙, 조공을 동서로 하여 대전, 대구, 부산을 향해 돌진에 박차를 가했다.

소련제 탱크에 무력한 국군은 서울을 빼앗기자 이승만 정부는 속수무책으로 부산으로 옮겼으나 하나님이 보우하사 미군주축 유엔군이 파병되어 오산 죽미령에서 스미스부대의 전투가 시작됐다.

김일성은 8월 15일까지 부산을 점령하려 했다. 인민군의 총공세는 미 24사단을 무력화 시켰고 사단장 띤 소장을 포로로 잡아 개가를 올리며 대전을 점령 후 대구를 향해 진격을 해 왔다.

아군은 장마와 더위까지 겹쳐 전세가 불리했다. 후퇴를 거듭해 왜관, 다부동, 영천, 포항을 잇는 북부전선과 현풍, 창령, 남자, 가야, 마산 북부를 연결하는 최후저지선을 설정하여 방어진을 쳤다.

미8군 사령관인 워커장군은 워커라인을 설정했다. 포항-왜관-마산을 잇고 낙동강전선을 사수하며 적의 병력과 장비 손실에 막대한 타격을 주고 아군 병력, 장비지원, 해, 공 우세권을 장악했다.

UN군사령관 맥아더는 인천상륙작전을 구상했다. 북방에서 가급적 적군을 저지, 협공을 계획하여 적의 증원군, 보급로를 차단, 전세를 역전시키고 낙동강전선 지상군에 반격의 활로제공에 있었다.

맥아더는 부산을 기점으로 해상함대를 지휘했다. 9월 15일 역사적인 인천상륙적전에 성공하여 9월 28일 빼앗긴 서울을 탈환하여 수복하고 북진을 계속하여 10월 1일 38선을 돌파했다.

적은 전의상실로 후퇴를 거듭하며 도망질 쳤다. 맥아더 사령관은 10월 2일 정주-함흥을 잇는 맥아더라인을 설정하면서 북진을 명령하게 되자 국군은 하루 24km를 진군하며 사기충천 했다.

아군은 백천, 해주, 사리원을 거쳐 북진을 했다. 드디어 10월 19일 평양을 점령하게 되었고 시내의 수많은 교회종소리가 이레히 울려퍼지며 국군과 유엔군의 환영인파가 평양거리를 메웠다.

이승만 대통령은 평양시민대회에 참석을 했었다. 10월 21일 대회장은 인산인해를 이루었으며 인공기는 오간데 없이 태극기 물결이 넘쳐났고 이 대통령은 "나의 사랑하는 동포"라며 외쳤다.

육군 제2군단은 10월 26일 초산을 점령해다. 압록강까지 진출한 국군은 압록강 물을 수통에 담아서 대통령에서 진상했다 하는데 무색하게도 중공군 12만명이 압록강을 넘어오기 시작했다.

아군은 중공군의 야간 인해전술에 속수무책이었다. 밤에 전방의 고지에서 꽹과리치고 피리를 부는 중공군의 공격개시 신호에 아군은 혼비백산하여 제파식 공격에 저항조차 못하며 철수에 바빴다.

평양을 점령한지 46일만에 적에게 넘겨주었다. 중공군 약 10만명에게 미해병 제1사단이 장진호에서 완전 포위되어 영하 30도의 강추위와 폭설로 사망실종 910명, 부상 1만여명 발생했다.

미군의 전쟁사에서 장진호는 최악의 격전지였다. 미군 1만2천명이 10배 넘는 중공군에게 포위되었으나 미해병 1사단은 미육군특수임무부대 지원을 받아서 함포, 항공의 근접지원으로 철수작전에 성공했다.

국군, 미군은 흥남항에 4만4천여명이 집결했다. 12월 14일 해군수송선에 승선이 시작되었으며 수송선 7척, LST 6척에 피난민 약 9만8천명을 탑승시켜 거제도까지 해상탈출에 성공을 하였다.

중공군은 인해전술로 눈이 오는 날에 백색으로 위장복을 갈아 입고 한파를 무릅쓰고 몰려오며 죽은 시체를 밟고 넘어오는 중공군에 가위질려 국군과 유엔군은 줄행랑치며 후퇴를 거듭하였다.

유엔군은 임진강하류와 동해안을 잇는 38선의 새로운 방어선을 설정하사 불행하게 8군사령관 워커장군이 교통사고로 숨지고 릿지웨이 장군이

12월 26일 취임하여 적의 총공세에 맞섰다.

　51년 1월1일 중공군 약 23만명의 총공세가 시작되며 평상시 10배의 포탄을 퍼부어 대자 1월 3일 전선이 붕괴되고 1월 4일 수도서울을 다시 포기하게 되는 치욕적인 역사를 기록했다. 수도서울은 남침 3일만에 인민군에 점령됐었고 두 번째 서울점령은 되놈인 중공군에 짓밟혔으나 서울을 포기한 후 오산, 제천, 삼척의 방어선에서 반격을 감행해 3월 18일 서울을 재탈환 했다.

　서울에 투입된 중공군 약 35만명은 줄행랑쳤다. 국군, 유엔군은 38도선에서 공방전을 계속하며 전쟁양상의 변화에 따라 휴전회담이 시작되었고 대규모 공세작전 아닌 유리한 고지점령전이었다.

　중공군은 휴전을 유리한 조건으로 성립시키려고 전선에서 소규모 공방전을 전개해 시간을 벌며 휴전 직전 5월, 7월 두차례 대규모 공세에서 유엔군의 반격에 막대한 피해를 입고 퇴각했다.

　51년 7월 10일 개성에서 휴전회담이 시작되어 24개월 협상이 계속되다 회담장소를 판문점으로 옮겨 53년 7월 27일 정전협정이 조인 되었고 원한의 38선이 휴전선 155마일로 바뀌었다.

　정전협정은 3국 대표(미, 중, 북)에 의해 조인되어 한국이 참여하지 않아 문제점이 제기되고 북한에서 국가 정체성과 정통성에 시비를 걸며 적화통일에 광부했던 만행이 만천하에 드러났다.

휴전협정으로 쓸모가 있는 개성지역을 양보하고 이용가치가 적은 강원도산악의 북쪽땅을 차지한 협정 자체에 허점이 들어나서 지탄이 되었으며 오늘날 개성공단 건설로 역사적 와류가 흐른다.

김일성은 남침전쟁 도발의 원흉이며 전범자이다. 3년 1개월의 전쟁에서 피아간에 인명피해가 많아 250만명이 희생되었고, 1천만 이산가족들에게는 오늘날까지 마음속 깊은 상처가 아물지 않고 있다.

북한은 6.25기습 남침 전쟁에 실패한 이후에 재침을 위한 준비에 광분해 계속 대량 살상무기를 개발하고 가공할 핵무기까지 개발, 보유하면서 국제질서를 흔들고 핵 공갈로 한국과 미국을 위협하고 있다.

남한은 6.25남침도발 당시에 전차가 한 대도 없었다. 오늘날 국군은 세계 6위의 군사력 보유국가로서 육, 해, 공, 해병대에 최첨단 무기와 신형 장비를 갖추어 적이 핵무기만 폐기하면 전쟁억제에 하등 문제 없다.

한반도 분단 70주년, 6.25남침도발 65주년을 맞았다. 전쟁으로 초토화되고 굶주리고 헐벗었던 과거를 깨끗이 청산하여 풍요를 누리며 살게 되었으며 세계경제 10권의 국가로서 자부심을 가지게 되었다.

박근혜대통령은 역사적인 제18대 여성대통령이다. 원조를 받던 국가에서 원조하는 국가로 발전했으며, 이제 한반도통일과 한민족통합을 지상과제로 삼아 세계속에 웅비하는 통일조국을 속히 건설해야 한다.

(2015.6.25. 김흔중)

6.25당시 남북한 전력 비교(무기)

구분	한 국		북 한	
지상화력			곡사포(122미리)	172문
			" (76.2미리)	380문
	곡사포(105미리)	88문	자주포(76.2미리)	176문
	대전차포(57미리)	140문	대전차포(45미리)	550문
	박격포(60미리)	576문	박격포(61/82미리)	2,092문
	" (81미리)	384문	"(120미리)	226문
	장갑차	24대	장갑차	54대
	탱크	0	T-34전차	242대
	지원부대	–	전차부대	1개 여단
함정	경비정	28척	전투함(어뢰정)	30척
	기타 보조함	43척	수송선/기타	80척
항공기	연습 및 연락기	22대	전투기, 폭격기 등	211대

(자료: 합동참모본부 한국전사 1984,326쪽)

〈6·25진실알리기국민운동본부〉 홍보용 자료에서

3.

수상문집

팔달산

동방의 등불인 고요한 아침의 나라
대한민국이여 영원하라!

새해 아침에 팔달산 서노대에서 국가를 위해 간절히 축도하고 있다.
(2018.1.1. 김흔중 목사)

수상문집 3집을 출간하며

　2007.1.9.~2022.1.15.(15년)까지 나의 컴퓨터 블로그에 김흔중 칼럼이 총 1,500개가 입력되어 있다. 김흔중 칼럼에는 김흔중이 직접 쓴 시(詩) 및 수필(隨筆)이 대부분이다. 그래서 칼럼에서 선별하여 수상문집(隨想文集)이라는 명제(命題)로 문집을 출간하게 되었다.

　제1집은 인천 맥아더 동상 앞에서 2015년 9월 15일 인천상륙작전을 상가하며 수상문집 1집, 〈새벽별은 저목위에서 빛나고〉라는 제목으로 출간했다. 제2집은 2021년 5월 16일 〈천자봉(天子峰)〉이라는 표제(表題)로 수상문집을 출간했다.

　금번 제3집은 〈팔달산(八達山)〉이라는 표제(表題)로 ★★2023년 6월 1일★★에 뜻있는 수상문집 3집을 출간하게 되었다.

　수원의 팔달산(八達山)은 세계문화유산 수원 화성에 우뚝 솟아 있다. 수원 화성(水原 華城)은 정조대왕과 밀접한 관련이 있어 사도세자(思悼世子)에 대한 효성의 상징은 효원(孝園)의 종(鐘)이다. 팔달산 종각에서 팔달산에 은은히 울려퍼지는 종소리는 심금을 울린다.

　나에게 수원은 제2의 고향이라 할 수 있다. 수원에서 교회를 개척하여 10년간 목회를 했다. 매일 교회에서 새벽기도를 마치면 팔달산에 올라가 군사 지휘소인 서장대(西藏臺)에 인접해 있는 서노대(西奴臺)에 올라가 국가를 위해 간절히 기도를 마치고 축도를 했다.세월이 많이 흘렀지만 무엇보다도 팔달산(八達山)이라는 표제(表題)로 수상문집 제3집을 출간하게 된 것을 매우 뜻깊게 생각한다.

청파 김 흔 중

수원 팔달산 해발 128m

팔달산 노옹

김 흔 중 시인

사시사철 철 따라
창밖으로 바라보이고
책상에 앉아 바라보며
바라다보면 볼수록
매력 있는 팔달산이다.

정조대왕의 행궁에
효심이 서려있고
정약용의 수원화성에

석조 담 벽이 꿈틀대며
역사가 살아서 숨 쉰다.

팔달산을 가슴에 품고
서장대에 늘 오르며
서노대 위에서 축도하고
화양루에 앉아 땀 식히는
그가 김흔중이다.

(김흔중의 닉네임이 팔달산 노옹이다)

팔달산 기행
(八達山 紀行)

역사가 사라 숨쉬는
사통팔달의 팔달산은
수원 중심지에 솟은 명산이다.

세계문화유산 화성은
팔달산을 성곽으로 감싼
성벽의 석축이 역사의 맥박이다.

정조대왕의 화성행궁과
옛 성곽에 역사가 꿈틀대고
산비탈에 진달래꽃이 화사하다.

즐비한 노송이 춤을 추며
반기는 정겨움이
마음속으로 깊숙이 스며든다.

산새와 풀벌레들도
이곳 저곳 숲속에서
서로 흥타령으로 어울어진다.

정상의 서장대에 올라
이마의 땀을 훔치고
사방을 굽어보면 마음이 탁 트인다.

저 멀리 거침없는 시야를
팔벌려 마음껏 가슴에 품으면
우뚝 선 개선장군이 부럽지 않다.

산등성 종각에서 효원의 종을 치면
은은한 종소리의 산울림은
정조대왕의 효심을 일깨워 준다.

성곽의 남쪽자락에 위치한
화양루에 올라 앉으면
소나무 가지의 춤사위에 매료된다.

저녁 노을이 붉어지면
홀로 산비탈 오솔길을 따라
석별의 노래를 부르며 하산한다.

(2014.4.2. 김흔중)

수원(水原)은 제2의 고향(故鄕)이다

김흔중 수필가

사람이 모태에서 태어난 곳이 고향이다.
태어나 어릴적에 자랐던 고향을 못잊어
아련한 추억이 떠올라 "鄕愁"에 젖는다.

고향에 정착해서 한평생 살기가 어렵다.
떠돌이 인생은 일터를 구하며 정처없이
한평생 고향을 떠나 방황하며 살아간다.

나는 장교 생활로 젊어서 고향을 떠났다.
31세에 결혼해 50세까지 15회 이사했으며
전역한 후 10여차례 거처를 옮기며 살았다.

이스라엘 선교사로 파송('96.10.7)되었다.
예루살렘에 1년여간 체류해 기거를 했고
귀국해 수원에 교회를 창립('98.12.2)했다.

수원, 양문교회 담임목사로 사명을 다했다.
새벽기도회 마치면 꼭 팔달산에 등정해서

西奴臺에 올라 나라 위해 기도후 축도했다.

세종대왕과 정조대왕을 가장 승모를 한다.
정조대왕의 효심어린 화성행궁과 팔달산
성곽을 바라보면 역사가 살아 숨쉬고 있다.
나의 "닉네임"을 "팔달산 노옹"이라 부른다.
수원이 제2의 고향이 되어 벌써 정착한지
23년이 되었고, 여생을 수원에서 보내련다.

2020.10.20. 김흔중

세종대왕과
정조대왕을
가장 승모한다
　　　　김흔중

西藏臺(지휘소)

西奴臺

정조대왕 화성행궁 정문(新豊樓)

새벽별은 팔달산 위에서 빛나고

김흔중 수필가

새벽별이
이른 새벽 동녘에서 떠올라
오늘도 푸른 하늘에서 휘영청 빛나고

그 별빛은
사통팔달의 팔달산 위에서
새벽을 노크해 여명의 문을 열고 있다.

정조대왕의 족적은
수원화성 성체에서 꿈틀거리며
화성행궁에 효심 서려 꽃향기 그윽하고

팔달산의 북녘 기슭의
위풍당당한 정조대왕의 동상은
여명의 시간에 잠깨 새벽별을 영접한다.

팔방의 주변 시가지에
십자가들이 별빛 아래 빛나며

새벽을 깨우고 어두운 세상을 밝히는데

새벽 기도회를 마치고
서장대의 서노대에 올라 서서
나라를 위해서 늘 두팔을 들어 축도했다.

그간 팔달산에 매료되어
가슴에 품으며 열정을 쏟으니
나그네 여로에 반려자의 사랑이 넘치며
청청한 노송은 푸르르고
풀벌레도 단잠 깨어 눈 비비며
무성한 숲속에 짙은 풀내음이 싱그럽다.
오늘도 새벽별은
팔달산 위의 푸른 하늘에 숨으니
내일의 새벽을 기약하며 석별을 고한다.

2016.6.14. 김흔중

팔달산 서남암문 옆에 수원의 독립운동을 기념하여 세운 3.1독립운동 기념탑. 그 옆에 해방 직후 화홍문 옆 중포산에 세워졌던 구비도 옮겨 놓았다.

도서관은 지식인의 피서지
(수원중앙도서관)

김흔중 수필가

금년 여름은 얼마나 더운지 견디기가 힘든다.
111년이래 기온 40도 넘는 혹서가 계속됐고
열사병사망30명 온열환자 2,549명 발생했다.

피서를 위해 해수욕장, 숲속 계곡을 찾는다.
많은 지식인과 학생들은 도서관을 찾아가고
돈많은 사람은 자가피서로 혹서를 이겨낸다.

나는 폭염의 더위를 피하려 도서관을 찾았다.
햇볕이 작열하여 큰 우산을 펼쳐들고 나섰고
수원 중앙도서관의 40계단을 걸어 올라갔다.

도서관 문열고 들어가자 시원한 감촉이 왔다.
땀 흐르는 얼굴에 시원한 사랑의 배려였으며
이층의 디지털 자료실의 컴퓨터 앞에 앉았다.

피서지가 따로 없다 도서관이 나의 피서지다.

도서관 컴퓨터를 이용해서 칼럼도 자주 쓰고
열람실에서 필요한 도서를 선택하여 읽는다.

2018.8.3. 김흔중

수원중앙도서관

수원중앙도서관 석탑

정조대왕(正祖大王) 어진(御眞)

정조(1752~1800년). 조선 제22대 왕으로 1776년~1800년까지 재위했다. 자는 형운(亨運), 호는 홍재(弘齋). 영조의 둘째아들인 장헌세자(莊獻世子)와 혜경궁 홍씨 사이에서 둘째 아들로 태어났다. 즉위 직후 규장각(奎章閣)을 설치하고 학문 연구를 독려하고 〈日省錄〉의 편수, 〈무예도보통지〉 편찬 등 많은 서적도 간행해다. 또한 학문 연구를 독려하고 정리자와 춘추관자 등 활자를 개발하여 출판문화도 진흥시켰다.

특히 대왕은 효심이 지극하여 아버지를 장헌세자로 추존하였으며, 고종 때에 장조로 추존하였다. 양주에 있던 묘를 수원 화산(花山) 아래로 이장하여 현륭원이라 했다가 고종 대에 이르러 융릉이라 하였다. 그리고 인근의 용주사를 원찰로 삼았다.

특히 융릉 행행을 위해 화성행궁과 화성을 축조하여 계획도시로 만들고자 노력하다 49세로 돌아가셨다.

세계문화유산 화성

정조대왕 동상

팔달산 서편 하록에 세워져 있다

수원화성, 화성장대

(군사 지휘소의 역할을 했다)

수원 화성 남문

수원 화성 북문

봉돈(烽墩)

봉돈은 봉화대로서 창용문과 동남쪽의 포루 사이에 성벽에서 벽돌로 돌출하여 쌓은 것이다. 사방의 성(城)을 다 쌓고 적군의 정찰 임무를 맡는다는 뜻으로 척후(斥候)라고도 했다. 위의 사진은 복원한 현재의 모습이고 아래 좌측의 삽화는 1923년 이곳을 방문했던 독일인 선교사가 스케치한 것이고 우측 사진은 1920년대의 훼손된 봉돈의 모습이다.

정조대왕릉(正祖大王陵)

상공에서 바라본 정조대 왕릉과 황후의 릉이 합장된 건릉이다.

수원 화성 정조대왕릉(健陵)이다.(2013.6.22. 김흔중 촬영)
(정조의 아버지 사도세자의 융릉(隆陵)이 인접해 있다.)

정조대왕 릉 인접(좌)의 융릉(隆陵)(사도세자)이다.(2013.6.22. 김흔중)

복원(復元)된 수항루(受降樓)

임진왜란(壬辰倭亂) 당시 이순신(李舜臣)장군이 왜군을 격파하고 항복 받은 것을 기념하여 1677년 57대 통제사(統制使) 윤천뢰(尹天賚)가 처음 세운 2층 누각(樓閣).

이후 화재로 소실된 적이 있으나 1699년 재건되고 1755년 부분적으로 보수되어 1907년 직전까지는 존립했던 건물이다. 그러나 이후 일제에 의해 말살되어 형체조차 알 수 없게 되었다.

이 수항루(受降루樓) 사진은 임진란을 증언하는 귀중한 자료로서 1907년 일본 군함〈新高〉호 함장 秀島 中佐가 찍은 것으로, 사진 설명에는〈이 루(樓)는 임진왜란의 수군 격전지로서 이순신 장군이 일본 장수로부터 항복을 받은 곳으로 지금까지도 한인들이 크게 자만하는 곳〉이라고 되어 있다. 1983년 이 사진의 발굴로 복원이 가능케 되었다.

수원천에서 볼 수 있는 낭만

고민있는 어린이상
KCCIPARK아파트 입구 (수원세무서오거리)

수원 팔달산의 화양루(華陽樓)이다.

나는 자주 팔달산에 오르면 서장대(西將臺, 당시 군지휘소)에 올라가 사면을 두루 내려다 보며 수원의 발전상을 사방으로 주시해 본다. 특히 정조대왕을 숭모하며 수원 화성의 성곽을 따라 한 바퀴 눈여겨 바라본다. 그리고 최종적인 종착지인 화양루에 도착하여 루대 마루에 올라 앉는다. 산행하는 동료들과 동석하면 노소구분 하지 않고 좋은 대화와 세상 이야기도 많이 나눈다.

그러나 혼자 앉아 있을 때는 시간 가는 줄도 모르고 간절히 기도하고, 고요히 명상도 하며, 종종 핸드폰을 꺼내 다운 받은 찬송도 듣는다. 특히 나라 걱정을 많이 한다. 그리고 고마운 것은 노송의 소나무 가지가 울창하게 우거져서 화양루를 감싸고 있다. 철 따라 바람이 불면 소나무 가지들이 춤을 추는 것 같고, 소나무 숲에서 피톤치드 효과(천연 100%의 살균, 항균 물질)의 향기를 콧속으로 공급해 주는 것 같은 느낌을 받는다.

뿐만 아니라 많은 까치들이 찾아와 친구가 되어주고, 참새들도 찾아오고, 청솔모도 소나무 가지에서 묘기를 부르기도 한다. 철따라 매미소리, 쓰르라미 소리도 구성지고, 뻐꾸기도 한목 볼 때가 있다. 그래서 나에게는 가장 행복하고 즐거운 휴식처인 화양루이다.

(2016.10.15. 김흔중)

감나무

사과나무

4.

새벽별은
저목위에서 빛나고

맥아더 장군에게 보은의 뜻을 표하며
김흔중저서
"隨想文集" 출판 기념행사를 가졌다.
(2015.9.15.오후 3시)

맥아더 동상 앞 도서출판 감사예배를 마치고

감사예배에 순서를 맡아주신 감사하신 목사님들이시다.
(김세영, 오경식박사, 김흔중, 최세균, 황규선)

인천 자유공원의 맥아더 장군 동상이다.
(2014.9.15. 김흔중)

맥아더 장군을 추모한다

인류의 역사와 국가의 흥망성쇠를 주관하시는 하나님 아버지! 어언 광복 73주년과 6·25 동족상잔 68주년을 맞이 했습니다.

일본의 침략만행으로 국토와 언어와 문자를 배앗기고 자유와 평화를 짓밟힌 36년간의 잔혹한 굴레를 벗고 해방을 맞이했으나 미·소 양국에 의한 한반도의 분단은 민족적인 치욕이었습니다.

해방의 환호와 기쁨이 살아지기도 전에 6·25 기습남침으로 수도 서울이 함락되고 낙동강전선에서 대한민국이 풍전등화의 위기에 처해 있을 때 하나님께서 선택ㄷ한 전쟁 영웅 맥아더 장군을 통해 악조건의 인천 상륙작전을 성공케 하시고 수도 서울을 수복케 하셨나이다.

하나님께서 인천 자유공원의 성산(聖山)에 에벤에셀의 맥아더 동상을 일찍이 세우도록 하시고 오늘 맥아더 장군을 추고하며 보은의 뜻을 표하게 하시니 감사하나이다.

위대하고 위풍 당당한 맥아더 장군이여!

장군은 하늘 아래 동방의 조용한 아침의 나라에 떠오른 혜성이었습니다.

대한민국에 꺼져가는 등불을 다시 밝혀주시고 암흑의 역사를 광명의 역사로 바꿔 주셨습니다.

생면부지의 나라 일면식도 없는 대한민국에 찾아 오셔서 인천상륙작전을 통해 배앗긴 땅을 되찾게 하시고 자유와 평화를 누리게 하셨습니다.

북진 통일을 그토록 간절히 염원했던 맥아더 장군이여!

한국군과 유엔군이 압록강까지 진격했으나 한번도 통일이 되기 직전에 좌절된 것은 우리에게 아쉬움과 한이 서려 있습니다. 지금도 남북대결의 전쟁은 끝나지 않았고 정전의 휴전상태가 지속되고 있으며 비대칭군사력으로 위협받고 있습니다.

그러나 맥아더 장군께서 당시 한번도 통일을 이루지 못했지만 머지 않아 한반도 통일은 기필코 우리가 이루어 낼 것입니다.

맥아더 장군이여! "노병은 죽지 않고 사라질 뿐이다" 라는 명언을 남기셨습니다. 맥아더 장군은 죽지 않으셨습니다. 전쟁 영웅인 전략가로서의 지략과 군인정신 그리고 그 위용은 오늘도 인천 자유공원 동상에서 늠름하게 월미도를 바라보며 살아 숨쉬고 계십니다.

당시 3년 1개월 간의 전쟁으로 피아 250만여명의 인명 살상과 일천만 이산 가족 발생 그리고 폐허가 되었던 대한민국이 한강의 기적을 이루었고 세계 경제 10위권에 진입하여 아시아 태평양 시대의 종주국으로 발돋움을 하고 있습니다. 이 모든 것은 맥아더 장군과 유엔군이 기초석을 놓아준 공로로 생각합니다. 다시 한번 맥아더 장군에게 경의와 감사를 표하며 경건하게 옷깃을 여미고 추모의 뜻을 표합니다. 고토록 장군께서 한반도 통일을 염원했던 그 유지를 우리가 계승하겠습니다. 21세기 새천년의 벽두에 한 세대는 가고 다시 올지라도 대한민국의 역사는 영원무궁할 것입니다. 우리가 피흘리고 땀흘려 이룩한 오늘의 대한민국이 천추만대에 계승되고 한민족의 얼이 생동케 될 것입니다.

그러나 오늘날 비상사태에 처해 있습니다. 한반도 비핵화를 빙자한 환상적인 평화통일에 속아 넘어가지 않도록 지켜주시고, 오직 맥아더 장군이 바라고 원했던 자유, 평화, 복지의 한반도 통일을 이루게 하옵소서. 반드시 삼천리 금수강간에 무궁화 꽃을 활짝 피우고, 우리 모두가 태극기를 손에 손에 들고 대한민국 만세 부르며 7천만 동포들이 환호하는 통일의 그날이 하루속히 오기를 간절히 소원합니다.

맥아더 장군이여! 이제 하늘 나라에서 평안히 안식하며 지켜 보소서. 지켜 보소서… 하나님께서 우리의 소원을 반드시 이루어 주실 것입니다. "
아멘!"

인천 상륙작전 제68주년을 맞이하며
2015.9.15.오후3시
김 흔 중

인천앞 바다의 맥아더 장군과 참모들

맥아더 유엔군사령관이 기함(旗艦) 마운트 매킨리호 함상에서
인천상륙작전을 지휘하고 있다.
뒤에 알몬드 육군 소장과 휘트니 육군 준장 등이 서 있다.(1950.9.15.)

> 맥아더 장군이 아니었다면
> 한반도사 적화될뻔 했다.

맥아더 동상 앞에서 헌화, 감사기도, 추모사, 추모시를 낭송하고 기념사
진을 촬영했다.(2015.9.15.오후)

5.

수원 양문교회 창립

양문교회 출입문 벽 위의 현판이다.(1988.12.6.설립, 담임목사 김흔중)

목사안수패

현재 이스라엘의 국경과 주변국가

목사 임직 및 선교사 파송예배에서 축도를 하고 있다.
목사로서의 최초의 축도이다.
(1996.10.7. 해군중앙교회 본당에서 김흔중목사)

김흔중 목사 임직 및 선교사 파송 예배를 마치고
(1996.10.7.해군중앙교회 : 설교 이헌제 목사)

양문교회 출입문 벽 위의 현판이다.(1988.12.6.설립, 담임목사 김흔중)

이스라엘 땅

명칭(Name)

이스라엘 땅은 이스라엘 백성에게 하나님께서 주시기로 한 약속의 땅이다. 즉, 벧엘에서 "하나님께서 아브라함에게 이르시되 너는 눈을 들어 너 있는 곳에서 동서남북을 바라보라 보이는 땅을 내가 너와 네게 주리니 영원히 이르리라"(창 13:14-15) 말씀하시 약속이 있었다.

예수께서 제자들에게 이르시되 아무든지 나를 따라 오려거든
자기를 부인하고 자기 십자가를 지고 나를 좇을 것이니라.
(마태복음 16:24)

십자가의 길(Via Dolorosa) : 채찍질 교회를 출발→
에케 호모교회를 지나며

기폭의 한 바탕에 나타나 있는 위와 아래의 파란 굵은 두 줄은 창세기 15:18에 근거하여 이집트의 나일강과 이라크의 유프라테스강을 상징한다는 일부의 주장도 있다.

오늘날 유대인들이 나일강에서 유프라테스강 사이의 땅이 약속의 땅이라고 노골적으로 주장한다면 국제적인 치소(嗤笑)거리가 될 뿐 아니라 아랍국가들과의 대립과 갈등이 증폭될 것이다. 그러므로 이스라엘 각급 학교에서는 국기 흰폭의 파란 두 줄은 출애굽시 홍해물이 갈라져서 생긴 두 지역의 바닷물을 상징하여 갈라진 바다사이 육지의 중앙에 다윗별이 자리잡고 있다고 가르치고 있다.

이스라엘이라는 최초의 이름은 야곱이 하란(밧단아람)에서 돌아 오다가 얍복강가의 브니엘에서 천사와 씨름하여 이기고 하나님의 축복으로 얻은 이름이다(창 32:22-32).

그후부터 이 이름을 민족과 국가의 이름으로 삼아 이스라엘 족속 또는 이스라엘 자손이라 불렀다.

성경에서 말하는 이스라엘은 가나안땅(Canaan, 창 16:3, 17:8, 민 34:1-12), 약속의 땅(The promised land, 출 6:4), 젖과 꿀이 흐르는 땅(The land flowing with milk and honey, 출 3:8, 렘 20:24, 민 13:27), 유다(Judah, 창 49:10, 민 26:22), 에레쯔 이스라엘(Eret'z Isarael, 이스라엘 땅), 하 아레쯔(Ha Arets), 팔리스티나(Philistina), 팔레스타인(Palestine), 사이땅(The land between), 성지(Holy land) 등의 여러 가지 이름으로 불렸다.

팔레스타인(Palestine) 또는 팔레스틴이라는 이름은 "블레셋 땅" 또는 "블레셋 사람"이라는 뜻이다. 본래 "블레셋 사람"이라는 뜻의 히브리어 펠리쉬팀(★)에 연유된 필리스틴(Philistine)에서 유래되었다.

지중해연안의 블레셋 땅에 살고 있던 사람들을 필리스티아(Philistia)라고 불렀고, 그 사람들을 주전 1200년경에 팔리스틴(Philisine)이라고 불렀다.

희랍의 "역사의 아버지"라고 부르는 역사가 헤로도토스(Herodotos, 주전 484?~425?)는 처음으로 성지(Holy Land)를 "팔레스타인"이라 부르기 시작했다. 블레셋의 원주민은 그레데(갑돌)에서 살고 있었다. 그들이 이스라엘의 지중해 해안선을 점령하여 가사, 가드, 아스글론, 아스돗, 에글론 등의 다섯 성읍이 동맹을 유지하면서 정착하였다(신 2:23).

노아의 아들 함에게는 네 명의 아들(구스, 미스라임, 붓, 가나안)이 있었다. 블레셋 사람은 둘째 아들 미스라임의 후손들이며, 가나안 사람은 넷째 아들 가나안의 후조들이다(창 10:6-14).

그러나 현재의 팔레스타인 사람들과 성경의 블레셋 사람들과는 이름만 관련이 있을뿐 혈통적으로는 전연 상관이 없게 되었다. 성경의 블레셋 족은 가나안 일곱 족과 함께 이미 역사에서 사라진지 오래이다. 그래서 현대의 블레셋땅에는 사실상 아랍인들이 대부분 살고 있었다.

로마시대에는 팔레스타인 남서쪽의 해안 평야 블레셋 땅의 거주자들에게만 팔레스타인이라고 불렀다.

그러나 주후 132-135년에 로마통치에 항거한 유대인들의 2차 반란이 일어나자 하드리안 황제는 "유대"라는 이름을 말살하고 지도에서 그 이름을 지우기 위하여 유대지역을 팔레스타인지역에 포함시킨후 "유대"라는 이름을 "팔레스타인(Palestine)"으로 바꿔 버렸다. 그후 영국이 위임 통치할 때(1919-1948년)에도 팔레스타인으로 불렀다.

제2차 세계대전이 종식될 후 팔레스타인 땅에 원주민 팔레스타인들과 아랍국가들은 독립국을 세우려 했으나 실현하지 못한 상태에 있었다. 이때에 유대인들이 팔레스타인 땅에 독자적으로 이스라엘의 독립을 선포(1948.5.14.)했다. 이로 인하여 인접 아랍국가들과 이스라엘간에 네

하루 세 번 이상 기도의 생활화 : 선교회 연락처 / 031-224-3929. 010-8162-3927

공○적 □수와 □성 □□□□ □□□□□

□□○□□ 팔레스타인 해방기□ □□□□□□□□□□□□□(□□□□□-ation)가 결성되어 1969년 야셀 아라파트(Yaser Arafat)가 의장으로□□□□ 되자, 아랍국가들과 공조관계를 유지하면서 이스라엘 내에 팔레스□□ □립 정부 수립을 위하여 지금까지 이스라엘과 평화협상을 계속하고 있□다.

이스라엘이 독립한후 아랍국가들과 전쟁이 다섯 차례가 있었지만 □□□라엘은 번번히 승리했다. 최초의 독립전쟁으로 유엔에서 분할해준 땅□다 약간 넓은 땅을 확보했으며, 6일전쟁 때에는 이집트(가자지구 : 3□□㎢), 요르단(요단강서안 : 5,878㎢), 시리아(골란고원 : 1,150㎢)땅을 점령하여 독립당시 이스라엘땅 보다도 훨씬 넓은 영토를 확장하여 오늘에이르고 있다.

그간에 6일전쟁시에 점령했던 시나이 반도는 이집트에 반환되었고 요르단과는 평화협정이 채결되었다. 그러나 골란고원은 시리아와 계속 협상테이블에 올려져 있다.

오늘날 유대인들은 하나님이 아브라함의 자손에게 허락한 약속의 땅(창13:4-15)이기 때문에 잃어버린 땅을 되찾은 주인이라고 생각한다. 반면에 팔레스타인 사람들은 그들의 조상이 살아왔고 제2차 세계대전 말까지 □□□□나인이라고 불러온 그들의 땅을 유대인들에게 빼앗겼기 때문에 독립정부를 건설 하겠다는 것이다. 또한 아랍 국가들은 팔레스타인을 지원하여 빼앗긴 땅을 회복하겠다는 생각을 버리지 않고 있다. □□□ □□□□□□ 대립되어 있는 중동사태는 이스라엘 땅을 중심으로 세계적인 화약고가 되고 있다.

○ 내가 너희를 만민 가운데서 모으며 너희를 흩은 열방 가운데서 모아내고 이스라엘 땅으로 너희에게 주리라 하셨다 하라(에스겔 11:17)

6.

聖地巡禮의
實際 저서 출간

예루살렘 기(旗)

2. 지리(Geography)

이스라엘은 지정학적으로 대단히 중요한 위치에 있다. 고대 문명의 발상지인 애굽과 메소포타미아 두 지역의 중간에 위치하여 양 대 세력권을 연결하는 비옥한 초생달 지역(Fertile Crescen)의 남서쪽의 길목에서 육교의 역할을 하는 교통의 요충지로써 고대로부터 오늘에 이르고 있다.

고대에는 아라비아 사막을 가로 지르는 가까운 길로 왕래가 불가능했기 때문에 애굽과 메소포타미아를 오고 가는 대상(隊商, caravan)이나 군대는 필연적으로 이스라엘 땅을 통과할 수밖에 없었다. 그러므로 강대국은 이스라엘을 지배하기에 힘썼다.

그 이유는, 첫째로 경제적 목적을 달성하기 위한 통상로 장악이며, 둘째로 정치, 군사적인 중요성을 인식한 교두보의 확보에 있었다.

고대 이스라엘의 역사는 이러한 지리적 위치로 인하여 불가피하게 강대국의 영향을 많이 받았다. 주변 강대국들은 이스라엘이 약세에 놓여 있을 때에 침범하였고 이스라엘은 분열왕국 때부터 앗수르, 바벨론, 페르시아, 그리스, 로마, 비잔틴, 아랍, 십자군, 터어키, 영국 등으로부터 침략을 당하였다.

현재에도 국제간의 분쟁의 불씨가 되고 있는 것은 아세아, 아프리카, 유럽의 3대륙이 교차하는 정치, 종교의 지리적 특성이 있기 때문이다.

지금의 이스라엘은 서쪽으로 지중해에 접하고 있을 뿐, 남쪽의 이집트, 동쪽의 요르단, 북쪽의 시리아 여러 나라로부터 둘러 싸여 포위된 상태로 아랍국가들과 국경을 이루고 있다. 또한 동쪽과 남동쪽에 위치한 아랍국인 이란, 이라크, 사우디아라비아 등 여러 나라 이하略)으로 둘러 싸여 있다.

이스라엘 국토의 총면적은 27,716㎢(한국국토 : 99,268㎢의 약 1/4)이며 이스라엘은 길고 좁은 형태로써 남북으로 그 길이가 450㎞이고 동서로 가장 넓은 곳의 폭이 135㎞이다. 또한 해발고도의 차이가 커서 해발 835m의 예루살렘과 지구상에서 가장 낮은 해저 398m의 사해는 예수살렘에서 불과 26㎞의 가까운 거리에 있다.

이스라엘의 지형과 지질은 매우 다양하다. 선캄브리아대(6억5천만년전~현재)에 대륙의 분리와 이동이 더욱 활발해질 때에 아프리카로부터 아라비아반도가 분리되면서 현재의 홍해와 이스라엘지역의 땅이 형성되었다고 한다.

모든 지질은 일반적으로 습곡구조(Fold structure)와 단열구조(Fracture structure)로 이루어진다. 습곡구조(褶曲構造)는 가소적(可塑的) 변형에 의해 수평으로 퇴적된 지층이 횡압력(橫壓力)을 받아 물결 모양으로 변형된 구조형태를 말하고 단열구조(斷裂構造)는 암석의 파괴전위(破壞轉位)에 의해 생긴 구조를 말한다. 이러한 지층구조 변동에 따라 이스라엘 땅은 주름작용(Folding)과 단층작용(Faulting)이 이루어지면서 다양한 지

표면의 지각이 이루어졌다

1. 이집트의 고대 유적답사

가장 오래된 암석지역은 아카바만의 서쪽 구릉지에 형성된 캄브리아기 (고생대최초기)의 화강암과 고생대(약 6억년전~2억2천5백만년전)의 사암지역이다.

이스라엘의 대부분 지역은 지질계통 중에 중생대(약 2억5백만년전~6천5백만년전)의 석회암과 백악암(白堊岩), 신생대(약6천5백만년전~현재) 제3기의 백악암, 석회암, 현무암, 그리고 제4기의 퇴적층이 분포되어 있다.

석회암(Limestone)은 이스라엘의 넓은 지역에 분포되어 있다. 석회암은 매우 단단하고 풍화 침식에 저항력이 강하여 산악과 구릉지대를 이루고 있어 나무가 잘 자라지 못하여 거의 민둥산을 이룬다.

현무암(Basalt)은 화산에 의해 분출되는 마그마에서 생성된다. 그래서 퇴적암이나 변성암과는 다르다. 현무암은 잘 깨지지 않고 매우 강도가 높아 건축 자재로 사용된다.

현무암이 풍화한 토양은 황갈색의 점성이 강한 토양이 되어 비옥한 농경지로 이용된다.

이스라엘에서 현대차부 "아반떼" 에 장품 출고하여 승용차로 1년여 동안 이스라엘과 요르단 성지를 두루 답사했다.
(1996년 12월 25일 김흔중)

사암(Sandstone)은 석회암과 같이 단단하며 풍화침식에 강해서 높은 산지를 이루고 있다. 석회암과 현무암은 빗물이 지하로 깊이 스며들어 그 지표에 흐르는 하천이 별로 없다. 이스라엘 지역이 대부분 그렇기 때문에 비가 올 때만 이집트(애굽)와 기독교 성적 및 고대 유적을 와디(wadi) 암지대는 빗물이 깊이 스며 배낭을 메고 혼자 선전장서를 답사했다 것이 특징으로 트란스 요르단 지역에 많이 나타나고 있다.

이스라엘의 지형은 해안평야지역, 중앙산악지역, 요단 계곡지역, 요단 동편 지역 그리고 네게브지역의 5개 지역으로 구분된다.

추천사

성서가 생겨난 현장 답사

흔히 성지순례라는 말을 하는데 실제로 현장에 가보면 상업화로 인해서 거룩한 느낌을 받지 못하는 경우가 허다합니다. 그래서 최근에는 성서현장 답사라는 말로 대신해 보라고 권유합니다.

성지순례는 성서가 어떻게 쓰여졌는가 하는 현장 답사 없이는 그 실효를 거둘 수가 없는 것이지요.

그런 의미에서 김흔중 목사님의 〈새천년 성지순례의 실제〉라는 책은 참으로 좋은 성서현장 답사 안내서라고 하지 않을 수가 없습니다.

김 목사님은 이스라엘 현지에서 선교사로 활동하시면서 이스라엘은 물론이려니와 애굽, 요르단, 터키, 그리스, 로마 등 성서가 쓰여진 현장을 두루 다니면서 직접 자료를 모았고 또 그 때 그 때의 감동을 그대로 수록해 놓으셨습니다.

평소에 성경공부를 인도하면서 성경 앞에 놓고 눈으로 보고 느낄 수 있을 정도의 참고서가 있었으면 했는데 바로 그런 총천연색의 드라마를 펼쳐주는 책이 김 목사님의 성서지리 연구와 성지현장 답사 책이 아닌가 합니다.

그의 평생을 바치고 혼신을 다해 저술한 흔적이 그 책의 장과 절을 넘길 때마다 그리스도의 향기처럼 풍겨납니다.

성서를 연구하시는 분은 말할 것도 없고 성지에 관심 있는 신학도와 평신도 그리고 성서가 쓰여진 현장을 답사하고 싶으신 분은 누구나 김흔중 목사님의 이 책을 장서로 마련하시면 매우 유익할 것입니다.

김 목사님의 오랜 노고를 치하해 마지 않으며 이번에 그의 옥고가 빛을 보게 됨을 진심으로 축하합니다.

2000년 9월 28일
연세대학교 연합신학대원장 김 중 기

머리말

성지순례는 일반적인 관광목적의 순례가 아니라 성경에 대한 깊은 지식을 현장에서 ★★★ 성지에 관련된 지리, 역사, 문화, 환경, 언어 등의 배경을 통해서 성경에 기록된 말씀을 직접 상고하며 은혜스럽게 체험할 수 있는 기회로 삼아야 한다.

이스라엘의 광야언덕에 올라서서 요단 동녘 산 넘어에서 떠오르는 붉은 태양을 바라볼 때마다 유난이 크고 가깝게 다가 보인다. 세계 어느 곳에서 볼 수 없는 장엄한 창조의 신비를 느끼며 감동을 받게 된다.

성지 이스라엘의 광야에 흩어진 돌 하나, 나무 한 그루, 들에 백합화 한 송이도 무심코 바라볼 수 없다. 하늘에 어디론지 떠가는 한 폭의 흰 구름, 실바람에 춤을 추는 나뭇가지의 한 잎사귀도, 페지어 창공을 나는 산새들의 모습도 예사로 보이지 않는다. 오직 거룩한 땅 이스라엘에서만 체험하게 되는 진양적인 감회인 것이다.

필자는 이스라엘에 선교사로 파송(1997년)되어 골고다 언덕과 겟세마네 동산에서 자주 심야기도와 새벽기도를 드릴 때마다 한국에서 체험하지 못한 많은 은혜와 감사가 넘쳤다.

예수님의 생애를 통하여 이 땅에 남긴 족적(足跡)은 성지순례의 핵심적인 정지이며, 그 중에도 예루살렘은 기독교인들에게 세계속의 중심이 되는 신앙의 고향이다. 또한 믿음의 조상들이 남긴 발자취와 사도들의 복음사역의 경로 그리고 복음을 증거하다가 순교한 모든 지역은 전부 성지인 것이다.

하나님께서 약속하실 땅을 향한 아브라함의 경로, 모세에 의한 이스라엘 백성의 출애굽 경로의 현장, 여호수아의 가나안땅 정복, 사사시대-통일왕국시대-분열왕국시대의 격전지 등은 선민 이스라엘 민족뿐만 아니라 우리에게도 영적인 전쟁의 현장으로써 교훈이 되고 있다.

오늘날 21세기에 접어들어 성지 이스라엘에 대한 관심은 어느 때 보다도 고조되고 있으며 "젖과 꿀이 흐르는 기록한 땅"을 직접 밟아 보고 눈으로 확인하고 싶은 생각에 세계 기독교인들의 공통된 평생의 소원일 것이다.

세계 각국으로부터 성지를 찾는 많은 기독교인들의 발길이 끊이지 않고 있다. 한국에서도 그간에 많은 목회자와 기독교인들이 성지순례를 했지만 짧은 일정으로 인하여 한정된 지역에 국한될 수밖에 없었고, 아직까지 성지순례의 염원을 실현하지 못한 기독교인들이 대부분이다. 그래서 실질적이고 내실성이 있는 광범위한 성지순례 안내서 발간의 필요성이 제기된 것이다.

본서는 그간에 수집된 많은 문헌의 자료를 토대로, 현장의 이스라엘, 이집트, 요르단, 터어키, 그리스, 로마 등의 중요한 성지의 대부분을 답사하여 요약 정리한 것이다.

특히 전승에 의해 전해지고 있는 "예수님의 애굽 피난길"에 대한 경로의 답사결과를 포함시키게 된 것을 대단히 뜻 깊게 생각한다.

본서는 7가지에 목한점을 두고 저술했다.

(1) 성지에 관련된 성경본문 말씀을 가급적 열거하여 체계적으로 시대순에 따라 요약하여 정비했다.

(2) 성지순례를 하고자 할 때 사전 지식을 철철적으로 체득하고, 성지순례를 마치고 난다음 다시 읽을 때 더욱 체계적이고 깊이있는 생명의 말씀을 체험토록 했다.

(3) 성지순례의 기회를 갖지 못할 경우에도 누구든지 본 안내서만 읽어

289

보면 성지에 대한 충분한 지식을 얻을 수 있도록 했다.

(4) 본서는 신학생들에게 성서지리 공부에 도움이 되고 목회자들에게도 필요한 참고자료가 되도록 했다.

(5) 누구든지 성지에 관련된 성경말씀을 읽을 때, 말씀을 들을 때 그리고 말씀을 가르칠 때에 필요한 길잡이가 되도록 했다.

(6) 성지의 사진은 대부분 사진작가의 사진을 사용하여 현장감을 한층 새롭게 했다.

(7) 성경의 동식물에 관련된 말씀을 잘 이해할 수 있도록 동식물을 설명한 부록을 첨부했다.

본 성지순례 안내서의 책자가 아무쪼록 모든 기독교인들에게 실질적으로 참고되고 효과적으로 활용되어 은혜가 넘치기를 진심으로 기원한다. 끝으로 본 책자 발간에 즈음하여 먼저 하나님께 감사하며, 적극 도움을 주신 서울 양문교회 당회장 서공섭 목사님과 당회원님들, 사진을 제공한 촬영작가 김한기 선생, 성지답사에 동참하여 수고한 정재학 목사, 히브리대학교에서 2년간 히브리어 공부를 하면서 내조해 준 이기자(李紀子) 성경원어연구소 소장, 출판준비에 직접 협조한 손요셉 목사와 이향란 집사, 그리고 청담출판사 여러분들께 감사드린다.

주후 2000년 9월 28일

김 흔 중 謹識

바라고 한다.

특히 우기가 끝나고 건기가 붙어오는 바람(40-50℃)을 시로코(Siroco, ~~~~ 방언)이 ~~~ 에굽에서 ~~~ 캄신(Khamsin)이라고 하는데 통상 "함 ~~~ 이라 부르기도 한다. 이 바람이 불면 초목이 말라 죽는다.

그러나 한 여름에 인도 계절풍 몬순의 영향을 받아 메소포타미아 지역

舊 約

히브리어

←읽는방향

[ס] 1 1 בְּרֵאשִׁ֖ית בָּרָ֣א אֱלֹהִ֑ים אֵ֥ת הַשָּׁמַ֖יִם וְאֵ֥ת הָאָֽרֶץ׃

2 וְהָאָ֗רֶץ הָיְתָ֥ה תֹ֙הוּ֙ וָבֹ֔הוּ וְחֹ֖שֶׁךְ עַל־פְּנֵ֣י תְה֑וֹם וְר֣וּחַ אֱלֹהִ֔ים מְרַחֶ֖פֶת עַל־פְּנֵ֥י הַמָּֽיִם׃ 3 וַיֹּ֥אמֶר אֱלֹהִ֖ים יְהִ֣י א֑וֹר וַֽיְהִי־א֖וֹר׃ 4 וַיַּ֧רְא אֱלֹהִ֛ים אֶת־הָא֖וֹר כִּי־ט֑וֹב וַיַּבְדֵּ֣ל אֱלֹהִ֔ים בֵּ֥ין הָא֖וֹר וּבֵ֥ין הַחֹֽשֶׁךְ׃ 5 וַיִּקְרָ֨א אֱלֹהִ֤ים ׀ לָאוֹר֙ י֔וֹם וְלַחֹ֖שֶׁךְ קָ֣רָא לָ֑יְלָה וַֽיְהִי־עֶ֥רֶב וַֽיְהִי־בֹ֖קֶר י֥וֹם אֶחָֽד׃

창세기 1장 1절~3절

新 約

헬라어

읽는방향 →

22.19 καὶ ἐάν τις ἀφαιρῇ — ἀπὸ τῶν λόγων βίβλου — τῆς προφητείας ταύτης, ἀφαιρήσει ὁ θεὸς τὸ μέρος αὐτοῦ ἀπὸ βίβλου — τῆς ζωῆς, καὶ ἐκ τῆς πόλεως τῆς ἁγίας, καὶ τῶν γεγραμμένων ἐν — βιβλίῳ τούτῳ. 22.20 Λέγει ὁ μαρτυρῶν ταῦτα, Ναί ἔρχομαι ταχύ. Ἀμήν. Ναί, ἔρχου, κύριε Ἰησοῦ. 22.21 Ἡ χάρις τοῦ κυρίου ἡμῶν Ἰησοῦ Χριστοῦ μετὰ πάντων ὑμῶν. Ἀμήν.

계시록 22장 19절~21절

이다. 만년설의 헬몬산에서 갈릴리호수로 흘러 들어오는 물은 이스라엘 사람들의 생존을 위해 절대적으로 필요한 물이다. 그러므로 헬몬산의 급수원은 골란고원에 관련된 지역이기 때문에 골란고원을 시리아에게 반환하는 문제는 이스라엘로서는 용이한 일이 아니다.

이스라엘은 물 관리를 잘하여 곳곳마다 농작물과 과수나무 그리고 많은 식물을 재배하여 거치른 광야가 푸르르며 젖과 꿀이 흐르는 낙원으로 변하게 하고 있다.

이슬(Dew)은 이스라엘에서 비교적 많은 것이 특색이다. 이슬은 야간에 온도가 급격히 내려갈 때 생긴다. 풍부한 이슬은 농작물 재배에 유리하다. 지역에 따라 이슬이 내리는 일 수가 다른데 가장 많이 내리는 지역은 건조한 사막지대인 네게브 북서지역으로 250일간의 내리며 벧산과 훌라분지는 불과 50일밖에 내리지 않는다. 성경에는 이슬이 축복을 뜻하고 있는 구절이 많다(신 33:28, 창 29:28 등).

이스라엘은 척박한 땅이지만 3대륙과 접해 있는 지리적 위치의 조건, 다양한 지형, 기후의 특성은 풍부하고 다양한 동식물의 서식에 적합하여 약 400종의 조류, 150종이 넘는 포유동물과 파충류, 약 3,000종의 식물이 서식하고 있는데 그중 150여종의 식물은 이스라엘이 원산지이다.

기후조건의 계절적 급격한 전환과 기상의 특징들은 이스라엘의 민족성과 문화, 종교에 큰 영향을 미쳤을 것이다.

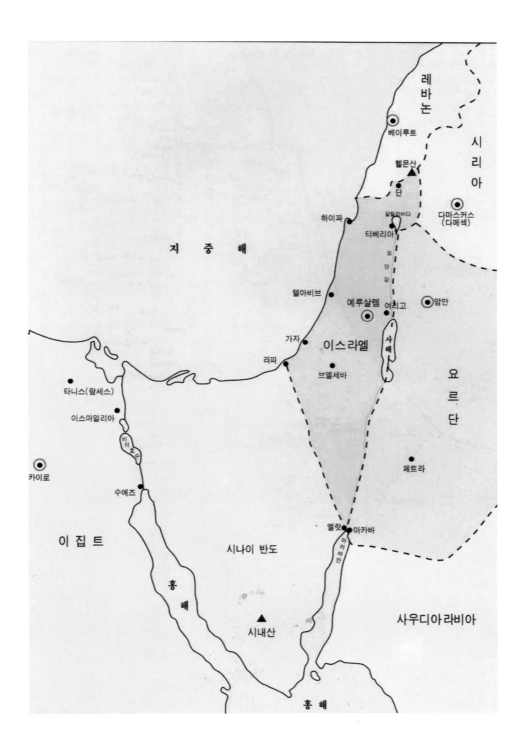

현재 이스라엘의 국경과 주변국가

현대 이스라엘영토의 변화

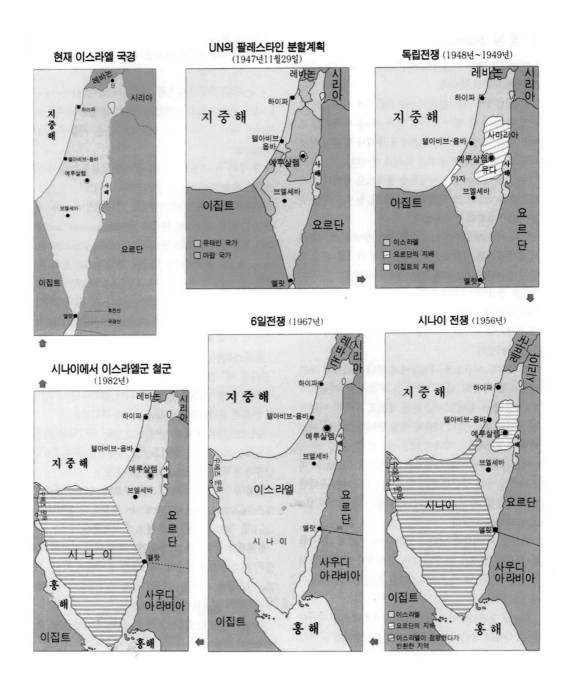

현재 이스라엘 국경

UN의 팔레스타인 분할계획
(1947년11월29일)

독립전쟁 (1948년~1949년)

시나이에서 이스라엘군 철군
(1982년)

6일전쟁 (1967년)

시나이 전쟁 (1956년)

이스라엘 땅

1. 명칭(Name)

이스라엘 땅은 이스라엘 백성에게 하나님께서 주시기로 한 약속의 땅이다. 즉, 벧엘에서 "하나님께서 아브라함에게 이르시되 너는 눈을 들어 너 있는 곳에서 동서남북을 바라보라 보이는 땅을 내가 너와 네 자손에게 주리니 영원히 이르리라"(창 13:14-15) 말씀하신 약속의 땅이다.

아브람(아브라함)이 동서남북을 종횡으로 행하여 바라보았던(창 13:17) 그 약속의 〈가나안 땅〉을 이스라엘 백성이 출애굽하여 정복하였다. 그러나 이스라엘은 여러시대를 거쳐 수난의 역사속에서 흥망성쇠를 거듭하면서 주변국가의 지배를 받아 오다가 오늘날의 이스라엘 땅을 확보하게 되었다.

또한 창세기 15:18에서 하나님은 아브람에게 언약을 세워 말씀하시기를 "내가 애굽강에서부터 그 큰 강 유브라데 까지의 이 땅을 네 자손에게 줄 것이다" 라고 약속하였다.

그 약속된 이집트의 나일강에서부터 이라크의 유프라테스강 까지의 넓은 땅이 그 후로부터 지금까지 4000년 동안 한번도 이스라엘 땅으로 약속이 이루어진 사실이 없다. 그저 약속의 땅일 뿐이다. 그러나 이스라엘 백성들에게는 약속에 대한 소망의 땅이다.

이스라엘의 국가를 상징하는 그들의 국기(國旗)는 이스라엘의 땅과 밀접한 관계가 있다. 그 국기는 유대인들이 기도할 때 머리에 덮어 쓰는 넓은 흰 보자기(탈리트)에서 유래 되었다.

기폭의 한 바탕에 나타나 있는 위와 아래의 파란 굵은 두 줄은 창세기 15:18에 근거하여 이집트의 나일강과 이라크의 유프라테스강을 상징한다는 일부의 주장도 있다.

오늘날 유대인들이 나일강에서 유프라테스강 사이의 땅이 약속의 땅이라고 노골적으로 주장한다면 국제적인 치소(嗤笑)거리가 될 뿐 아니라 아랍국가들과의 대립과 갈등이 증폭될 것이다. 그러므로 이스라엘 각급 학교에서는 국기 흰폭의 파란 두 줄은 출애굽시 홍해물이 갈라져서 생긴 두 지역의 바닷물을 상징하여 갈라진 바다사이 육지의 중앙에 다윗별이 자리잡고 있다고 가르치고 있다.

이스라엘이라는 최초의 이름은 야곱이 하란(밧단아람)에서 돌아 오다가 얍복강가의 브니엘에서 천사와 씨름하여 이기고 하나님의 축복으로 얻은 이름이다(창 32:22-32).

그후부터 이 이름을 민족과 국가의 이르믕로 삼아 이스라엘 족속 또는 이스라엘 자손이라 불렀다.

성경에서 말하는 이스라엘은 가나안땅(Canaan, 창 16:3, 17:8, 민 34:1-12), 약속의 땅(The promised land, 출 6:4), 젖과 꿀이 흐르는 땅(The land flowing with milk and honey, 출 3:8, 렘 20:24, 민 13:27), 유다(Judah, 창 49:10, 민 26:22), 에레쯔 이스라엘(Eret'z Isarael, 이스라엘 땅), 하 아레쯔(Ha Arets), 필리스티나(Philistina), 팔레스타인(Palestine), 사이땅(The land between), 성지(Holy land) 등의 여러 가지 이름으로 불렸다.

팔레스타인(Palestine) 또는 팔레스틴이라는 이름은 "블레셋 땅" 또는 "블레셋 사람"이라는 뜻이다. 본래 "블레셋 사람"이라는 뜻의 히브리어 펠리쉬팀(★)에 연유된 필리스틴(Philistine)에서 유래되었다.

지중해연안의 블레셋 땅에 살고 있던 사람들을 필리스티아(Philistia)라고 불렀고, 그 사람들을 주전 1200년경에 필리스틴(Philisine)이라고 불렀다.

희랍의 "역사의 아버지"라고 부르는 역사가 헤로도토스(Herodotos, 주전 484?~425?)는 처음으로 성지(Holy Land)를 "팔레스타인"이라 부르기 시작했다. 블레셋의 원주민은 그레데(갑돌)에서 살고 있었다. 그들이 이스라엘의 지중해 해안땅을 점령하여 가사, 가드, 아스글론, 아스돗, 에글론 등의 다섯 성읍이 동맹을 유지하면서 정착하였다(신 2:23).

노아의 아들 함에게는 네 명의 아들(구스, 미스라임, 붓, 가나안)이 있었다. 블레셋 사람은 둘째 아들 미스라임의 후손들이며, 가나안 사람은 넷째 아들 가나안의 후손들이다(창 10:6-14).

그러나 현재의 팔레스타인 사람들과 성경의 블레셋 사람들과는 이름만 관련이 있을뿐 혈통적으로는 전연 상관이 없게 되었다. 성경의 블레셋 족은 가나안 일곱 족과 함께 이미 역사에서 사라진지 오래이다. 그래서 현대의 블레셋 땅에는 사실상 아랍인들이 대부분 살고 있었다.

로마시대 초기에 이스라엘의 남서쪽의 해안 평야 블레셋 땅의 거주자들에게만 팔레스타인이라고 불렀다.

그러나 주후 132-135년에 로마통치에 항거한 유대인들의 2차 반란이 일어나자 하드리안 황제는 "유대"라는 이름을 말살하고 지도에서 그 이름을 지우기 위하여 유대지역을 팔레스타인지역에 포함시킨후 "유대"라는 이름을 "팔레스타인(Palestine)"으로 바꿔 버렸다. 그후 영국이 위임 통치할 때(1919-1948년)에도 팔레스타인으로 불렀다.

제2차 세계대전이 종식된 후 팔레스타인 땅에 원주민 팔레스타인들과 아랍국가들은 아랍민족국가를 세우려 했으나 실현하지 못한 상태에 있었다. 이때에 유대인들이 팔레스타인 땅에 독자적으로 이스라엘의 독립을 선포(1948.5.14.)했다. 이로 인하여 인접 아랍국가들과 이스라엘간에 네

차례의 중동전쟁을 불러 일으켰다. 그후 이스라엘이 한차례 레바논을 침공한 후 철수한 국경 분쟁도 있었다.

1964년 팔레스타인 해방기구(P.L.O. : Palestine Liberation Organization)가 결성되어 1969년 야셀 아라파트(Yaser Arafat)가 의장으로 취임하자, 아랍국가들과 공조관계를 유지하면서 이스라엘 내에 팔레스타인 독립 정부 수립을 위하여 지금까지 이스라엘과 평화협상을 계속하고 있다.

이스라엘이 독립한후 아랍국가들과 전쟁이 다섯 차례가 있었지만 이스라엘은 번번히 승리했다. 최초의 독립전쟁으로 유엔에서 분할해준 땅 보다 약간 넓은 땅을 확보했으며, 6일전쟁 때에는 이집트(가자지구 : 360㎢), 요르단(요단강서안 : 5,878㎢), 시리아(골란고원 : 1,150㎢)땅을 점령하여 독립당시 이스라엘땅 보다도 훨씬 넓은 영토를 확장하여 오늘에 이르고 있다.

그간에 6일전쟁시에 점령했던 시나이 반도는 이집트에 반환되었고 요르단과는 평화협정이 체결되었다. 그러나 골란고원은 시리아와 계속 협상테이블에 올려져 있다.

오늘날 유대인들은 하나님이 아브라함의 자손에게 허락한 약속의 땅(창 13:4-15)이기 때문에 잃어버린 땅을 되찾은 주인이라고 생각한다. 반면에 팔레스타인 사람들은 그들의 조상이 살아왔고 제2차 세계대전 말까지 팔레스타인이라고 불러온 그들의 땅을 유대인들에게 빼앗겼기 때문에 독립정부를 건설 하겠다는 것이다. 또한 아랍국가들은 팔레스타인을 지원하여 빼앗긴 땅을 회복하겠다는 생각을 버리지 않고 있다. 따라서 첨예하게 대립되어 있는 중동지역은 이스라엘 땅을 중심으로 세계적인 화약고가 되고 있다.,

○ 내가 너희를 만민가운데서 모
으며 너희를 흩은 열방 가운데서
모아내고 이스라엘 땅으로 너희
에게 주리라 하셨다 하라(에스겔
11:17)

2. 지리(Geography)

이스라엘은 지정학적으로 대단
히 중요한 위치에 있다. 고대 문
명의 발상지인 애굽과 메소포타미
아 두 지역의 중간에 위치하여 양
대 세력권을 연결하는 비옥한 초
생달 진역(Fertile Crescen)의 남
서쪽의 길목에서 육교의 역할을 하는 교통의 요충지로써 고대로부터 오
늘에 이르고 있다.

고대에는 아라비아 사막을 가로 지르는 가까운 길로 왕래가 불가능했기
때문에 애굽과 메소포타미아를 오고 가는 대상(隊商, caravan)이나 군대
는 필연적으로 이스라엘 땅을 통과할 수밖에 없었다. 그러므로 강대국은
이스라엘을 지배하기에 힘썼다.

그 이유는, 첫째로 경제적 목적을 달성하기 위한 통상로 장악이며, 둘째
로 정치, 군사적인 중요성을 인식한 교두보의 확보에 있었다.

고대 이스라엘의 역사는 이러한 지리적 위치로 인하여 불기피하게 강대
국의 영향을 많이 받았다. 주변 강대국들은 이스라엘이 약세에 놓여 있을

때에 침범하였고 이스라엘은 분열왕국 때부터 앗수르, 바벨론, 페르시아, 그리스, 로마, 비잔틴, 아랍, 십자군, 터어키, 영국 등으로부터 침략을 당하였다.

현재에도 국제간의 분쟁의 불씨가 되고 있는 것은 아세아, 아프리카, 유럽의 3대륙이 교차하는 정치, 종교의 지리적 특성이 있기 때문이다.

지금의 이스라엘은 서쪽으로 지중해에 접하고 있을 뿐, 남쪽의 이집트, 동쪽의 요르단, 북쪽의 시리아와 레바논으로부터 둘러 싸여 포위된 상태로 아랍국가들과 국경을 유지하고 있다. 또한 동쪽과 북동쪽에 위치한 아랍국인 이란, 이라크, 사우디아라비아 등의 세 나라에 이중(二重)으로 둘러 싸여 있다.

이스라엘 국토의 총면적은 27,716㎢(한국국토 : 99,268㎢의 1/4)이며 이스라엘은 길고 좁은 형태로써 남북으로 그 길이가 450㎞이고 동서로 가장 넓은 곳의 폭이 135㎞이다.또한 해발고도의 차이가 커서 해발 835m의 예루살렘과 지구상에서 가장 낮은 해저 398m의 사해는 예수랄렘에서 불과 26㎞의 가까운 거리에 있다.

이스라엘의 지형과 지질은 매우 다양하다. 신생대(약 6천5백만년전 ~ 현재)에 대륙의 분리와 이동이 더욱 활발해질 때에 아프리카로부터 아라비아반도가 분리되면서 현재의 홍해와 이스라엘지역의 땅이 형성되었다고 한다.

모든 지질은 일반적으로 습곡구조(Fold structure)와 단열구조(Fracture structure)로 이루어진다. 습곡구조(褶曲構造)는 가소적(可塑的) 변형에 의해 수평으로 퇴적된 지층이 횡합력(橫壓力)을 받아 물결 모양으로 변형된 구조형태를 말하고 단열구조(斷裂構造)는 암석의 파괴전위(破壞轉位)에 의해 생긴 구조를 말한다. 이러한 지층구조 변동에 따라 이스라엘 땅은 주름작용(Folding)과 단층작용(Faulting)이 이루어지면서 다양한 지표면의 지각이 이루어졌다.

가장 오래된 암석지역은 아카바만의 서쪽 구릉지에 형성된 캄브리아기(고생대최초기)의 화강암과 고생대(약 6억년전~2억2천5백만년전)의 사암지역이다.

이스라엘의 대부분 지역은 지질계통 중에 중생대(약 2억5백만년전~6천5백만년전)의 석회암과 백악암(白堊岩), 신생대(약6천5백만년전~현재) 제3기의 백악암, 석회암, 현무암, 그리고 제4기의 퇴적층이 분포되어 있다.

석회암(Limestone)은 이스라엘의 넓은 지역에 분포되어 있다. 석회암은 매우 단단하고 풍화 침식에 저항력이 강하여 산악과 구릉지대를 이루고 있어 나무가 잘 자라지 못하여 거의 민둥산을 이룬다.

현무암(Basalt)은 화산에 의해 분출되는 마그마에서 생성된다. 그러므로 퇴적암이나 변성암과는 다르다. 현무암은 잘 깨지지 않고 매우 강도가 높아 건축 자재로 사용된다.

현무암이 풍화한 토양은 황갈색의 점성이 강한 토양이 되어 비옥한 농경지로 이용된다. 골란고원과 하부 갈릴리의 동부지역에 주로 형성되어 있다.

사암(Sandstone)은 석회암과 같이 단단하며 풍화침식에 강해서 높은 산지를 이루고 있다. 석회암과 현무암은 빗물이 지하로 깊이 스며들어 그 지표에 흐르는 하천이 별로 없다. 이스라엘 지역이 대부분 그렇기 때문에 비가 올 때만 물이 흐르는 와디(wadi)가 형성된다. 그러나 사암지대는 빗물이 깊이 스며 들지 않아 사철 흐르는 상시의 하천이 있는 것이 특징으로 트란스 요르단 지역에 많이 나타나고 있다.

이스라엘의 지형은 해안평야지역, 중앙산악지역, 요단 계곡지역, 요단 동편 지역 그리고 네게브지역의 5개 지역으로 구분된다.

해안평야지역은 지중해에 접하고 있는 레바논에서 이집트국경까지 뻗어 있는 길이 약 270㎞의 해안에 연하여 있다. 북쪽으로부터 악고평야, 이스르엘평야, 샤론평야, 블레셋평야로 이어진다. 해안평야의 폭은 북부는 약 10㎞, 중부는 약 20㎞, 남부는 약 35㎞가 된다.

중앙산악지역은 이스라엘의 중앙을 남북으로 달리고 있는 고지들이며 이것은 베네게의 레바논산맥이 연장되어 남쪽으로 연해져 있다. 고지대는 갈릴리지방에서 시작하여 중앙부에서 사마리아 지방의 에브라임산지를 이루고 벧엘 이남에서 조금 낮은 유다산지를 형성한 후 헤브론에 이른다.

요단계곡지역은 중앙고지대와 트란스 요르단 사이의 훌라계곡으로부터 시작하여 갈릴리호수와 사해를 지나 아라바에 이어져 엘랏에 이르는 좁고 길다란 계곡이다. 이 계곡의 갈릴리호수와 사해지역의 계곡은 지구상에서 가장 낮은 곳이다.

요단동편지역은 요단강 동부의 통상 트란스(동)요르단 지역이라고 말한다. 이 지역은 북의 헬몬산에서 남의 홍해까지 일직선으로 이루어진 거대한 고원지대이다. 따라서 이스라엘의 중앙산악지역 보다 조금 더 높다. 북으로부터 야르묵강, 얍복강, 아르논강, 세렛강이 주로 동에서 서쪽 방향으로 깊은 협곡으로 흘러 요단강 본류 또는 사해에 합류 한다.

네게브지역은 이스라엘의 남쪽 넓고 평평한 사막일대의 지역을 지칭한다. "네게스"란 말은 남쪽 또는 황무지라는 뜻이다. 출애굽한 이스라엘 백성이 시나이반도와 네게브지역(일부)에서의 광야 생활은 가나안의 약속한 땅으로 들어가는 과정의 신앙적 훈련 도장이었다.

도로는 지역과 지역을 연결하는 중요한 요소이다. 성경에 보면 남북을 관통하는 4개의 큰 길이 있었다. 그 도로는 해안도로, 왕의 대로, 족장의 도로, 해안의 길 등이다.

해안도로(Via Maris)는 해변길 이라고도 한다(사 9:1). 애굽에서 지중해

연안을 따라 북상하여 블레셋평야, 샤론평야를 통과한 후 이스르엘평야를 지나 하솔을 경유하여 다메섹에 이르는 당시 국제 간선도로로써 군대와 대상의 통행에 많이 이용되었다.

왕의 대로(The King's High way)는 특별히 왕들과 관련된 이름이 아니라 "주된길"임을 뜻한다. 성경에는 단순히 "대로"라 불렀고(민 20:19) 왕의 대로라고 부르기도 했다(민 20:27, 21:22). 왕의 대로는 다메섹을 기점으로 트란스요르단 고원의 동쪽 가장자리의 길하레셋과 페트라를 경유하여 아카바만의 엘랏에 이르는 국제 간선도로로써 주로 대상들이 이용하여 아라비아와 아프리카의 국제교역이 활발했다.

족장의 도로(Patriachs Road)는 산지길이라 부르기도 한다. 이스라엘의 중앙산지의 비교적 평탄한 산등성이를 남북으로 달리는 길이다. 이 길은 족장시대의 아브라함, 이삭, 야곱과 인연이 깊기 때문에 족장의 길이라는 이름이 붙여 졌다. 북쪽 세겜에서 실로, 미스바, 라마, 기브아, 예루살렘, 베들레헴, 헤브론을 지나 브엘세바로 내려가는 길이다. 족장의 도로는 북쪽의 세겜에서 갈라져 하나는 북서로 향해 도단을 지나 므깃도에 이르고, 다른 하나는 북동쪽의 디르사를 지나 벧산에 이른다. 남쪽의 헤브론에서도 갈라져 하나는 남서쪽으로 브엘세바를 경유하여 수르길로 가는 길과 다른 하난느 호르마를 지나 네겝 중심부를 통하여 가데스바네아까지 이르는 길이다.

계곡의 길(Valley Road)은 갈릴리호수에서 요단계곡으로 남하 하는 길이다. 갈릴리호수에서 벧산, 여리고, 사해, 엔게디를 지나 아라바 계곡을 통하여 엘랏에 이른다. 이 길은 도중에 여리고에서 예루살렘을 향하는 길, 엔게디에서 헤로디움을 지나 헤브론에 이르는 지선(支線)의 길이 있다.

또한 이스라엘의 동서로 통하는 4개의 횡단 도로가 있다. 북쪽으로부터 (1) 길르악-벧산-이스르엘-도단-해안도로에 이르는 길 (2) 브누엘-아

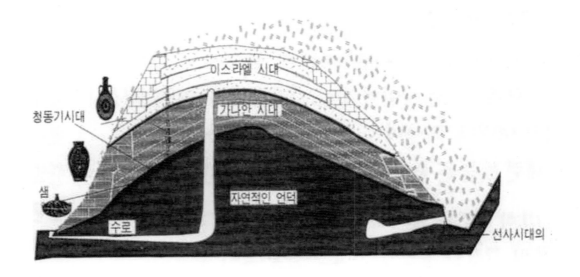

텔의 형태

담-디르시-세겜-사마리아-샤론평야-해안도로에 이르는 길 (3) 에돔-아라바-네게브(남방)-브엘세바-해안도로에 이르는 길 (4) 암몬-여리고-벧엘-기브온-벧호론-아얄론-욥바에 이르는 길이다. 이스라엘의 지도를 펴놓고 보면 지리적 특성과 지형의 형태 그리고 교통망을 잘 이해할 수 있다.

성지를 직접 순례할 때나 안내서를 읽을 때에 익숙지 못한 텔(Tel)이라는 생소한 용어에 접하게 된다.

텔(Tel)은 아카드어의 틸루(Tilu)에서 연유되어 아랍어로 이어져 "평평한 인조언덕"을 텔이라고 부르고 있다.

텔은 보통의 산언덕이라는 뜻이 아니라 평평한 언덕에 건설된 도시가 지진이나 적의 침략으로 붕괴되어 황폐화된 고고학적 의미의 "평평한 인조언덕"을 말한다.

지난날 가나안 시대와 구약시대에 세워졌던 주요도시는 거의가 모두 황

이스라엘의 주요명산

산 이름	높이 (해발)	산 이름	높이 (해발)
감 람 산	▲830 m	모 래 산	▲518 m
갈 멜 산	486 m	모리아산 (성전산)	750 m
그리심산	890 m	시 내 산	2,285 m
길보아산	546 m	시 온 산	765 m
느 보 산	710 m	에 발 산	930 m
다 볼 산	588 m	헬 몬 산	2,814 m

세계에서 제일 낮은 저지대

⬇

지 명	해 저
사 해	▼-398 m
갈릴리호수	-212 m
여 리 고	-255 m
벧 산	-120 m

폐화된 이전 도시의 터 위에 다시 도시가 세워졌다.

최초에 세워진 언덕의 도시는 적의 공격을 쉽게 방어할 수 있었고, 급수 시설이 가능 했으며, 주변도로를 지배할 수 있는 나지막하고 평평한 언덕에 위치하고 있었다.

이러한 언덕의 도시가 파괴될 경우에 인위적으로 흙을 다시 쌓아서 반복적으로 다음 세대에 다시 도시를 건설하였다. 그리하여 최초 지대보다 점차 높은 지대의 언덕이 이루어졌다. 이러한 지층(Strata)을 폐허층이라 부르기도 한다.

마치 시루떡의 층계처럼 겹겹이 지층이 생겨서 고대로부터 현재에 이른 것이다. 이러한 텔의 도시는 교통의 요지에 위치하여 당시의 역사적 배경에 따른 문화, 정치, 경제, 군사적인 요충지 였다.

3. 기후(Climate)

　기후에 있어 이스라엘은 지리적 위치가 지중해와 아라비아 사막 사이에 위치하고 있기 때문에 두 개의 세력인 바다와 사막의 사이에서 기압의 이동으로 기상의 변화가 이루어진다.

　그리하여 이스라엘 북부는 지중해성 기후, 남부는 아열대성 기후의 영향을 받는다. 겨울에는 온난다습(6-11℃)하며 편서풍(偏西風)의 영향을 받아 비를 내리게 되어 10월부터 3월까지 우기가 계속된다. 여름에는 고온(7월, 19-30℃) 건조하며 대서양상의 고기압의 발달로 인하여 5월부터 9월까지 건기가 계속된다.

　성경에 비가 내리는 계절을 이른비, 겨울비, 늦은비가 내리는 세종류의 계절로 구분하고 있다.

　이른 비(약 5:7)는 우기인 10월부터 11월까지 내리는 비로써 늦으면 12월까지 연장된다. 이 때는 토양을 부드럽게 하여 경작을 가능케 하고 이른비가 충분히 내리면 풍년이 예고된다.

　겨울 비(욥 37:6)는 12월부터 2월까지 내리는데 많은 비가 내려 장마철이기도 해서 광야의 협곡에 와디(Wadi : 일시천, 성경에 시내로 기록됨)가 생겨 시냇물이 흐른다. 1월에서 2월 사이에 1년 강우량의 약 70% 이상의 비가 내린다. 겨울에는 초목이 잘 성장하고 되고 이 때에 내린 빗물을 웅덩이와 저수조에 채워둔다.

　늦은 비(약 5:7)는 봄비라고 한다. 3월에서 4월 사이에 농작물의 결실이 자라게 하며 곡식을 많이 수확하는데 필요한 비 이다. 그러므로 축복의 단

비라고 한다.

특히 우기가 끝나고 건기가 불어오는 바람(40-50℃)을 시로코(Siroco, 동풍을 뜻함)라 하고 애굽에서는 캄신(Khamsin)이라고 하는데 통상 "함신"이라 부르기도 한다. 이 바람이 불면 초목이 말라 죽는다.

그러나 한 여름에 인도 계절풍 몬순의 영향을 받아 메소포타미아 지역에 저기압골이 형성되어 "에게"해 사이에서 북서풍이 불어올 때가 있다. 이 바람을 고대 헬라인들은 에티지언(Etizian, 定季風)이라 하는데 이 바람이 한 여름에 예루살렘에 불면 나무 그늘이나 실내에서 피부에 선선함을 느끼게 한다.

강수량은 북쪽으로 올라 갈수록 많고 남쪽으로 내려 오면 점차 감소의 경향이 나타난다. 연중 강우량은 평균 북부 80㎜(헬몬산 1,400㎜), 중부 500㎜(예루살렘 600㎜), 남부 200㎜이다.

족장시대에 있어서 우물을 파야만 정착할 수 있었기 때문에 아브라함과 이삭은 브엘세바에 7개의 우물을 파고 우거 하였다. 고대에는 시스턴(Sistern)이라고 하는 지하 저수장에 물을 저장해 놓았다가 건기에 사용하였다.

네게브에 살던 원주민들은 주전 2000년 경부터 매우 적은 양의 빗물을 가지고 농사를 지었다.

헤롯대왕은 베들레헴 남쪽에 큰 저수장을 만들어 예루살렘으로 물을 끌어 들이기 위해 약 35㎞ 이상의 수로를 만들었고 가이사랴, 사마리아 등의 도시에도 같은 시설을 하였다.

현재 이스라엘의 수자원은 지하수를 개발하여 사용하기도 하지만 주로 갈릴리 호수에 저장되어 있는 물이 이스라엘 전체 물 소비량의 약 40%를 전국에 급수 라인을 통해서 공급되고 있다. 갈릴리호수에서 요단강으로 흐르는 물이 건기에 말라 있는 이유는 갈릴리호수에 물이 저장되기 때문이다. 만년설의 헬몬산에서 갈릴리호수로 흘러 들어오는 물은 이스라엘 사람들의 생존을 위해 절대적으로 필요한 물이다. 그러므로 헬몬산의 급수원은 골란고원에 관련된 지역이기 때문에 골란고원을 시리아에게 반환하는 문제는 이스라엘로서는 용이한 일이 아니다.

이스라엘은 물 관리를 잘하여 곳곳마다 농작물과 과수나무 그리고 많은 식물을 재배하여 거치른 광야가 푸르르며 젖과 꿀이 흐르는 낙원으로 변하게 하고 있다.

이슬(Dew)은 이스라엘에서 비교적 많은 것이 특색이다.

이슬은 야간에 온도가 급격히 내려갈 때 생긴다. 풍부한 이슬은 농작물 재배에 유리하다. 지역에 따라 이슬이 내리는 일 수가 다른데 가장 많이 내리는 지역은 건조한 사막지대인 네게브 북서지역으로 250일간의 내리며 벧산과 훌라분지는 불과 50일밖에 내리지 않는다. 성경에는 이슬이 축복을 뜻하고 있는 구절이 많다(신 33:28, 창 29:28 등).

이스라엘은 척박한 땅이지만 3대륙과 접해 있는 지리적 위치의 조건, 다양한 지형, 기후의 특성은 풍부하고 다양한 동식물의 서식에 적합하여 약 400종의 조류, 150종이 넘는 포유동물과 파충류, 약 3,000종의 식물이 서식하고 있는데 그중 150여종의 식물은 이스라엘이 원산지이다.

기후조건의 계절적 급격한 전환과 기상의 특징들은 이스라엘의 민족성과 문화, 종교에 큰 영향을 미쳤을 것이다.

기독교 및 이슬람교 상징

희랍어의
크리스토라는
처음 두글자를
교차시켰다.

크 - 로
(그리스도상징 :주후 2세기경 사용)

흰색 바탕에 빨간
십자가 5개는
예수님 다섯 상처
를 상징 한다.

예루살렘 십자가
(십자군시대 천주교에서 사용)

희랍어의
무덤이라는
"타보스"의
처음 두자를
결합 시켰다.

희랍정교회 십자가
(예수님의 무덤 상징)

러시아 정교회에
속한 모든건물에
표지로 사용한다.

러시아 정교회
(동방 십자가)

초대 기독교인들
박해시 암호로
사용 되었다.

초기 기독교인의 상징
(초대 기독교인들이 사용)

회교의 상징

초생달의 상징

매월초순을
중요시하며
모든 주요행사가
초생달 기간에
집중된다.

화티마의 손

비공식적으로
부적(符籍) 처럼
사용된다.

알라

하나님이라는
아랍어로
하나님을 부를때
사용된다.

골고다 언덕의 종소리

김 흔 중 목사 작사
김 광 진 목사 작곡

Moderato (♩ = 76 · 80)

1.골 고 다 의 언 덕 - 에 울 려 퍼 지 는 사 랑 의 종 소 리 는
2.골 고 다 의 언 덕 - 에 울 려 퍼 지 는 소 망 의 종 소 리 는
3.골 고 다 의 언 덕 - 에 울 려 퍼 지 는 생 명 의 종 소 리 는

시 온 성 의 영 광 이 요 우 리 들 의 은 총 인 데
저 하 늘 의 영 광 이 요 우 리 들 의 기 쁨 인 데
십 자 가 의 영 광 이 요 우 리 들 의 축 복 인 데

사 랑 의 종 소 리 는 이 세 상 땅 끝 까 지 퍼 지 니
소 망 의 종 소 리 는 저 천 국 의 끝 까 지 퍼 지 니
생 명 의 종 소 리 는 새 하 늘 과 새 땅 에 퍼 지 니

1.2.
그 영 원 한 사 랑 은 십 자 가 의 사 랑 이 라
그 영 원 한 소 망 은 부 - 활 의 소 망 이 라
그 영 원 한 생 명 은

3.
참 - 빛 의 생 명 이 라

The Sound of a Bell on Calvary

1. The sound of a bell of love, resounding on Calvary
   Is the glory of the city of Zion and the grace for us,
   The sound of a bell of love spreads out to the end of the world.
   The eternal love is the love of the cross.

2. The sound of a bell of hope, echoing on Calvary
   Is the glory of the heaven and the pleasure for us,
   The sound of a bell of hope spreads out to the end of the
   Kingdom of God.
   The eternal hope is the hope of the resurrection.

3. The sound of a bell of life, ringing up on Calvary
   Is the glory of the cross and the blessing for us,
   The sound of a bell of life spreads out to the new heaven and
   the new earth.
   The eternal life is the life of the real light.

선교사파송증

성 명 : 김 흔 중

생년월일 : 1937년 1월 19일

　위의 사람은 본 총회산하 경동노회에 소속한 목사로서
본 총회 소정의 선교사 훈련과정을 거쳐 이스라엘 선교사로
파송함을 이에 증명함.

1996 년 10 월 7 일

대 한 예 수 교 장 로 회 총 회

총 회 장 권 상 철

IDENTIFICATION OF MISSIONARY

Name in Full   :   **Heun-Joong, Kim**
Date of Birth   :   **1937. 1. 19.**
Occupation   :   **Minister**

This is to certify that the above person **Heun-Joong, Kim** , who has established credits needed in the Missionary Training course at the Missionary Training Center of the General Assembly of the Presbyterian Church in Korea and has passed the final examination. So we have appointment as a missionary of the General Assembly of the Presbyterian Church in Korea.

Moderator : Sang-chul, Kwon

The General Assembly of Presbyterian Church in Korea

성경이 최초에 쓰여졌다는 파피루스 종이 이다.
(1996.11.11. 이집트에서 수집, 김흔중 목사)

"아브라함"을 상기하며 터키 하란에서 이 돌을 주워 왔다.
(1997.10.11. 김흔중)

"모세"를 상기하며 요르단 느보산에서 이 돌을 주워 왔다.

이스라엘 "역사" 정리

이스라엘 땅은 이스라엘 백성에게 하나님께서 주시기로 약속한 땅이다. 즉 벧엘에서 하나님께서 아브라함에게 이르시되 너는 눈을 들어 너 있는 곳에서 동서남북을 바라보라 보이는 땅을 너와 네 자손에게 주리니 영원히 이르리라(창 13:17). 말씀하신 약속의 땅이다. 그 약속의 가나안 땅을 이스라엘 백성이 출애굽하여 정복했다. 그러나 수난의 역사가 계속되면서 족장 시대와 사사시대를 거쳐 왕정시대가 시작되었다. 남 유다의 다윗 왕(2대)은 이스라엘 영토를 가장 많이 확장했다.

그러나 솔로몬왕(3대)이 죽게 되자 남 유다 왕국(2개 지파)와 북 이스라엘 왕국(10개 지파)로 분열된 후 북 이스라엘이 앗수르에게 주전 722년에 멸망하고, 남 유다가 바벨론에게 주전 586년에 멸망하였다. 이 때에 솔로몬 성전이 파괴되고 제1성전시대가 끝나 이스라엘 백성들이 포로로 끌려 갔다. 그러나 고레스왕의 칙령으로 유다인이 바벨론에서 귀환하여 제1성전 파괴후 70년만에 제2성전을 완공하여 제2성전시대가 시작되었다. 또한 주후 70년 제2성전이 로마 티투스 장군에 의해 파괴되어 제2성전시대가 끝나고 로마의 지배에 들어가게 되었다. 유대인 반란이(주후 132-135) 일어나자 로마 하드리안 황제는 이스라엘 땅의 지도에 유대라는 이름을 없애고 팔레스타인이라는 이름으로 바꿔 버렸다.

그후 비잔틴시대, 회교 아랍시대, 오스만 터키시대 등의 외세의 수난이 거듭 되면서 주후 1917년 영국군 총사련관 아렌비 장군이 거룩한 성 예루살렘을 점령하였다. 제1차 세계대전(주후 1914-1918년)에서 터키가 패배하자 주후 1920년부터 영국이 이스라엘을 통치하게 되었다.

제2차 세계대전이 종식된 후 1947년 UN에서 팔레스타인 땅에 유대인 국가와 아랍 국가를 양분하여 독립시키려 결의했으나 아랍인들은 이 결정을 무효로 주장한 반면 유대인들은 받아들여 1948년 5월 14일 이스라엘은 독자적으로 텔아비브 박물관에서 벤구리온이 독립을 선언하여 이스라엘이 독립 국가가 되었다. 그래서 영국군이 1948년 5월 14일 자정 직전에 하이파항을 떠나 철군했다. 역사적인 독립선언을 한 벤구리온은 수상이 되었다.

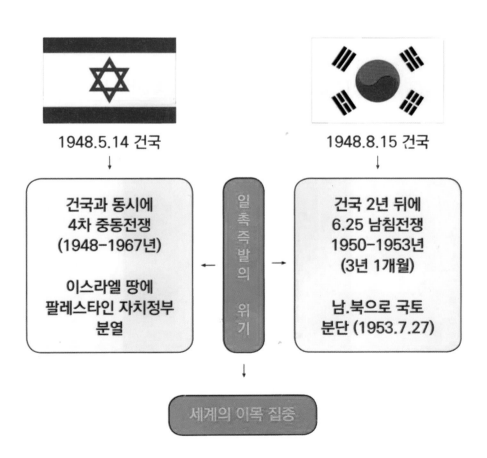

1948.5.14 건국   1948.8.15 건국

| 건국과 동시에
4차 중동전쟁
(1948-1967년)

이스라엘 땅에
팔레스타인 자치정부
분열 | 일촉즉발의 위기 | 건국 2년 뒤에
6.25 남침전쟁
1950-1953년
(3년 1개월)

남.북으로 국토
분단 (1953.7.27) |

세계의 이목 집중

이스라엘은 독립선언을 하자마자 전쟁에 휘말렸고 1차에서 4차(1948-1973년0의 중동전쟁에서 번번히 이스라엘이 승리했다. 특히 3차전쟁의 6일전쟁은 2천년간 디아스포라의 이스라엘 민족이 예루살렘을 포함한 전 지역을 점령하여 오늘날의 이스라엘 영토를 확보하게 되었다. 그러나 요르단강 서안지역(West Bank) 및 가자 지역을 관할하고 있는 팔레스타인 자치정부와 이스라엘 간에 유혈 분쟁이 지속되고 있다. 특히 예루살렘은 기독교, 유대교, 이슬람교 등 3대 종교에 의한 태풍의 눈이 되고 있어 지구종말의 화약고가 되고 있다.

팔레스타인 지역 내의 이스라엘 정착촌 분포

이스라엘 땅에 평화는 찾아올 것인가?

이스라엘 라빈 총리
(1994년)
미국 클린턴 대통령

7.

성경(聖經) 66권의
개설(概說)

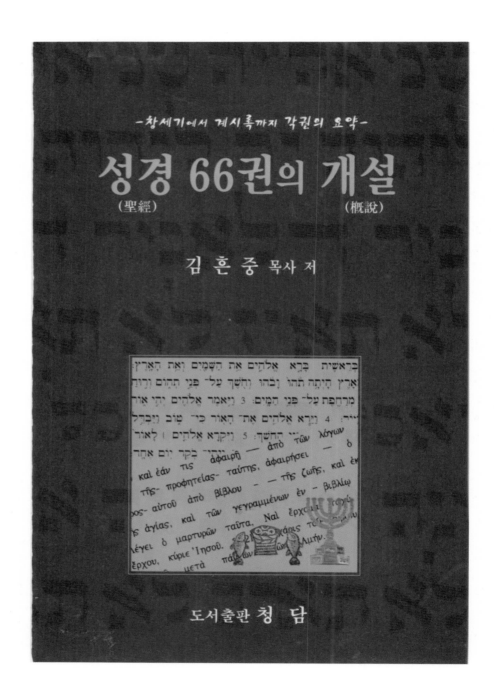

-창세기에서 계시록까지 각권의 요약-

성경 66권의 개설
(聖經)　　　　　　　　　　（概說）

김흔중 목사 저

도서출판 청 담

머리말

성경 말씀을 직접 읽고, 설교 말씀을 들으며, 수시로 요절을 암송하는 등 여러 통로에 의하여 말씀을 체험하고 진리를 깨닫게 되어, 신실한 믿음의 생활을 하게 된다.

성경을 다독(多讀)하거나, 속독(速讀)하는 것도 필요하지만 때로는 정독(精讀)하여 심오한 진리를 바르게 이해하고 깨닫는 것이 더욱 중요하다.

또한 목회자들도 간혹 주석(註釋)과 원어(原語)를 찾아 보아야 할 필요성이 있게 된다.

모든 기독교인들은 본서의 성경 66권의 각 권에 대한 요약된 개설(槪說)의 내용을 이해한 후 읽어 간다면 체계적으로 성경의 진리를 쉽게 이해할 수 있을 것이다. 목회자들로부터 설교를 들을 때도 해당 성경의 각 권에 대한 기록된 배경과 내용을 미리 알게 되면 쉽게 설교 말씀을 이해하게 될 것이다. 또한 신학생들도 신약과 구약의 성경을 공부하는데 있어서 큰 도움이 될것으로 확신한다.

또한 부록으로 성경이 기록된 연대와 사건들 그리고 주요 인물에 대하여 일목요연하게 이해할 수 있도록 정리하여 놓았기 때문에 성경을 이해하는데 좋은 길잡이가 될 것이다. 더욱 본서를 책상위의 성경 옆에 놓고 참고하던가, 항상 책가방에 지참하고 다니면서 필요시 활용한다면 대단히 유익한 참고서가 될 것이다.

2005년 5월
팔달산 기슭에서 김흔중 목사 씀

시내산 정상의 모세기념교회 (남쪽에서 촬영)

시내산 정상의 모세 기념교회 (북쪽에서 촬영)

시내산의 장엄한 일출

창세기

저자	주요장소				
모세	·에덴동산 ·가나안 ·갈대아우르· 애굽 ·벧엘 ·하란				
기록연대	핵심인물				
주전 1446년~1406년	·아담 ·하와 ·아벨 ·가인 ·셋 ·에녹 ·노아 ·셈 ·함 ·야벳 ·데라				
기록장소	·아브람 ·롯 ·마므레 ·멜기세덱 ·하갈 ·이스마엘 ·모압 ·암몬				
시내광야	·이삭 ·리브가 ·나홀 ·라반 ·야곱 ·라헬 ·레아 ·아비멜락 ·유다(형제들) ·디나 ·요셉				

개설(槪說)

　모세가 주전 1400년경에 기록한 오경(창세기, 출애굽기, 레위기, 민수기, 신명기) 가운데 첫 번째로 쓰여진 창세기는 창조를 통해 우리는 낙원에서 하나님과 함께 긍정적이고 적극적인 생명창조의 교제를 나누었던 인간의 이상형을 발견하게 된다. 하나님은 무에서 하늘과 땅을 창조하셨다. 그후 마치 천상의 조각가인양 눈에 보이는 모든 것을 아름답게 빚어내셨다. 그리고 창조의 마지막으로 인간을 지으셨다.

　창세기는 주요 사실들의 기원에 대하여 설명한다. 즉 우주, 만물, 사람(1:1), 죄(3:1-6), 그리고 예수를 통한 구원의 계획(3:15)이 모두 하나님에게 기원을 두고 있음을 보여 준다.

　존재하는 모든 것들은 시작이 있게 마련이다. 다만 그 시작이 어디인가가 문제일 뿐인데 성경은 그 제일 첫머리에서 그 시작이 우연이 아니라 절대적 주권과 의지를 갖고 계신 하나님임을 보여 준다. 이는 하나님 관점에서 모든 피조물에 대하여 하나님이 가지시는 통치권의 법적 정통성의 근거가 된다(창 1:26; 시 8:6). 인간 입장에서 본다면 인생은 우연의 결과인 허무가 아니라 절대적, 초월적, 영원한 존재(전 3:11)의 근거를 하나님 안에서 발견하게 되는 것이며 동시에 선악의 객관적 기준(왕상 3:9; 사 7:15)을 갖게 된 것이다.

하나님에게 있어서 인간은 근본적으로 고귀하고 가치있는 사랑의 대상이었음을 증거한다. 우리는 그의 형상을 닮은 존재들인 것이다. 따라서 창세기는 하나님께서 심지어 인간이 타락할 때에도 인간과 함께 해 주셨음을 보여 준다. 그는 결코 하나님의 형상을 버리지 않으셨던 것이다. 우리는 하나님의 가장 위대한 계획에 따라 창조 되었으며 하나님의 계획은 결코 실패하는 법이 없다.

사람들은 때로 커다란 선악 선택의 갈림길에 서게 되는데, 최초의 사람 아담 때부터 하나님의 선한 명령을 따르기를 거부하였기에 불순종이 존재하게 되었다. 그리하여 남녀 모두의 생애에 원죄적 저주가 있게 되었다 (3:16-19).

이 지구상에 완전한 평화와 사랑은 존재하지 않는다. 완전한 행복도 결코 있을 수 없다. 그 이유는 인간자체가 흠이 있기 때문이다(전 7:20). 죄는 피조물이면서도 하나님의 지위를 넘본 교만에서 출발하였다. 또 성경은 그 결과 본래 선하고 완벽하던 이 땅 위에 고통이 찾아오게 되었다고 가르친다(욥 33:14-29). 성경의 진리 이외에 이 불완전한 땅의 근원적 원인을 가르칠 자는 없다.

본래 우리를 선하고 행복하게 창조해 주셨던 하나님은 그의 공의 때문에 죄의 형벌을 선포하였지만(6:5-7) 곧 인간을 원래의 상태로 회복 내지는 재창조 해 주시겠다는 약속, 즉 언약(6:18-20)을 주셨다. 이 언약은 여러 형태로 성경에 거듭 반복되며 결국 예수로 인한 구원(9:8-17)을 가리

킨다.

하나님은 절대적이므로 그분이 일단 선언한 죄의 형벌은 성취되어야만 하였다. 그러나 동시에 하나님은 완전한 사랑의 근원이시기도 하시다. 따라서 하나님은 자신의 공의도 만족시키시고 또 우리를 향한 주님의 사랑도 성취시키고자 일단 주님이 세운 죄의 대가인 죽음의 법에 주님이 스스로 죽으시기로 결심하셨던 것이다(갈 3:13). 주님이 세운 절대적 법이니 절대자 주님 자신이 대신 죽음으로 그 공의는 충족되고 인간을 살려냄으로써 주님의 사랑을 보이셨던 것이다(시 111:9; 딛 2:14). 이것이 예수를 중심한 성경 언약의 참 의미이다. 그 공의와 사랑에 무릎을 꿇어야 한다.

본문
1-5장 : 인간창조, 타락
6-11장 : 대홍수, 바벨탑
12-19장 : 소명, 소돔, 고모라
20-30장 : 형을 속인 야곱

27-29장 : 도피하는 야곱, 돌아오는 야곱
33-36장 : 야곱의 아들들, 팔려가는 요셉
40-42장 : 총리대신 요셉, 형제들을 만남
47-50장 : 야곱의 가족이 애굽에 이주

말라기

저자	기록연대	기록장소	주요장소	핵심인물
말라기	주전 430년경	예루살렘으로 추정	예루살렘	·말라기 ·제사장들

개설(概說)

하나님의 부름을 받은 선지자 말라기는 백성들에게 포로생활 중 몸에 배었던 모든 이방적인 잔재들을 떨쳐버릴 것을 강력히 촉구하면서 하나님께로 향한 순수한 신앙으로 돌아설 것을 격려하고 있다.

감격적인 바벨론 포로 귀환이 있은 후 100여년이 지나는 동안 이스라엘은 처음에 가졌던 뜨거운 신앙이 식어지고 안일과 형식과 타성에 따져 들어갔다. 당시 이스라엘인들 사이에는 형식 위주의 외식주의, 십일조와 제물에 대한 속임수, 율법에 대한 무시, 심령의 무감각이 성행하였다. 이러한 풍토가 조성된 까닭은 학개와 스가랴의 예언이 현실화되지 않음으로 인하여 하나님의 계시를 신뢰할 수 없다는 생각과 더불어 하나님께 순종하는 것은 의미가 없는 것으로 느껴졌기 때문이다. 바로 이러한 시기에 예루살렘 성전은 재건되어 졌지만, 백성들은 어떻게 하나님을 섬겨야 할지에 대해서 아는 바가 없었다. 이러한 무지와 태만으로 인한 그들의 삶의 태도는 그들의 필요를 넉넉히 채워 주시는 하나님의 능력을 믿지 못하는 당시의 영적 풍토를 여지없이 드러낸다(1:6-3:15). 본서에서 지속적으로 제기되는 23개의 질문과 답변들은 이러한 백성들의 실상과 그들에 대한 하나님의 관심을 다양하게 표출시킨다. 하나님을 떠나 허탈감과 무기력감에 빠진 백성들, 그럼에도 불구하고 그들을 끝까지 사랑하시는 하나님의 변함없는 사랑은 하나님께서 어떻게 그들을 나의 특별한 소유(3:17)로 삼으실 수 있는지를 명약관화하게 보여 주는 것이다.

지금까지 많은 선지자들이 하나님의 사랑과 용서와 구원과 소망의 빛을 전하며 밝혀온 것처럼, 선지자 말라기는 그들의 뒤를 이어 구약성경의 마지막 예언서를 기록하고 있다. 그의 예언은 신구약 중간기인 400년의 침묵기를 준비시키는 데에 초점을 맞추고 있다. 그 기간 동안 그들은 더 이상의 선지자를 만나지 못할 것이며, 메시야의 도래를 갈망하면서 알렉산더 대제와 셀류쿠스 왕조와 톨레미 왕조, 그리고 로마의 지배를 받으며 압제를 받게 될 것이었다.

선지자 말라기는 이스라엘의 죄악을 책망하기 전에 이스라엘에 대한 하나님의 사랑을 선포한다(1:2-5). 하나님께서 이스라엘을 사랑하신다는 근거는 야곱의 후손 이스라엘을 하나님께서 선택하셨고, 에서의 후손 에돔은 버림받아 비참한 운명으로 전락했다는 역사적 사실에 있다. 이는 인간의 행위나 능력으로서 말미암은 것이 아니라 오직 하나님의 주권으로 말미암은 것이다(신 4:37; 호 11:1).

메시야는 이 세상을 심판하시고 왕으로서 군림하시기 위해 다시 오실 것이다(14:1-15). 하나님은 그의 왕국을 세우시고 온 땅을 통치하실 것이다. 그 날에는 모든 피조물이 하나님의 사랑과 권능의 통치 아래에서 놓이게 될 것이다(14:16-21).

사람들이 하나님이 그들을 사랑하신다는 증거를 보이라고 청했을 때 말라기는 역사속에 나타난 유다의 경우를 해답으로 제시했다. 하나님은 그의 사랑을 계속 받기를 원하셨다. 그러나 사람들은 의식적인 준수사항을 지키지 않았다.

레위와 세운 나의 언약은 생명과 평강의 언약이라 내가 이것을 그에게 준 것은 그로 경외케 하고 내 이름을 두려워 하였으며, 그 입술에는 진리의 법이 있었고 그의 입술에는 불의함이 없으며 그가 화평과 정직한 중에서 나와 동행하며 많은 사람을 돌이켜 죄악에서 떠나게 하였느니라(2:5-6) 하였다.

그리하여 사람들이 이방여인들과 결혼한 고로 여호와께서 야곱의 장막 가운데서 끊어 버리시리라(2:12)고 경고했다.

말라기는 사람들에게 하나님의 것을 도적질하지 말라고 책망했다. 그리고 그는 하나님께 풍성하게 하실 것이라 말했다(3:6-12). 또한 그들에게 절망하지 않고 모세의 율법에 순종하라고 말했다. 그는 하나님께 그 때가 되면 예배하고 순종하는 자들에게 보상하는 것이라고 말했다.

여호와의 심판 날에 교만한 악인들은 심판의 불에 의하여 가지는 물론 뿌리까지 남김없이 태워져 재처럼 진멸을 당할 것이다. 그러나 그 날에 구원받은 그리스도인들은 의(義)의 태양이 그리스도로 말미암아 긴 밤을 웅크리고 있던 외양간의 송아지가 달려나와 뛰노는 것처럼 기쁨과 자유를 누리게 될 것이다.

본문
1장 : 야곱을 사랑하는 여호와
2장 : 불충성에 대한 책망
3장 : 다가올 심판의 날, 온전한 십일조
4장 : 주의 날에 대한 약속
○ 내 이름을 경외하는 너희에게는 의로운 해가 더올라서 치료하는 광선을 발하리니 너희가 나가서 외양간에서 나온 송아지 같이 뛰리라(말 4:2)

마태복음

저자	기록연대	기록장소	주요장소	핵심인물
마태	주후 60년~65년경	이스라엘 (팔레스타인)	·베들레헴 · 예루살렘 · 가버나움 · 갈릴리 · 유다	· 예수 · 마리아 ·요셉 · 빌라도 · 세례요한 · 사도들 ·가야바 · 종교지도자들 · 막달라마리아

개설(槪說)

마태복음은 공관복음인 4복음서(마태, 마가, 누가, 요한복음) 가운데 첫 번째 순서로 신약의 말씀이 시작된다.

마태복음은 예수 그리스도의 복음을 가장 정연하게 서술하고 있는 복음서이다.

마태는 세리로 일하며 훈련을 받았기 때문에 이처럼 조직적인 작품을 내 놓을 수 있었을 것이다. 그리고 이 복음서는 다른 어떤 복음서보다 구약성 경을 많이 인용하고 있다.

마태는 어느 누구에게도지지 않을 만큼 구약성경에 통달해 있었다. 그는 수많은 유대인 청년들과 함께 자라면서 율법과 선지자의 말씀을 기계적인 방법을 사용하여 암기하는 법을 배웠다. 그들은 암기를 수월하게 하기 위 해 노래나 손동작 등을 사용하기도 하였다. 오늘날 이스라엘 지역에서 신 약 시대의 회당에 미드라쉬 방이라고 알려져 있는 방들이 있었다. 이 미드 라쉬란 어떤 사실이 율법에 근거한 것임을 제시하기 위해 성경의 여러 부분에서 그에 상응하는 구절들을 발췌해서 편집해 놓은 것이다. 마태는 이와 유사한 방법을 사용해서 예수 그리스도가 메시야에 관한 구약의 예언들을 모두 성취시킨 유대인의 메시야임을 제시하고 있다.

한편 마태는 그의 본래 의도 대로 유대인 독자들을 겨냥하여 마태복음을 저술하였지만, 이방인 독자들도 염두에 두고 있었다. 이는 그가 세리로 근무하면서 로마인이나 그리스도인들과도 친분을 맺었기 때문일 것이다. 그는 또한 여기에 곁들여서 복음이 전세계적으로 파급되어 나갈 것을 전망하고 있다.

예수는 정통 왕족인 다윗 가계 출신으로(1:1) 탄생시 왕의 신분에 적합한 경배를 받으셨으며(2:1-12) 그 생애와 가르침에 있어 왕적 위엄과 권세를 드러내심은 물론 왕으로서 예루살렘에 승리의 입성을 단행하셨다(21:5). 또한 마태복음에서 무려 32회나 사용된 천국이란 용어 역시 예수의 왕적 통치권을 강조한다(3:2; 5:19).

만왕의 왕이요, 만주의 주이신 예수는(계 19:16) 모든 불화를 종식시키며 왜곡된 세상 질서를 바로 잡는 평강의 왕(사 9:6)으로서 공의와 사랑으로 우리를 영원히 다스릴 것이다. 따라서 예수께 대한 충성과 순종은 성도의 의무이자 위대한 특권이기도 하다.

예수 당시 유대인들은 그들을 로마의 압제로부터 해방시켜줄 현세적, 정치적 메시야를 대망했으나 그 기대와 어긋나자 예수를 극렬히 배척하였다(27:22-23). 하지만 예수는 세계 만민과 온 우주의 구속을 위해 오신 하나님의 기름 부으심 받은 자 곧 그리스도시다(1:23; 2:2, 6; 3:17; 4:15-17; 26:64). 신약에는 인자(행 7:56), 하나님의 아들(막 3:11), 주(8:250) 등 여러 메시야적 칭호가 나오지만 그 중에서도 주(主)가 가장 특징적이다.

어제나 오늘이나 영원토록 동일하신 메시야(히 13:8) 예수는 죄악의 각종 사슬로부터 우리를 해방시켜 주신다.

복음의 핵심 중 하나인 하나님 나라는(3:2; 13:24) 하나님의 주권과 뜻이 실현되는 모든 영역 뿐만 아니라 하나님의 통치 자체까지 포함한다(12:28). 이 나라는 이미 도래했으나(12:28) 아직 온전히 도래하지는 않았으며(19:28), 지금도 역사 속에서 역동적으로 임하고 있다.

오직 주의 은혜로 말미암아 천국 시민의 자격을 얻은 자들은(빌 3:20) 어떤 억압 상황 가운데서도 늘 평강과 기쁨이 넘치는 삶을 누릴 뿐만 아니라 각자가 속한 처처에서 천국의 광명을 발함이 마땅하다. 주님이 함께 하시는 곳, 그곳이 바로 천국인 것이다.

예수는 비유(13:3), 속담(20:16) 등을 통해 하나님(10:29-30), 천국(22:2), 예수 자신(16:21), 그리스도의 사역(5:17), 성령(10-20) 등 수많은 교훈들을 남기셨다.

예수의 삶에 있어서는 말씀과 행위가 온전히 합치되었다. 따라서 예수의 가르침은 단순한 지적 탐구의 대상으로서가 아니라 구체적 삶 속에서 하나님의 능력을 체험하기 위한 생명력 있는 말씀으로서 의의가 있다(히 4:12).

본문
1-7장 : 그리스도의 탄생, 천국선포
8-15장 : 그리스도의 사역, 배척 당함
16-22장 : 죽음의 예고, 예루살렘 입성
23-28장 : 감람산 강화, 죽음과 부활

요한계시록

저자	기록연대	기록장소	주요장소	핵심인물
사도 요한	주후 95년경 (도미티안 말기)	밧모섬	· 밧모섬 · 일곱교회 · 새예루살렘	· 요한 · 예수

개설(槪說)

　당시 일곱 교회들은 난폭한 도미티안 황제(A.D.81-96년)의 박해 아래 있었고 요한은 로마 관속들에 의해 밧모섬으로 추방되었다. 이곳 밧모섬에서 성육신하신 예수의 산 증인인 요한은 영광을 입고 오실 그리스도를 환상으로 보고 장래에 있을 일과 최후의 심판을 계시하였다.

　그 당시 기독교는 숫적으로 놀라운 성장을 보이고 있었지만, 그 반면에 이교 사상과 이방 종교들과의 정면 대결이 계속 일어나고 있었다. 즉 믿지 않는 유대인들과 마찬가지로 이방인들도 이 새로운 종교를 멸시하였으며 정치 세력들은 가이사 이외의 다른 주권을 인정한다는 이유로 반대하였다. 따라서 교회는 이 당시 생사를 건 투쟁을 하지 않으면 안 되었다.

　요한은 그리스도인들에게 세상의 궁극적 미래와 최후의 결과는 하나님의 수중에 있음을 확신시켰다. 그리고 하나님은 일련의 환상을 통해 요한에게 예수 그리스도의 재림과 새 세계의 창조가 있을 것임을 상징적인 방법으로 계시하였다.

　본서를 통하여 이 세상의 끝이란, 새로운 시작이 될 것임을 확신하게 된다. 하나님은 새로운 창조의 세계에서 그리스도인들을 다시 회복시키고 자신과 바른 관계를 맺게 하실 것이다. 또 저가 수정같이 맑은 생명수의 강을 내게 보이니 하나님과 및 어린 양의 보좌로부터 나서 길 가운데로 흐르더라 강 좌우에 생명나무가 있어 열 두 가지 실과를 맺히되 달마다 그 실과를 맺히는 그 나무 잎사귀들은 만국을 소성하기 위하여 있더라(22:1-2). 죽음의 저주는 제거될 것이고 일찍이 인간의 에덴동산에서 추방되어 접근할 수 없었던 생명나무를 가까이 할 것이다. 그리고 예수께서는 모든 사람들이 생명나무의 열매를 먹을 수 있고 또 자유로이 생수를 마실 수 있게 하실 것이다. 알파와 오메가이며 처음과 나중, 그리고 시작과 끝이신 예수를 바라보자. 끝은 새로운 시작인 것이다.

만유를 창조하시고 통치하시는 삼위일체(1:4-5) 하나님은 세상의 권세, 지도자 등 어떤 것과도 비교될 수 없는 절대 주권자이다(1:4; 4:2). 종말에 하나님은 그 절대 주권 의지로 세상의 모든 악을 심판하시고(4:1-5:14) 새 하늘과 새 땅에서 그리스도인들로부터 영원히 찬양 받으실 것이다(21:9-22:5).

그리스도는 인간 구원을 위해 완전한 대속 제물, 즉 어린 양으로서 이 땅에 처음 오셨다(1:5, 18; 5:6; 11:8). 이제 그분은 정당하누 통치자요, 심판주로 다시 오실 것이다(14:15; 22:12-16). 그리스도는 사단을 멸망시키고 그를 거부했던 자들을 행위대로 심판하시며, 당신을 신실히 섬기던 그리스도인에게는 영생으로서 보상하실 것이다(20:7-15; 21:4-7; 22:17-21).

본서에는 하나님을 떠난 인간의 모습을 두려움(6:16-17), 사단의 종속물(9:4; 13:3, 14; 17:8), 심판의 대상(20:12-13) 등으로 표현하는 반면, 그리스도인의 모습은 구원받고(7:3) 영생하여 하나님 나라에 거할 자로(22:14) 묘사한다. 이 두 가지의 극단적 묘사는 믿음의 중요성을 강조하고 있다.

인간의 종국은 죽음과 영생, 심판과 구원, 형벌과 축복이라는 상반된 두 종류로 결말 되어진다(마 13:36-43; 벧후 2:9). 따라서 본래 신의 품성을 받고도 타락하여 죄로 죽은 인간에게 있어서 믿음은 축복된 종국을 맞게 해주는 유일한 조건이자, 하나님의 크신 은혜이다(창 1:27; 요 20:31; 롬 3:22, 24-25; 갈 2:1; 엡 2:8; 히 4:3).

심판은 파괴를 위한 역사가 아니라 오히려 완전한 나라의 건설을 위한 정지(整地) 작업의 성격을 띤 하나님의 공의로운 섭리이다(21:1-8, 27; 22:4-16). 이 사실은 악과 사단의 완전한 멸절이라는 심판의 내용으로서 뒷받침 된다(15:1-19:6; 20:7-10).

하나님의 최후 심판은 단회적인 것으로(요 5:28-29) 인간으로 하여금 진지한 삶을 살게 하며(롬 13:12-13), 회개케 하며(전 11:9-12; 겔 33:11), 그리스도인에 위로와 격려를 준다(18:20).

본문
1-3장 : 일곱교회 편지
4-6장 : 일곱인
7-9장 : 일곱 나팔
10-11장 : 두 증인
12-13장 : 교회의 환난
14-15장 : 아마겟돈 전쟁
16-18장 : 바벨론의 멸망
19-22장 : 최후의 심판

세례요한의 초상화

사도요한 계시동굴 교회

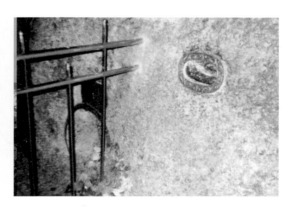

사도 요한이 기도후 일어설 때 손을 짚
어서 생긴 구멍

사도요한 기념수도원

8.

선견적 시국진단

무적해병이여
국가를 위해 일어서자

선견적 시국진단

(2007년 - 2010년)   김흔중 지음

한번 해병은 영원한 해병

엘맨

김흔중의 위 도서출판 시에 채명신 장군이 격려사를 써
주셨고, 출판행사 시 격려사의 말씀을 해 주셨다.

발간사

대한민국은 개인의 자유와 인권이 최대한 보장되는 자유민주주의와 시장경제체제의 국가로서 세계 경제 10위권에 진입하여 국민들은 번영을 누리게 되었다. 이렇게 국민들이 풍요롭게 생활할 수 있다는 것은 큰 축복이다. 대한민국을 앞으로 세계화의 시대에 부응하는 국가로 발전시켜 아시아 태평양시대의 종주국가를 건설해야 한다.

따라서 북한의 비대칭 군사력에 의한 대남 적화통일의 도발획책을 강력하게 억제하고, 대한민국의 정체성과 정통성을 부정하는 반국가세력을 애국시민으로 교화(敎化)하고 순화(醇化) 시켜야 한다. 이러한 국가적 대업을 달성하기 위해서는 차기 총선과 대선에서 여당이 반드시 승리해야 한다. 그러나 이명박 정부의 집권세력은 차기정권 연장에 무력하다는 여론이 난무하여 여당내의 대권주자들과 당내 계파들간의 싸움으로 묘혈(墓穴)을 스스로 파고 있어 국민들을 실망시키고 있다.

무엇보다도 친북성향인 좌파정당의 단일화에 의한 재집권 가능성의 위기상황을 지혜롭게 극복해야 한다. 따라서 애국시민의 보수세력은 국가 정체성을 수호하고, 국가 안보태세를 확립하며, 지속적인 선진 경제발전을 위하여 향후 총선에 철저히 대비하고 좌파 진보정권이 아닌 우파 보수정권을 창출하는데 총력을 경주해야 한다. 그리하여 평화와 번영이 보장되는 한민족공동체의 자유통일국가를 앞당겨 건설해야 한다. 이러한 목적 실현을 위한 애국시민들의 시대적 사명은 어느때 보다도 절실히 요청된다.

필자는 국가 안보가 실종되어 가던 노무현 정권시절에 정치적 암울함을 통감하여 예리한 필치가 아니지만 종종 칼럼을 써서 블로그에 올려 놓았다. 2007년부터 2010년까지 4년간의 칼럼에서 주요 내용의 제목을 골라서 두서 없으나 책으로 펴내게 되었다. 오직 해병장교의 긍지를 가지고 젊음을 국가에 바쳤으며, 베트남전에서 지휘관(중대장)과 해병연평부대장을 역임한 것이 직접적인 촉매작용이 되어 애국시민, 베트남참전전우, 해병전우들에게 국가관과 사명감을 환기하려는 뜻에서 국가안보적 견해의 시국진단의 책자를 발간하게 되었다.

2011년 2월

八達山一遇에서 金 炘 中 謹識

김흔중

격려사

채명신
주월한국군 초대사령관/베트남참전전우회 총재

　김흔중 목사님에 대한 나의 인식은 그는 전 세계에 자랑스러운 용맹과 작전성과로 베트남 전쟁에서 큰 공훈을 세운 청룡부대(해병여단)의 아주 유능하고 우수한 전투지휘관이었다는 것이다. 그는 중대장(대위)으로서 연대장(대령)도 받기가 쉽지 않은 높은 훈격의 충무무공훈장과 미국의 동성무공훈장, 베트남의 엽성무공훈장까지 받은 전쟁 영웅이다.

　베트남참전전우회에서 복음화 선교와 신우회 활동으로 전우들에게 복음 전파와 친선 그리고 희망찬 새로운 삶에 대한 의욕을 증진시키며 조국에 대한 충성과 애족정신 고양에 남다른 열정을 쏟는 것을 보면서 새삼 김

목사님에 관심을 갖게 되었다.

해병대에 몸 담고 있으면서 공군대학, 육군대학을 나왔고 신학교, 신학대학원, 미국 신학대학 등을 졸업한 것은 그가 심오한 학구열과 연구욕의 소유자임을 잘 나타내고 있다.

김목사님의 역작(力作)의 하나인 "성서의 역사와 지리"는 내가 가장 애독하는 책 중의 하나인데 여기에는 성서의 내용은 물론 역사, 지리, 전략, 전술, 문화, 예술, 건축, 경제, 인종, 풍습 등 실로 다양하고 심오한 모든 분야에 대한 해박한 지식과 분석을 통해 만들어진 인생 지침서라 할까? 교과서라고 할까? 참으로 귀중한 작품이라 생각한다.

김목사님은 지금도 쉬지 않고 복음전파, 조국의 앞날, 남북문제, 한미동맹 등에 열정적이며 용기와 신념을 갖고 보다 나은 조국의 앞날을 위해 뛰고 또 뛰고 있다. 나는 언젠가 김목사님 본인에게 김 목사 같은 사람 열 사람만 있어도 나라를 바로 세울 수 있을 것이라고 말한 적이 있다.

특히 김목사님의 고희를 맞아 후배장교들이 축하행사를 베풀어 주고 후배장교들이 "해병혼과 함께한 사도(師道)"라는 제목의 기념문집을 만들어 김목사님에게 헌정하는 뜻깊은 행사장에서 격려사를 한 기억이 새롭게 느껴진다.

더욱 금번에 김목사님의 역작인 국가안보적 견해의 "선견적 시국진단"이라는 책자의 출간을 진심으로 축하하며 매우 시의적절하게 출간된다고 생각한다. 이 귀중한 책이 국민들에게 국가안보를 일깨워 주는 좋은 지침서가 되기를 바란다.

하나님의 무한하신 은총과 보호가 김흔중 목사님과 온 가족에게 항상 함께 하시기를 기원한다.

격려사

박구일
전 해병대사령관/전 국회의원

　청파(靑波) 김흔중 목사께서는 젊은 해병대 장교시절 남들이 흔히 경험
하지 못한 군의 기간(基幹)인 장교교육기관(將校敎育機關)의 중대장 또는
구대장 보직을 역임하면서 무려 6개 기수(基數)를 배출하여 해병대에 복
무 기여토록 하였으며, 당시 같이 땀 흘리며 교육을 이수하고 해병대 장교
복무를 마치고 전역한 많은 예비역 장교들이 5년전 김흔중 예비역 대령의
칠순을 기념코자 보은(報恩)의 문집을 제작 헌정(獻呈)하기로 뜻을 모은 것
은 정말 귀하고 뜻깊은 해병사(海兵史)에 드문 일이라 생각되어 축하하며
격려사를 문집에 쓴 사실이 있다.

그는 본인이 아끼던 후배(後輩)이며 유사한 시기에 해병대 생활을 같은 부대에서 지내면서 그의 호탕한 웃음과 풍부한 대화의 흔적이 주마등처럼 스쳐가는 감회무량(感悔無量)함을 느끼는 바이다.

본인이 포항 2훈련단장을 하던 시절 그는 훈련단 예비군연대장으로서 부대안에 "정예해병육성"이라는 큰 비석을 세워 육성되는 해병들에게 높은 기살ㅇ(氣象)이 표출되도록 하였으며 내가 백령도 6여단장 시절에 그는 연평부대장으로서 도서방어에 많은 활약을 했었다. 또 몇 년 뒤 해본 해병참모부장 시절에는 내 휘하에서 편제과장 직책을 수행하면서 여러 가지 많은 어려움 속에서도 부대증편 등을 잘 마무리 하였으며 특히 그 시절 해병대 104고지 전적비를 세우는 일에 전력을 다 했던 기억이 새롭다.

그가 헌병감실에 근무하는 동안 크고 작은 사건 그 중에서도 긴급한 사건을 맞이했을 때 헬기 등으로 긴급 출동하는 등 나와 동행하여 문제해결에 머리를 맞대었던 순간이 뚜렷이 떠오른다.

김흔중 동지는 해병대에서 예편후에도 목회자(牧會者)로서 활동과 강단에서 교수생활 그리고 사회활동을 줄곧 해오고 있으며 그 옛날 모군(母軍) 발전을 위해 헌신해 왔던 갖가지 미담들이 당시 청파(靑波)께서 길러낸 해간(海幹) 34, 35, 36, 37, 45, 48기 및 해사졸업(海士卒業) 기초반(基礎班) 14기(해사 19기) 등 여러 후배(後輩)들의 시9詩)와 수필(隨筆)이 수록된 "海兵魂과 함께한 師道"라는 제목의 문집에 많은 화제를 남겼다. 그때 김흔중 동지가 후배장교로부터 문집을 헌정 받게될 때 그 문집에 격려사를 쓴 것이 기억에 새롭기만 하다. 그런데 또다시 김흔중 동지 역작의 책에 격려사를 쓰게 되어 무척 뜻깊게 생각한다.

그간 김흔중 동지가 4년간에 걸쳐 국가안보를 염두에 두고 직접 칼럼을 쓴 것을 정리하여 "선견적 시국진단"이라는 제목으로 저서를 출간 한다고 하니 먼저 진심으로 축하하는 바이다. 이 출간 도서가 국가안보가 실종되어 가는 혼돈의 시기에 애국시민, 베트남참전전우, 해병대 전우들에게 국가안보와 애국애족의 정신을 고취하며 국가를 위한 충성심을 발양하는 데 기여할 수 있도록 널리 읽혀지기를 바라며 격려사에 가름하고자 한다.

해병대 발상 기념탑
(진해덕산)

신현준 해병중장

해병대 창설 초대해병대 사령관
(1949. 4. 15. ~ 1953. 10. 15.)
〈생애 : 1915년 ~ 2007년 10월 15일〉

김성은 해병중장

전 국방부장관/제4대 해병대사령관(1960.6.25. ~ 1962.7.1.)
〈생애 : 1924년 ~ 2007년 5월 15일〉

궁구물박(窮寇勿迫)과
궁서교묘(窮鼠咬描)의 교훈을 생각해 본다

(2010년 12월 12일)

궁구물박(窮寇勿迫)은 피할 곳 없는 도적(盜賊)을 쫓지 말라는 뜻으로, 궁지(窮地)에 몰린 적을 모질게 다루면 해를 입기 쉬우니 지나치게 다그치지 말라는 말이다. 궁구막추(窮寇莫追)와 궁구물추(窮寇勿追)도 같은 교훈의 말이다. 궁지에 몰리면 무슨 짓을 할지 알 수 없다는 말이다. 속담에도 막다른 골목에서 개를 쫓지 말라 궁지에 몰리면 개가 사람에게 달려들어 문다고 했다.

궁서교묘(窮鼠咬描)는 쥐도 막다른 골목에서는 고양이를 물 수 있다는 말이다. 조궁즉탁(鳥窮則啄)은 새도 쫓겨 도망할 곳이 없으면 상대를 쪼게 된다는 말이다. 약한 자도 궁지에 빠지면 강한 자를 해치게 됨을 교훈으로 비유한 말들이다.

북한은 최악의 궁지에 몰려 있다. 북한의 인민군이 적이 아니고 동족이라고 생각하면 문제점이 없지만 분명히 우리의 생명을 위협하는 적이다. 궁지에 몰린 적의 괴수 김정일, 김정은 부자가 무슨 짓을 못하겠는가!

우리의 국방백서에 주적개념을 뺐던 좌파정권 10년간에 김대중, 노무현은 적장에게 쌀을 보내 적의 군대를 배불리 먹이고 달러를 보내 핵무기를 개발하고 대량살상무기르루 보유하는데 후원자가 되었다. 그러나 적장인 김정일은 백성을 300만명이상 굶겨 죽였고 화폐개혁의 실패로 경제는 극도로 어려워졌다. 그들이 중국식 개방개혁도 쉽지 않고 한반도 비핵화를 위해 핵무기를 폐기하지 않으려고 궁지에 몰려 있지만 끝까지 버티고 있다. 더욱 설상가상으로 김정일 부자세습체제로 인한 급변사태의 위기를 극복하기 위해 천안함 폭침에 이어 연평도에 포격의 도발을 통해 긴장을 고조시켰다. 한마디로 말하자면 적이 막다른 골목에 치달아 단말마의 몸부림을 치고 있다.

북한의 대남 선전단체의 대변인 담화를 통해 12월 11일 "미제와 괴뢰 호전광들의 도발책동으로 조선반도 정세는 전면적 국면으로 치닫고 있다"면서 "우리 군대와 인민은 교전확대든 전면전이든 다 준비돼 있다"며 적반하장으로 남한을 향해 위협했다. 이런 담화에 이어 "괴뢰군이 비행대와 함선, 미사일까지 총동원하여 우리에게 불질을 해대고 미제가 최신 전쟁장비들을 동원해 개입해 나서게 되면 그것이 국지전에 국한되지 않고 전면전쟁으로 확대 되리라는 것은 불 보듯 뻔하다"며 독기를 뿜어 댔다.

그들 담화는 또 "이 땅에서 전면전이 다시 터지면 결코 조선반도의 범위에 머물지 않을 것"이라면서 "우리는 도발자, 침략자들에게 대해서는 무자비한 징벌로 그 아성을 송두리째 짓뭉개 버리고 민족의 존엄과 안전을 영예롭게 지켜낼 것"이라고 덧붙였다. 북한은 상식밖의 어처구니 없는 공갈 협박의 언어폭력의 횡포를 자행하고 있다.

고양(★)이 앞에 쥐(★)가 최후의 발악을 하며 고양이를 물려고 한다. 쥐와 같은 김정일이 병들어 머지 않아 죽을 것 같아 김정은에게 세습을 하려니 쥐처럼 저 죽을 줄 모르고 허세를 부리고 있는 듯한 북한의 실상이다. 고양이도 죽일 수 있는 핵무기를 가지고 쥐가 덤벼들면 고양이도 죽이루 수 있으니 큰일이다. 궁서교묘(窮鼠咬猫)라는 교훈을 고려하여 쥐를 가둬놓고 먹을 것을 주지 않는 것이 최선책이다. 그래서 미국에서 금융제재를 철저히 하고, 대북지원은 단절되어야 한다. 연평도 포격을 계기로 개성공단을 폐쇄하고 금강산 관광도 과감하게 중단되어야 한다. 또한 궁지에 몰린 적을 직접 대적하지 말고 간접적인 전략을 적용시켜 붕괴될 수 있는 각종 수단과 방법이 총동원되어야 한다. 북한의 경제적 위기가 가속화되도록 압박하며 군사적 한·미·일 공조에 의해 국지전과 전면전의 대비가 어느때 보다도 시급하다. 그래서 궁구물박(窮寇勿迫)의 교훈을 실현하는 지혜가 필요하다.

또한 독수리와 사자의 싸움판에서 힘의 능력으로 보아 비교가 되지 않지만 궁지에 몰린 독수리가 사자의 눈을 겨냥하여 쪼으려는 성난 모습을 상상해 볼 수 있다. 사자의 두 눈알이 독수리에게 찍혀 뽑히게 되면 사자가 독수리의 밥이 될 수도 있다. 즉 조궁즉탁(鳥窮則啄)의 교훈인 새도 쫓겨 도망할 곳이 없으면 상대를 쪼게 된다는 말이 북한의 현 실상과 같다. 그래서 독수리의 부리에 속하는 북한의 비대칭군사력을 사용치 못하도록 한반도 비핵화는 반드시 실현되어야 한다. 아울러 남한에서 암약하는 독수리를 돕는 까마귀떼의 반미·친북의 좌파세력이 국가를 위태롭게 하고 있다. 북한에 존재하는 적인 독수리의 위협과 남한 내부의 적인 까마귀떼들에게 대한민국은 위기를 맞고 있다. 연평도에 포격한 북한의 적을 인도주의를 내세워 남북 관계 개선과 대북지원을 주장하는 얼간이들이 있다면 깨끗이 척결되어야 한다. 반국가적 독수리와 까마귀들이 말끔히 포수들에게 청산되어야만 테러와 국지전 그리고 전면적의 전쟁을 막게 되고 한반도에 평화와 통일이 올 것이다.

KMC저널
2006 창간호

9.

점자,
성서지리교본 출간

시각장애인용

점자,성서지리교본

저자 : 김 흔 중 목사

Israel
Egypt
Jordan
Turkey
Greece
Rome

시각장애인용
점자, 성서지리교본

시각장애인용
점자, 성서지리교본

저자 : 김 흔 중 목사

서울 시각장애인 복지관

시각장애인
성도 및 목회자들에게
성서지리 교육을 여러차례
실시했다.

1천권을
시각장애인들에게
무료로 배포했다.

시각장애인용 "점자, 성서지리교본"
의 출간 감사예배를 드렸다.
(2000.8.22. 유성 로얄호텔 은하수홀)

시각장애인선교회 수련회에 참석했다.
(2007.8.15. 거제도, 두 목사는 시각 장애인이다)

목차

시각장애인용 점자

10.

성경 하루 한 요절 365일
암송수첩

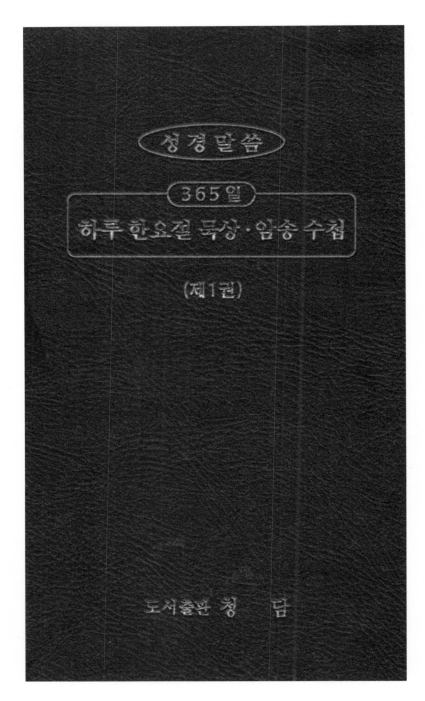

성경말씀

365일

하루 한요절 묵상 · 암송 수첩

(제1권)

도서출판 청 담

매일, 하루하루의
생명의 양식

오늘날 내가 네게 명하는 이 말씀을

너는 마음에 새기고 네 자녀에게 부지런히 가르치며

집에 앉았을 때에든지 길에 행할 때에든지

누웠을 때에든지 일어날 때에든지 이 말씀을 강론한 것이며

너는 또 그것을 네 손목에 매어 기호를 삼으며

네 미간에 붙여 표를 삼고, 또 네 집 문설주와 바깥 문에 기록할찌니라

신명기 6:6-9

These commandments that I give you today are to be upon your
hearts.
Impress them on your children. Talk about them when you sit
at home and when you walk along the road, when you lie down
and when you get up. Tie them as symbols on your hands and
bind them on your foreheads.
Deut. 6:6-9

머리말

일상 생활의 바쁜 현장에서는 성경 말씀을 읽고 공부하며 예배드릴 수 있는 시간을 갖기가 어렵습니다.

이러한 여건의 극복을 위한 대안으로 성경말씀의 핵심 요절의 묵상과 암송에 착안하여 간편하게 소지한 후 여가 있을 때마다 늘 활용할 수 있는 "포켓용 수첩"을 발간하게 되었습니다.

또한 이 수첩을 집무실 책상위나 침상의 머리맡에 놓고 활용하면 매우 유익할 것입니다. 더욱 성경 요절이 한·영문으로 병기되어 있어 영어공부에도 큰 도움이 될 것입니다.

하루의 영적 양식으로 365일 매일 한 요절씩 묵상하며 암송하는 것을 생활화 할 때 성경 말씀의 참 진리를 체험하며, 은혜가 넘칠 것으로 확신합니다.

한민족복음화선교회
회장 김 흔 중 목사

추천사

성경 말씀의 핵심 요절을 묵상하며 암송할 수 있는 "포켓용 수첩"을 발간하게 된 것을 축하드립니다.

이 수첩은 그리스도인에게 일일 영적 양식을 제공하게 되고, 복음 전파에도 귀중한 선물이 될 것입니다.

또한 요절이 한·영문으로 병기되어 있어 영적 공부에 도움이 되고, 글로벌화 시대의 선교 사역에도 유용할 것입니다.

그리하여 이 "포켓용 수첩"이 많은 기독교인들에게 매일 말씀을 묵상하고 암송하는데 유익하고, 국내외의 이웃들에게 복음을 전하는데 좋은 도구가 되기를 바랍니다.

지구촌의 모든 기독교인들이 이 책을 사용함으로써 큰 은혜 받기를 기원합니다.

세계기독군인연합회(AMCF)
회장 이 필 섭 장로 (예)육군 대장

월별순차

1월(January)
2월(February)
3월(March)
4월(April)
5월(May)
6월(June)
7월(July)
8월(August)
9월(September)
10월(October)
11월(November)
12월(December)

12월(December) 31일(31 Dec)

피차 사랑의 빚 외에는 아무에게든지
아무 빚도지지 말라
남을 사랑하는 자는 율법을 다 이루었느니라
로마서 13:8

Let no debt remain outstanding, except the continuing debt to love on another, for he who loves his fellowman has fulfilled the law.
Rom. 13:8

축도

주 예수의 은혜와
하나님의 사랑과
성령의 교통하심이
너희 무리와 함께 있을 찌어다. 아멘.
고린도후서 13:13

May the grace of the Lord Jesus Christ, and the love of God, and the fellowship of the Holy Spirit be with you all. Amen
2Cor. 13:14

성경말씀

365일
하루 한요절 묵상·암송 수첩

(제1권)

2003년 11월 7일 1쇄 발간
편집발행인 : 김 흔 중(031-245-3927)
출판인 : 김 한 기(02-2264-9429)
펴낸곳 : 도서출판 청 담
서울시 중구 인현2동 190-1
보양상가 307호
Tel.2264-9429 Fax.2271-3870
등록번호 : 제2-2287호
등록일 : 1996.12.6.
정가 : 6,000원

11.

성지파노라마

성경 66권의 역사현장
성지파노라마

성경 66권의 기록현장 성지파노라마(화보) 출판했다.
(200.10.17. 세광출판사)

머리말

성서(聖書)의 말씀에 대한 지식은 여느 학문과는 판이하게 다르다. 성서는 하나님의 계시(啓示)에 의해 성령의 감동으로 기록된 하나님의 언약인 진리의 말씀이기 때문이다.

성서는 창세기부터 계시록 까지의 쓰여진 연대(年代), 핵심적 인물(人物), 주요한 사건(事件), 발생한 장소(場所), 역사적 배경(背景), 문화적 환경(環境)의 6대 요소(要素)가 직간접적으로 작용되어 묵시적(黙示的), 은유적(隱喩的), 顯現的)으로 정확무오한(正確無誤)하게 하나님의 약속인 말씀으로 기록되었다.

성서의 신, 구약(新, 舊約)의 기록은 하나님의 선문(選民)인 이스라엘의 백성과 이스라엘의 거룩한 땅(Holy Land)을 중심으로 사건이 구성(plot)되고 전개되어 기록되었다. 그런고로 성서가 기록된 현장의 배경인 성지(Holy Land)는 성서의 지리에 초점이 맞춰지고 있다. 이러한 중요성의 핵심인 성지의 이해와 체험은 하나님의 말씀에 대한 시공(時空)의 처음과 마지막의 현장에 대한 기본지식을 제공해 준다.

본인은 그간 성서지리의 성지를 중요시하게 되어 성서가 쓰여진 성지의 현장을 실제로 전지역(90%)을 순례하고, 답사하여 진리의 말씀을 생생하게 체험한 후 몇권의 졸저를 출간하게 되었다. 이 저서는 "성지순례의 실제"(2000년), "시각장애인용 점자성서지리교본"(2000년), "성서의 역사와 지리"(2003년) 등의 성서지리에 관한 저서이다. 이 저서는 성지에 대한 지식의 구체적인 이해와 전파에 초점을 맞췄다. 그리하여 성지 이스라엘의 땅을 비롯하여 성서가 쓰여진 현장의 성서지리연구와 성지순례에 필요한 안내서로 기독교인들에게 회자(膾炙)되고 있어 무척 감사하고 있다.

그간 졸저를 집필할 때에 성지의 사진은 전문 사진작자인 김한기 선생이 직접 촬영한 사진을 대부분 제공 받아 편집하여 출간했다. 금번 출간하게 된 성경66권의 역사현장, 성지 파노라마(Holy Land Panorama)는 거의 전부가 김한기 사진작가의 작품으로 편집된 성지현장에 대한 사진의 고화질의 생생한 르뽀(report)이다. 항상 김한기 사진작가에게 감사하고 있다. 또한 기독교 대한감리회 청장년선교회 전국연합회 회장 장세희 장로의 후원에 감사한다.

본 화보에 편집된 1,000여 점의 사진과 관련된 성서해설을 통해 간접적인 성지순례의 체험이 되고, 성지연구의 구체적인 자료가 되며, 화보를 통해 하나님 말씀을 현장감있게 체험하게 될 때에 감화 감동이 넘치기를 소원한다.

끝으로 임진년 새해 벽두에 "성지 파노라마"의 역작을 세상에 펴내게 된 것을 진심으로 하나님께 감사하며, 모든 하나님의 신실한 자녀들에게 숨겨진 보화를 발견하듯 현장감 있게 성지 파노라마를 한 장 한 장 넘겨 보시기를 바란다. 본 화보를 애용하고 사랑해주시는 모든 기독교인들에게 영원한 하나님의 은총이 넘치기를 간절히 기원한다.

주후 2012년 1월 25일
八達山一隅에서 김 흔 중 謹識

야곱이 제단을 쌓았던 벧엘이다.
아브라함이 처음 하나님께 단을 쌓은 곳이다(창 12:8).
또한 후에 야곱이 형 에서를 피해 하란으로 가면서 단을 쌓은 곳이다.
벧엘에서 사무엘이 백성을 다스렸으나(삼상 7:15-17)
요시야(유다왕)가 이스라엘에게 범죄하게 한 느밧의 아들
여로보암(금송아지를 숭배함)이 세운 제단과 산당을 헐고 불사르고
빻아서 가루를 만들며 또 아세라 목상을 불살라 버림으로써
벧엘 시대는 끝나버렸다(왕하 23:15).

이스라엘은 좀처럼 눈이 내리지 않는다
눈이 내린 감람산 전경

갈멜산 정상의 엘리야 승리의 동상이다.
바알신과 아세라신 선지자 850명을 엘리야 선지자가
혼자서 무찔러 칼끝이 굽었다.
(1996.11.12. 이정복 목사와 김흔중 목사)

12.

情神教育教材 發刊

情神教育教材發刊

(전4권)

김 흔 중 편저

蔚山石油化學工業團地豫備軍聯隊

전역해서 정신교육교재를 출간했다
(예비군 교육용)

김흔중이 울산석유화학공단 예비군연대장을 맡으면서
매년 정신교육교재를 1권씩 총 4권을 출간했다.(1989-1992년)
각권 총 360페이지가 된다.

第 1 部

나라를 지키는 선봉이 되자
(國 家 安 保)

第 2 部

우리의 적을 바로 알자
(民 主 理 念)

第 3 部

잘사는 나라를 만드는데 앞장서자
(國 民 經 濟)

第 4 部

나라사랑하는 마음으로 굳건히 뭉치자
(護 國 精 神)

< 각권 총 360페이지가 된다 >

정신교육교재는 4부로 구분하여 편집했다
1. 國家安保 2. 民主理念 3. 國民經濟 4. 護國情神

急先務의 情神戰力强化

이순신 장군의 명언이다.(必死卽生 必生卽死)
아산 현충사 광장에 세워져 있다.(2008.10.9. 김흔중 촬영)

13.

성막과 제사

예수 그리스도를 예표한
성막과 제사

목록

머리말 (성막과 제사)

선경 말씀의 심오한 진리와 구속사적인 말씀의 이해는 기록된 당시의 역사와 현장으로부터 시작된다. 그리하여 성서의 역사와 지리가 근본적인 성경의 환경적 배경이 된다. 성서의 역사와 지리에 관련하여 필자가 가장 심혈을 기울여 집필한 저서는 (1) 새천년 〈聖地巡禮의 實際〉 (2) 지도, 도표, 사진으로 보는 〈성서의 역사와 지리〉 (3) 점자로 지도와 성지를 그리고 해설한 〈시각장애인용 점자 성서지리교본〉 (4) 성경 66권의 역사현장인 〈성지파노라마〉(화보) 등 4권의 졸고(拙稿)를 정리하여 출간했다.

구약의 성경적 중심의 성지는 시내산이며, 신약의 성서적 중심의 성지는 골고다 언덕(갈보리산)이다. 하나님께서 시내산에서 모세에게 이스라엘 백성의 출애굽을 위해 최초 소명을 주셨고, 출애굽하여 다시 시내산에서 모세에게 십계명•율법을 주신 후 성막을 세우라고 명하셨다. 그래서 세워진 성막에서 생축(牲畜)을 바쳐 희생 제사를 드렸다.

그러나 예수 그리스도께서 유월절 어린 양으로 성육신(Incarnation)하셔서 십자가에 달려 단번에 죽으심으로 성막의 휘장이 위로부터 아래까지 찢어진 후 성막과 희생 제사가 소멸되고 율법이 완성되었다. 따라서 구약의 성막 제사와 율법의 시대가 끝나고, 신약의 복음과 예배의 시대가 성립되었다. 예수님의 오심으로 인류의 역사는 BC와 AD로 구분되었다.

성막의 희생 제사와 예수 그리스도의 십자가에 달려 죽으심은 서로 상통성과 상관성이 있고 성막은 예수 그리스도를 예표하고 있다.

이러한 성막과 희생 제사에 대한 구체적이고 포괄적인 이해를 통하여 구약에 내재된 신약의 근본적인 진리를 발견할 수 있다. 따라서 성막과 희생 제사에 관련된 설교와 강의를 자주 듣게 되고, 관심이 있으면 저명한 신학자(목사)들의 저서를 서점에서 쉽게 구독할 수 있다. 이러한 희생 제사의 구속사적인 중요성을 절실히 느끼게 되어 천학비재(淺學菲才)한 본인이 절차탁마(切磋琢磨)하는 공부의 차원에서 본서를 집필하여 출간하게 되었다.

아무쪼록 이 한 권의 예수 그리스도를 예표한 〈성막과 제사〉가 읽는 모든 기독교인들에게 참으로 유익이 되도록 성령께서 역사해 주시며 은혜와 감사가 넘치기를 예수님의 이름으로 간절히 축원한다.

2014년 5월 1일
팔달산 기슭에서 김 흔 중 謹識

예수께서 제자들에게 이르시되 아무든지 나를 따라 오려거든 자기를 부인하고 자기 십자가를 지고 나를 따를 것이니라(마태복음 16:24)

십자가의 길
(채찍질 교회에서 출발하여 에케 호모교회를 지나고 있다.)
1996.11.7. 십자가를 진 김흔중 목사

추천사 (성막과 제사)

저의 친애하는 외우(畏友) 김흔중 박사님께서 오랜 심혈을 기울여 마침내 상재(上梓)하신 〈성막과 제사〉가 간행하게 되어, 저자의 눈부신 업적과 학자로서의 다함없는 헌신과 열정 그리고 그 공헌을 가리고자, 여기 추천의 글을 올려 그 일말의 방불함을 찾고자 하는 바입니다.

저자는 이미 〈성지순례의 실제〉, 〈지도, 도표, 사진으로 보는 성서의 역사와 지리〉, 〈성지파노라마〉와 같은 무게 있고도 명쾌한 성서지리에 관한 저서들을 간행하였는데, 이들이 다 여러 차례에 걸친 중판으로 그 독서층이 얼마나 넓고 또 그 소요가 큰가를 보여 주었습니다. 그는 이미 성서지리학계에서는 그 섬세한 관찰력과 문제의 핵심을 투시하는 예리한 안목, 그리고 출중한 수사(修辭)로 전개한 저서 내용이 광범위하면서도 간명 명료하여 이미 석학으로 그 자리를 굳힌 전문가이십니다. 더구나 그는 사진자료들이나 통계표 및 도표 그리고 연대표와 같은 입체적 자료들을 적소(適所)에 배치하는 레이아웃의 연출로 조서 전체의 생명력 넘친 구상(具象) 이미지를 드높이고 시야의 파고(波高)를 높여주는, 그런 심미감각에도 뛰어나십니다.

그는 사실 한국 해병대의 고급 장교로서 해병연평부대장과 해군헌병감을 지낸 호용(豪勇)의 지사이십니다. 그런데 퇴역하시고는 이스라엘 선교사로 헌신하시면서 성지에 대한 연구에 착수하시더니 그 호용의 기질로 맹진, 성서지리 연구에 착수하셔서 그 짧은 기간에 공적을 높이시더니 그 어간 여러 대학교에 출강하시면서 명강의로 많은 이들에게 깊은 감명과 자극을 주었습니다.

이번 출간되는 〈성막과 제사〉는 주옥같은 보배로서 교계에서 쉽게 찾아

볼 수 없는 소중한 연구서입니다. 이는 기필코 우리 성서학계에 눈부신 획(劃)을 긋는 명작이 될 것임에 틀림 없습니다. 그는 이 저서에서 성막이 예수 그리스도의 예표라는 대전제에서 출발하면서, 경건한 애모의 심정으로 성막연구에 마지막 심혈을 다 쏟으신 흔적이 역력합니다. 성막의 외형이나 그 곳곳에서 하는 일들, 거기에 놓인 성물들이나 희생 제사의 절차, 그 이름들과 사역자들, 이렇게 성막에 대한 총괄적 구도가 한눈에 잡히도록 요약하여 그림처럼 한 폭에 담았습니다.

이 저서는 기독교신앙의 성서적 지리적 고향을 향수로 바라보듯 그린 한 폭의 그림과 같습니다. 이제는 사라져 간 먼 옛날의 고향 같은 우리 기독교 신앙의 자취를 더듬어 보게 됩니다. 그런 의미에서 이 저서는 그립던 우리 신앙의 고향을 이 시대 현장에서 되돌아 보게 하는, 귀향(歸鄕)의 순례를 떠나게 하고 망향(望鄕)의 노래를 부르게 할 것입니다. 그리고 우리 예수님의 사역의 프로토타잎도 생생하게 머나먼 시간의 차원에서 다시 체감하게 할 것입니다.

이런 거대한 일을 기도로 시작하시고 찬송으로 마무리하신 저자의 공로에 만강의 찬사를 보내면서 여기 한낱 무사(蕪辭)를 실어 추천을 대신합니다.

2014.5.8.
민경배
(현)백석대학교 석좌교수
(전)서울장신대학교 총장

성막 전경

성막을 중심으로 설치된 지파별 장막의 전경

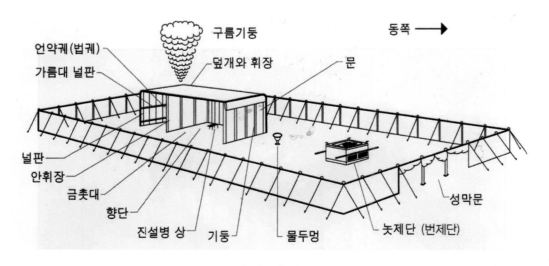

성막 전경

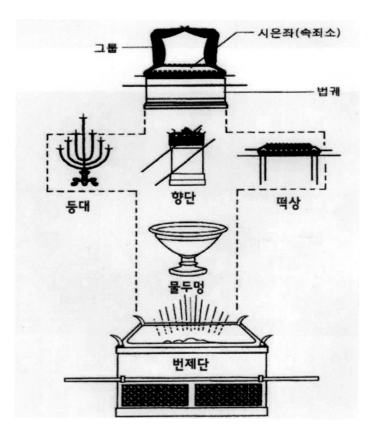

성막 내부의 기구 배치도

성막 내부에 배치된 기구의 측면도

십자가의 성막기구 배치

번제단

성막의 문(門)(좌우폭 10m×높이 2.5m)

물두멍
(물이 항상 채워져 있다.)

떡상(떡덩이 6개×2개, 12지파 상징)

분향단

등대
(금 1달란트로 7개 촛대를 만들었다.)

성소 위의 덮개를 벗기고 본 성소 내부의 모습

성소와 지성소에 둘러 있는 널판
금으로 입혀졌고, 널판 48개 사용 4개의 띠가 둘러져 있다.

성막의 외곽 기둥(60개)

널판 중간에
가로 질러 꿰어진 가름대
(모든 널판을 온전히 연결시킨다.)

매 널판마다 사용된
은받침 두 개

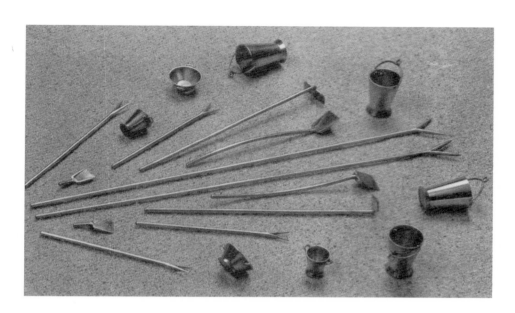

성소 안에서 사용된 기구들

성막 뜰에서 사용된 기구들

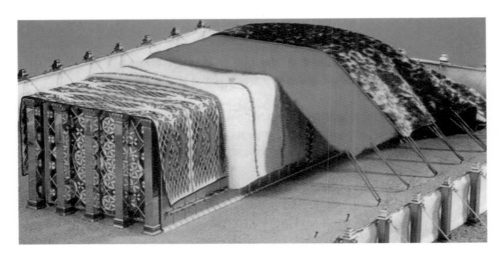

성소 위에 네 덮개가 중첩되어 덮여 있다.
그러나 볼 수 있도록 벗겨놓은 모습이다.

첫째, 맨 속에 그룹을 수놓은 양장 덮개

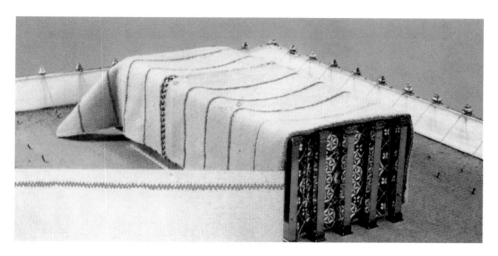

둘째, 양장 덮개 위에 염소털로 만든 덮개

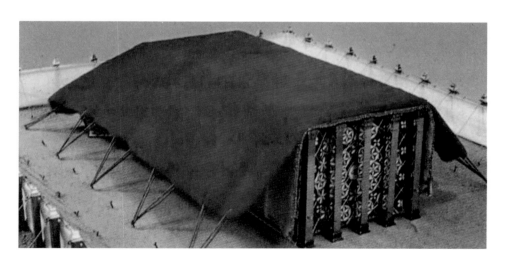

셋째, 염소털 덮개 위에 숫양 가죽으로 만든 덮개
(붉게 물들였다.)

넷째, 숫양 가죽 덮개 위에 해달 가죽으로 만든 덮개
(마지막 겉에 덮는 덮개이다.)

싯딤나무(조각목)
(각종 기둥 및 법궤를 만들었다.)

지성소의 내부
(법궤와 사은소가 있다.)

지성소로 들어가는 휘장
(그룹이 수놓아 있고, 네 가지 아름다운 색으로 만들어 졌다.)

법궤(언약궤)

대제사장이 지성소에서 금 부삽에 분향하는 모습

대속죄일에 번제 드릴 황소에게 안수 기도(죄를 전가)

대속죄일에 하나님께 드릴 두 염소
(번제드릴 염소와 아사셀 염소)

아사셀 염소에게 죄를 전가하는 안수기도

대제사장

대제사장의 에봇(Ephod)

예루살렘 홀리랜드 호텔에 세워진 제2성전 모형

성막과 성전의 비교

1. 모세의 성막(출애굽기 25-27, 30장)

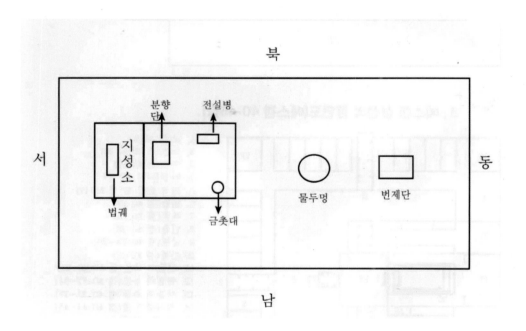

2. 솔로몬 성전의 평면도(열왕기상 6:12-38)

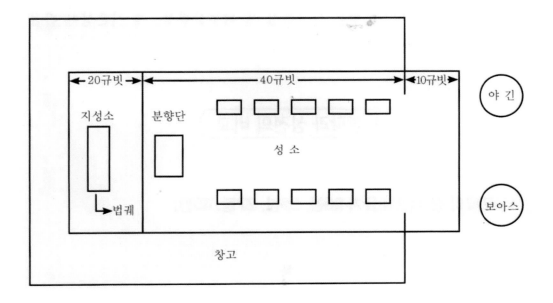

3. 에스겔 성전의 평면도(에스겔 40-46장)

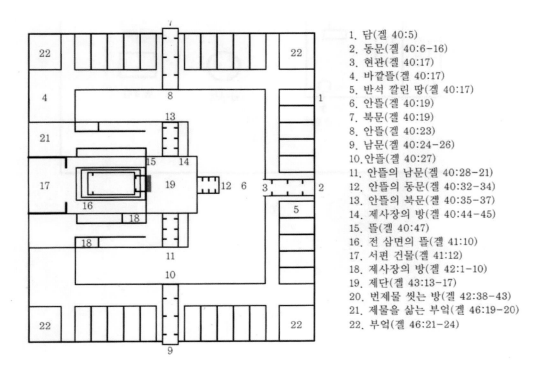

1. 담(겔 40:5)
2. 동문(겔 40:6-16)
3. 현관(겔 40:17)
4. 바깥뜰(겔 40:17)
5. 반석 깔린 땅(겔 40:17)
6. 안뜰(겔 40:19)
7. 북문(겔 40:19)
8. 안뜰(겔 40:23)
9. 남문(겔 40:24-26)
10. 안뜰(겔 40:27)
11. 안뜰의 남문(겔 40:28-21)
12. 안뜰의 동문(겔 40:32-34)
13. 안뜰의 북문(겔 40:35-37)
14. 제사장의 방(겔 40:44-45)
15. 뜰(겔 40:47)
16. 전 삼면의 뜰(겔 41:10)
17. 서편 건물(겔 41:12)
18. 제사장의 방(겔 42:1-10)
19. 제단(겔 43:13-17)
20. 번제물 씻는 방(겔 42:38-43)
21. 제물을 삶는 부엌(겔 46:19-20)
22. 부엌(겔 46:21-24)

4. 헤롯 성전의 평면도(마태복음 24:1-2)

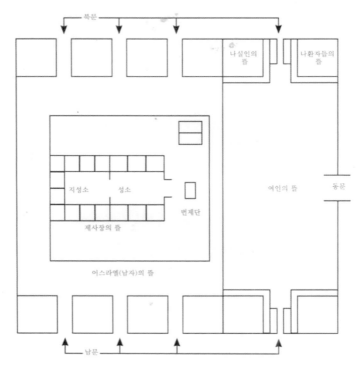

예수님이 강론하시던 회당 유적(가버나움)

출애굽에서 시내산까지

도착 및 행적

순서	출애굽	성경근거	일정
1	주전 1446년 1월 15일	이스라엘의 자손이 라암셋에서 발행하여 숙곳에 이르니 유아 외에 보행하는 장정이 육십만 가량이요(37) 중다한 잡족과 양과 소와 심히 많은 todcnbr이 그들과 함께 하였으며(38) 그들이 가지고 나온 발교되지 못한 반죽으로 무교병을 구웠으니 이는 그들이 애굽에서 쫓겨남으로 지체할 수 없었음이며 아무 양식도 준비하지 못하였음이어더라(39) 이스라엘 자손이 애굽에 거주한 지 사백 삼십 년이라(40) 이 밤은 그들을 애굽 땅에서 인도하여 내심을 인하여 여호와 앞에 지킬 것이니 이는 여호와의 밤이라 이스라엘 자손이 다 대대로 지킬 것이니라(42) (출 12:37-42)	주전 1446년 1월 15일

| 2 | 신광야
도착 | 이스라엘 자손의 온 회중이 엘림에서 떠나 엘림과 시내산 사이 신 광야에 이르니 애굽에서 나온 후 제 이월 십오일이라(1) 이스라엘 온 회중이 그 광야에서 모세와 아론을 원망하여(2) 그들에게 이르되 우리가 애굽 땅에서 고기 가마 곁에 앉았던 때와 떡을 배불리 먹던 때에 여호와의 손에 죽었더면 좋았을 것을 너희가 이 광야로 우리를 인도하여 내어 이 온 회중으로 주려 죽게 하는도다(출 16:1-3).
여호와께서 이스라엘 백성의 원망을 들으시고 메추라기와 만나를 내려주셨다. 저녁에는 메추라기가 와서 진에 덮이고 아침에는 이슬이 진 사면에 있더니 그 이슬이 마른 후에 광야 지면에 작고 둥글며 서리같이 세미한 것이 있는지라(출 16:13-14).
육일 동안은 너희가 그것을 거두되 제칠일은 안식일인즉 그 날에는 없으리라 하였으나 제칠일에 백성 중 더러가 거두러 나갔다가 얻지 못하니라(출 16:26-27).
이스라엘 족속이 그 이름을 만나라 하였으며 깟씨 같고도 희고 맛은 꿀 섞은 과자 같았더라(출 16:31).
이스라엘 자손이 사람 사는 땅에 이르기까지 사십 년 동안 만나를 먹되 곧 가나안 지경에 이르기까지 그들이 만나를 먹어더라(출 16:35). | 주전
1446년
2월 15일 |

3	시내광야 도착	이스라엘 자손이 애굽 땅에서 나올 때부터 제삼월 곧 그 때에 그들이 시내 광야에 이르니라(1) 그들이 르비딤을 떠나 시내 광야에 이르러 그 광야에 장막을 치되 산 앞에 장막을 치니라(2) (출 19:1-2).	주전 1446년 3월
4	성막 완공	모세가 그 같이 행하되 곧 여호와께서 자기에게 명하신 대로 다 행하였더라(16). 제 이년 정월 곧 그 달 초일일에 성막을 세우니라(17) (출 40:16-17). 성막을 세운 날에 구름이 성막 곧 증거막을 덮었고 저녁이 되면 성막 위에 불 모양 같은 것이 나타나서 아침까지 이르렀으되(민 9:15). 항상 그러하여 낮에는 구름이 그것을 덮고 밤이면 불 모양이 있었는데(민 9:16).	주전 1446년 1월 1일

성막 건축기간 산정

성전 건축 기간의 세부산정 내용	결론
◦출애굽 출발 : 주전 1446년 1월 15일 ◦신광야 도착 : 1446년 2월 15일 ◦시내광야 도착 : 주전 1446년 3월 ◦시내광야 체류 : 10개월(추정) ◦성막 완공(세움) : 주전 1445년 1월 1일 〈시내광야 체류기간에 모세의 일정 및 행적〉 ◦1차 모세가 시내산에 올라가 십계명 받음 : 40일(출 4:16) ◦2차 모세가 시내산에 올라가 십계명 받음 : 40일(출 34:28) ◦하산하여 소요된 일자(10일 2회) : 20일(추정) 1차 : 3일 기다림(출 19:11)+화목제 드림(출 20:24() = 약 10일 2차 : 화목제 드림(출 24:5)+6일 산 위에 구름, 7일 모세 부름(24:16) = 약 10일 ※모세의 행적에 따른 일정 : 약 100일(추정) 시내광야 체류기간 10개월에서 100일을 제하면 성막 건축 기간은 단기간의 7개월로 추정된다.	성막 건축 기간은 약 7개월로 추정(저자)

3. 하늘나라의 언약궤

요한계시록 11:19

이에 하늘에 있는 하나님의 성전이 열리니 성전 안에 하나님의 언약궤가
보이며 또 번개와 음성들과 뇌성과 지진과 큰 우박이 있더라

사도행전 1:11
갈릴리 사람들아 어찌하여 서서 하늘을 쳐다 보느냐 너희 가운데서 하늘
로 올리우신 이 예수는 하늘로 가심을 본 그대로 오시리라 하였느니라

마태복음 4:17
회개하라 천국이 가까웠느니라

마지막 때의 징조

(1) 각처에 전쟁, 기근, 지진이 일어난다. 이때부터 고난이 시작된다(마 24:7-8).

(2) 대환난이 일어난다. 이 시기에 큰 박해와 순교를 하는 일이 일어난다 (마 24:21).

(3) 거짓 선지자들과 거짓 그리스도인들이 많이 나타나 많은 사람을 미혹 한다(마 24:5, 24).

(4) 천국 복음이 모든 민족에게 증거되기 위하여 온 세상에 전파되면 그 제야 끝이 온다(마 24:14).

(5) 하늘에 무서운 징조들이 나타난다. 이때에 하늘의 권세들이 흔들리게 된다(마 24:29, 막 13:24-25, 눅 21:25-26).

"네가 이것을 알라 말세에 고통하는 때가 이르리니 사람들은 자기를 사 랑하며 돈을 사랑하며 자긍하며 교만하며 훼방하며 부모를 거역하며 감 사치 아니하며 거룩하지 아니하며 무정하며 원통함을 풀지 아니하며 참 소하며 절제하지 못하며 사나우며 선한 것을 좋아 아니하며 배반하여 팔 며 조급하며 자고하며 쾌락을 사랑하기를 하나님 사랑하는 것보다 더하 며 경건의 모양은 있으나 경건의 능력은 부인하는 자니 이같은 자들에서 네가 돌아서라"(딤후 3:1-5).

지상 성소에서 천상 성소로 승화(昇華)

성경 근거	지상 성소 ⇒ 천상 성소 구조와 명칭 ⇒ 구조와 명칭	성경 근거
출 25:8	지상 성소 ⇒ 천상 성전	계 11:19
출 26:1	성소(첫칸) ⇒ 일곱 금촛대 사이	계 1:12
출 26:33	지성소 ⇒ 증거 장막 성전	계 15:5
출 26:33	증거궤 ⇒ 언약궤	계 11:19
출 30:1-30	향단 ⇒ 중보의 금단	계 8:3
레 16:12-13	성소의 일곱 등잔 ⇒ 일곱 영이신 일곱 등불	계 4:5
레 16:10	향로 ⇒ 기도의 향로	계 8:5
레 21:10	대제사장 ⇒ 대제사장 그리스도	히 8:1
대상 24:7-19	24반열 ⇒ 24장로	계 4:4-5, 8
레 16:4	세마포 옷 ⇒ 세마포 옷	계 15:12
레 16:5	숫양과 숫염소 ⇒ 어린 양 그리스도	계 5:12
레 16:12-13	아사셀 염소 ⇒ 천년기의 사단	계 20:1-3
히 9:12-13	짐승의 피 ⇒ 그리스도의 피	히 9:1, 14
히 9:22-23	지상 성소의 정결 ⇒ 천상 성소의 정결	히 9:11, 14, 23

법궤(法櫃)

그룹

시은소
(속죄소)

금테

금으로 싼 채

금고[

법궤와 시은소

14.

김흔중
고희기념 전자앨범 제작

김흔중 고희 기념 전자앨범 제작

김흔중 고희기념으로 그간의 사진 전부를 종합하여
전자앨범을 만들어 자녀들에게 주었다.

고희기념으로
전자앨범을 제작하여
CD 및 영상으로
삶의 흔적을 남기도록 했다.

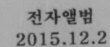

1 CD 목차

1권 — 00 산수기념 전자앨범 서장
　　　01 가족 사항
2권 — 02 해병대 장교 생활
　　　03 해병대 후배들과 함께
　　　04 해병대 동기생.선후배.고교동기생과 함께

김흔중 목사
팔순 기념

전자앨범
2015.12.2

3권 — 05 우국 사회활동 발자취
　　　06 국가안보 및 통일위한 활동
　　　07 남북통일 위한 해회순방
　　　08 전적기념비 및 기념시비
　　　09 천안문 뭐 기타지역 탐방

종합 전자앨범
CD 3편

2 CD 목차
- 4권-10 새시대 새사람연합 출범식
- 11 선견적 시국진단 출간 기념행사
- 12 제18대 대통령출마 준비선언
- 13 제18대 대통령출마 준비선언 실천과제

김흔중 목사
팔순 기념

전자앨범
2015.12.2

- 5권-14 목사 임직 및 고희 기념행사
- 15 성서 기록현장 성지답사
- 16 해병대 초대교회 및 선교회 행사
- 6권-17 김흔중목사 저서 출간현황
- 18 시각장애인 목회자 수련회 동참
- 19 국가 안보 및 통일전망
- 20 김흔중 목사 작사 모음집

2 CD 목차

3 CD(동영상) 목차

나는 이렇게 살았노라

경주 불국사 돌아보았다.(1994.9.10. 김흔중)

15.

새시대 새사람 연합
출범식

새시대 새사람 연합 출범식

(2007.8.17.)

새시대 새사람 연합 본부

서울시 마포구 도화동 51-1 성우빌딩 807호
Tel : 02-707-3929, Fax : 02-707-3929

새시대 새사람 연합

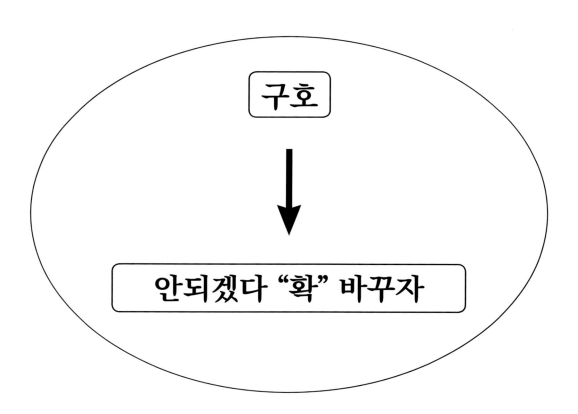

구호

안되겠다 "확" 바꾸자

새시대 새사람 연합
기본 목표

1. 새 시대를 활짝 연다.

2. 새 사람을 결집한다.

3. 정신혁명을 성취한다.

4. 사회통합을 이룩한다.

5. 자유통일을 완성한다.

새시대 새사람 연합

연합기

새시대 새사람 연합 본부

새시대 새사람의 노래

김흔중 작사
김현정 작곡

명랑하게

새 하 늘 이   밝 아 오 고   새 시 대 문 이 열 리 니
새 하 늘 에   밤 은 깊 어   새 시 대 별 이 빛 나 니

동   방 의   새 아 침 에   붉 은 태 양 솟 아 오 른 다
대   한 의   새 나 라 에   밝 은 샛 별 솟 아 오 른 다

(후렴)

새 시 대 창 조 할   새 사 람 들 모 여   다 함 께 손 에 손 잡 고

새   나 라 새 역 사 의   푸 른 꿈 을 펼 쳐 나 가 세

새시대 새사람 연합

결집의 필요성

◈ 새 포도주를 낡은 가죽 부대에 넣지 아니 하나니 그렇게 하면 부대가 터져 포도주도 쏟아지고 부대도 버리게 됨이다. 새 포도주는 새 부대에 넣어야 둘이 다 보전 되느니라. (마 9:17)

◈ 너희는 유혹의 욕심을 따라 썩어져 가는 구습을 좇는 옛사람을 벗어 버리고 오직 심령으로 새롭게 되어 하나님을 따라 의와 진리의 거룩함으로 지으심을 받은 새 사람을 입으라 (엡 4:22-24)

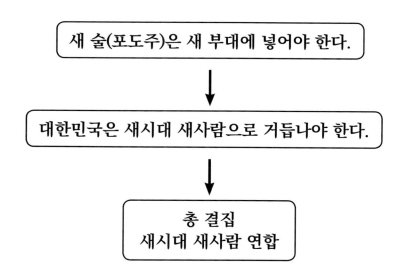

새 술(포도주)은 새 부대에 넣어야 한다.

↓

대한민국은 새시대 새사람으로 거듭나야 한다.

↓

총 결집
새시대 새사람 연합

새시대 새사람 연합

결집의 필요성

안되겠다 "확" 바꾸자

↓

썩은 한나라당

◆ 중도 실용정책으로 안보위기 초래

◆ 천민 자본주의 병폐만연

◆ 부정, 부패, 비리공화국 전락

◆ 계층갈등, 빈부격차 점차 심화

◆ 고소영, 강부자의 냉소적 현실

◆ 병역의무 미필자 등용불만 팽배

◆ 가치관 혼돈으로 사회질서 파괴

◆ 국론 분열이 점차 가속화

종북 민주당

◆ 종북, 친북, 반미세력의 조직화 재집결

◆ 종북 좌파 정권의 재집권 가능성 상존

결론

↓

-총결집의 목적은 좌파 정당의 재집권이 불가능토록 억제
-새시대 새사람의 총결집으로 좌파 정당의 재집권을 와해

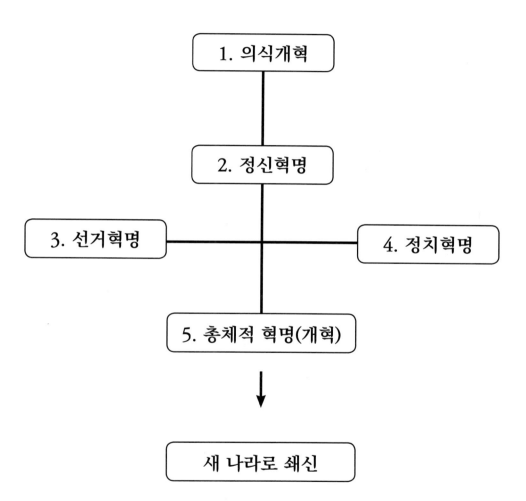

의식개혁

1. 도덕심과 윤리의식을 회복한다.

2. 공사(公私)를 확실히 구별한다.

3. 멸사봉공에 솔선 수범한다.

4. 준법정신을 철저히 고양한다.

5. 물질만능에서 반드시 탈피한다.

6. 국가관과 역사관을 확립한다.

7. 애국 애족 정신을 발양한다.

정신혁명

↓

1. 민주 시민 의식을 발양한다.

2. 헌법에 보장된 의무를 다한다.

3. 반 국가적 이념에서 탈피한다.

4. 종북적인 행동을 지양한다.

5. 반미적인 망상에서 해방된다.

6. 위장된 민족, 평등에 속지 않는다.

7. 참된 자유, 민주, 평화를 이룩한다.

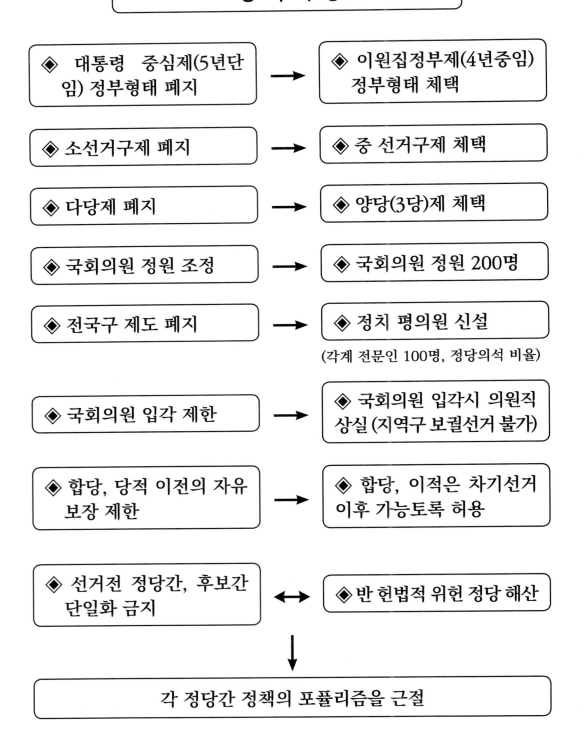

정치혁명

◈ 대통령 중심제(5년단임) 정부형태 폐지	→	◈ 이원집정부제(4년중임) 정부형태 체택
◈ 소선거구제 폐지	→	◈ 중 선거구제 체택
◈ 다당제 폐지	→	◈ 양당(3당)제 체택
◈ 국회의원 정원 조정	→	◈ 국회의원 정원 200명
◈ 전국구 제도 폐지	→	◈ 정치 평의원 신설 (각계 전문인 100명, 정당의석 비율)
◈ 국회의원 입각 제한	→	◈ 국회의원 입각시 의원직 상실 (지역구 보궐선거 불가)
◈ 합당, 당적 이전의 자유 보장 제한	→	◈ 합당, 이적은 차기선거 이후 가능토록 허용
◈ 선거전 정당간, 후보간 단일화 금지	↔	◈ 반 헌법적 위헌 정당 해산

◈ 각 정당간 정책의 포퓰리즘을 근절

구호제창

안되겠다 "확" 바꾸자

그렇다 "확" 바꾸자

안되면 될 때까지

"확"

바꾸자

"새시대 새사람 연합"의 애국단체 출범식이 있었다.
〈김흔중 총재 취임〉

김흔중

　2007년 8월 17일 오후 2시 한국교회 100주년기념관 소강당에서 250여 명이 모인 가운데 "새시대 새사람 연합"이라는 색다른 이미지를 풍기는 기독교인 중심인 해병대 출신들이 모여 "대한민국 새시대 새사람 연합"이라는 애국단체의 출범기념 감사예배가 있었다. 이 예배는 이정수 사무총장의 사회로 육사15기 출신인 한국기독 군인연합회 복음선교단장 유제섭 목사의 설교로 "보소서, 들으소서, 응답하소서"(사 37:14-200라는 주제의 말씀이 선포되었고, 이용선 박사의 경과보고, 김흔중 총재의 취임사, 총재가 상임 대표 최상범 박사에게 대한 새연합기(旗) 수여, 채명신 장로의 격려사, 반환인 장로의 축사, 신현구 목사(전 해군 군종감)의 축도로 예배가 끝났으며 김흔중 총재의 만세 삼창이 있은 후 폐회되었다.

　김총재는 취임사에서 대한새사람연합(약칭)의 출범 배경과 21세기 새시대의 시대적 사명을 역설 했으며 사회적 혼돈과 국가의 총체적 난국의 극복을 위해 헌신할 것을 다짐했다. 특히 주월 한국군 초대사령관인 채명신 장군의 격려사에서 김흔중 총재는 육군대학, 공군대학, 대학원에서 두루 공부한 학구파이며 대위로서 월남에 파병되어 전투중대장의 임무를 잘 수행하여 충무무공훈장, 미국 동성무공훈장, 월남 최고 엽성무공훈장을 받는 등의 전공을 소개하고 전쟁영웅이라는 극찬을 하며 "새시대 새사람 연합"의 출범에 김총재가 적임자라고 격려하며 칭찬했다. 또한 전 해군사관학교 총동문회장 박환인 장로(여의도순복음교회)는 축사를 통해 김흔중 총재는 그간에 놀랄만한 일이 많았는데 장군이 될줄 알았는데 되지 않고 갑자기 전역한 것, 늦게 신학공부를 하고 목사가 된 것, 이스라엘 선교사로 파송된 것, 교회를 개척한 것, 많은 저서를 펴낸 것 등 여러 가지를 들면서 축사를 하여 김총재가 한층 돋보였다.

김총재는 젊음을 군에 바쳤으며, 해병연평부대장과 해군헌병감을 마지막으로 대령으로 예편하여 만학의 신학공부를 하고 목사가 되어 총회 파송 이스라엘 선교사로 파송되었고, 귀국하여 수원양문교회를 개척하여 담임목사로 시무하다가 2005년 12월 70세에 정년퇴임을 했다.

김총재는 현재 한민족복음화선교회 회장과 베트남참전기독신우회 회장을 맡고 있으며, 저서로는 성지순례의 실재, 성서의 역사와 지리, 성경 66권의 개설(槪說), 성지순례의 실재 점자 번역집, 시각장애인 성서지리 교본, 성경말씀 365일 하루 한 요절 암송수첩 등 저서를 많이 출간을 했다. 또한 사회활동을 활발히 하며 대한민국 안보와 경제살리기 국민운동본부 공동대표, 병역의무미필 정치인 근절대책협의회 대표회장을 맡아 나라사랑의 선도적 역할을 다 하고 있다.

2007년 8월 17일
"대한민국 새시대 새사람 연합" 홍보부 제공

16.

海兵魂과 함께한 師道

청파문집발간위원회

祝 青波金炘中博士古稀紀念

護國安保

國泰民安

二〇〇五年十二月二日
大韓民國第十二代
大統領全斗煥

전두환 전 대통령의 김흔중 고희기념 축하의 휘호이다.
(2005.12.02.)

발간사

黃昏에 핀 무지개, 은빛 노을로…

"우리가 無心히 흘러보내는 오늘은 無數한 노력 끝에 에제 숨겨간 數많은 사람들이 그렇게도 살고저 갈망하던 來日이 이었으리라!"

英國 근대 畫家이자 詩人 Willam Blake는 오늘의 하루 하루가 우리들 人間에게 있어 얼마나 所重한가를 위와 같이 표현한 바 있습니다.

그 소중한 하루하루가 흐르는 江물처럼 흔적 없이 살아지길 어언 40여년…! 그 오랜 세월 속에 세파의 고비를 넘어 오늘에 이르기까지 江山이 네 번씩이나 변해 오늘에 이르렀습니다.

우리 모두는 기나긴 세월, 人生의 고비를 넘는 짬짬이, 문득문득 눔을 들어 남쪽하늘 마음의 고향, 慶南鎭海 앞바다를 향해 回想의 날개를 펼쳐 보곤 하였습니다. 비바람 몰아치던 그 추운 겨울 밤, 맨살에 살얼음 튀기며 뛰고 넘던 옥파만에서…

靑龍이 龍을 틀던 장복산 봉우리, 海兵魂 아로새긴 魔의 天子峰! 그리고 黃土 먼지 하늘가에 맴돌던 上南훈련연대의 龍池못과 A高地, F高地… 뜬 구름마저 방향을 잃은 듯, 허공에 걸리던 그 해 한여름의 불볕더위는 우리

들 생애에 있어 가장 길고도 고통스러웠던 여름이었던가요?

그리고 자랑스러운 장교계급장에 젊은 긍지를 담고, 영일만의 파도가 넘실대는 포항지역 해병사단과 이★강변 강호도의 김포여단, 그리고 백령도와 연평도 등 사방으로 배치되어 시작된 전방부대 실무생활의 나날들….

어느날 새벽녘, 파월 수송선 'Golden Bear호'와 'Geigerghgh'에 젊음을 싣고 투이호아와 추라이 戰線을 거쳐 호이안 戰線에 이르기까지 우리들의 사연은 끝이 없었습니다.

길을 듯 했지만 길지만도 않았고, 짧기도 했지만 짧지만도 않았던 의무복무 년한을 끝내 우리들 海幹 34기, 海土 19기, 海幹 35, 36, 37기 그리고 45기, 48기생들은 이 세상 방방곡곡에 헤어져, 명예롭고 당당하게 제각기 나름대로의 보람된 인생의 훈장을 달고, 40여년만에 이 한 권의 사연들을 한 곳에 모아 한자리에 모였습니다.

그리고 그 숱한 歲月의 조각들이 차곡차곡 쌓일 때면, 우리의 힘든 훈련의 맨 선두에서 함께 苦樂을 같이하며 땀방울 흘리시던 건강하고 씩씩하셨던 童顔의 國軍 최고의 第一將校 김흔중 구대장님! 언제나 자랑스러운 김흔중 중대장님을 한시도 잊을 수가 없기에 追憶의 章 '海兵魂과 함께한 師道'를 우리들 후배들이 뜻을 함께 하여 오늘 이 榮光된 자리에서 펼쳐 올립니다.

황혼에 핀 무지개, 은빛 노을로 향하는 길… 하나님의 가호가 가득하여 구대장님의 앞날을 밝혀 드릴 것입니다.

"Commit to the Lord whatever you do, And your plans will succeed."

너의 행사를 여호와께 맡기라. 그리하면 너의 경영하는 모든 것이 이루어지리라!

赤松千歲 靑石萬歲! 김흔중 목사님 萬萬歲!

서기 2005년 12월 2일
古稀 紀念 隨想集 발간에 즈음하여⋯
발간위원장 金 武 一(해병사관 35期, 豫備役 大尉)

악마에서 천사까지

이수용(海幹 36기 시조 시인)

금강석 제련소에 청파는 조련사다
멋대로 자란 놈들 가소롭게 맞으면서
입교식 마치자마자 선착순에 구보였다.

배팅은 홈런 치듯 엉덩이 불이 나고
비 오면 야밤비상 새벽까지 포복연습
눈 오면 진해만 바다 짠물 먹는 행군이다.

육체단련 한계점을 가까스로 넘어서니
그믐 밤 공동묘지 숲 속에 숨죽이고
화장장 소각로 속에 교번 성명 써보았다.

이 갈리던 야차악마 안볼 듯 작별하고
월남전 戰場에선 고비 고비 靑波 생각
살아서 다시 만나니 피를 나눈 형님 같다.

軍 제복 30여년 전략가로 이름 남고
목회자 박사님은 하늘 길을 인도하니
고희에 돌아본 삶이 功德으로 남더이다.

격려사

보다 나은 조국의 앞날을 위해 뛰고 또 뛰는 전쟁영웅

채명신(베트남참전전우회 회장, 전 주월사령관)

김흔중 목사님에 대한 나의 인식은, 그는 전세계에 자랑스러운 용맹과 작전성과로서 베트남 전쟁에서 큰 공훈을 세운 청룡부대(해병여단)의 아주 유능하고 우수한 전투 지휘관이었다는 것이다. 그는 중대장(대위)으로서 연대장(대령)도 받기가 쉽지 않은 높은 훈격의 충무무공훈장과 미국의 동성 무공훈장, 베트남의 엽성 무공훈장까지 받은 전쟁 영웅이다.

베트남참전전우회에서 복음과 선교와 신우회 활동으로 전우들에게 복음 전파와 친선, 희망찬 새로운 삶에 대한 의욕을 증진시키며, 조국에 대한 충성과 애족정신 고양에 남다른 열정을 쏟는 것을 보면서 새삼 김 목사님에 관심을 갖게 되었다.

해병대에 몸담고 있으면서 공군대학, 육군대학을 나왔고 신학교, 신학대학원, 미국 신학대학 등을 졸업한 것은 그가 심오한 학구열과 연구욕의 소유자임을 잘 나타내고 있다.

김목사님의 역작(力作)의 하나인 〈성서의 역사와 지리〉는 내가 가장 애독하는 책 중의 하나인데 여기에는 성서의 내용은 물론 역사, 지리, 전략 전술, 문화, 예술, 건축, 경제, 인종, 풍습 등 실로 다양하고 심오한 모든 분야에 대한 해박한 지식과 분석을 통해 만들어진 인생지침이라고 할까? 참으로 귀중한 작품이라고 생각한다.

김목사님은 지금도 쉬지 않고 복음전파, 조국의 앞날, 남북문제, 한미동맹 등에 열정적이며 용기와 신념을 갖고 보다 나은 조국의 앞날을 위해 뛰고 또 뛰고 있다.

나는 언젠가 김 목사님 본인에게 김 목사 같은 사람 열 사람만 있어도 나라를 바로 세울 수 있을 것이라고 말한 적이 있다. 특히 고희를 맞아 후배 장교들로부터 〈해병혼과 함께 한 사도(師道)〉라는 기념수상문집을 헌정 받게 된다는 것은 매우 뜻 깊은 일이며 진심으로 축하해 마지 않는다.

하나님의 무한하신 은총과 보호가 김흔중 목사님과 온 가족에게 항상 함께 하시기를 기원한다.

격려사

호탕한 웃음과 풍부한 대화의 흔적

朴九溢(前해병대 사령관, 前국회의원)

靑波(청파) 김흔중 목사께서는 젊은 해병대 장교 시절, 남들이 흔히 경험하지 못한 군의 기간(基幹)인 장교교육기관(將校敎育機關)의 중대장 또는 구대장 보직을 역임하면서 무려 6개 기수(旗手)를 배출하여 해병대에 복무 기여토록 하였으며 당시 같이 땀 흘리며 교육을 이수하고 해병대 장교 복무를 마치고 전역한 많은 예비역 대령의 칠순을 기념코자 보은(報恩)의 문집을 제작 헌정(獻呈)하기로 뜻을 모았다니 정말 귀하고 뜻깊은 해병사(海兵史)에 드문 일이라 생각되어 격려와 축하를 보내는 바이다.

그는 본인이 아끼던 후배(後輩)이며 유사한 시기에 해병대 생활을 같은 부대에서 지나면서 그의 호탕한 웃음과 풍부한 대화의 흔적이 주마등처럼 스쳐 가는 감회무량(感懷無量)함을 느끼는 바이다.
본인이 포함 2훈련단장을 하던 시절, 그는 훈련단의 예비군 연대장으로서 부대 안에 '정예해병육성'이라는 큰 비석을 세워 육성되는 해병들에게 높은 기상(氣象)이 표출되도록 하였으며 내가 백령도 6여단장 시절에 그는 연평부대장으로서 많은 활약을 했었다. 또 몇 년 뒤 본인이 해본 해병참모 부장 시절에는 내 휘하에서 편제과장 직책을 수행하면서 여러 가지 많은 어려움 속에서도 부대 증편 등을 잘 마무리 하였으며 특히 기 시절 해병대 104고지 전적비를 세우는 일에 전력을 다 했던 기억이 새롭다.

그가 헌병감실에 근무하는 동안 크고 작은 사건 그 중에서도 긴급한 사건을 맞이했을 때 헬기 등으로 긴급출동하는 등 나와 동행하여 문제해결에 머리를 맞대었던 순간이 뚜렷이 떠오른다.

김흔중 동지는 해병대에서 예편 후에는 목회자(牧會者)로서 활동과 국내외의 여러 교수 생활을 줄곧 해오고 있으며 금번 문집 속에 그 옛날모군(母軍)의 발전을 위해 헌신해 왔던 갖가지 미담들이 수록될 것으로 믿으며, 당시 청파(靑波)께서 길러낸 해간(海幹) 34, 35, 36, 37, 45, 48기 및 해사 졸업(海士卒業) 기초반(基礎班) 14기(해사 19기) 등 여러 후배(後輩)들의 시와 수필이 수록된다 하니 더욱 기대가 크고, 수많은 해병 예비역 장병에게 주는 기여도가 클 것으로 확신하며 이 문집이 좋은 평을 듣게 되고 또 널리 보급되기를 바라면서 본인의 격려사에 가름하는 바이다.

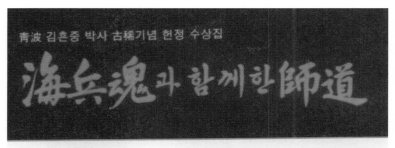

김 무 일 CEO

현대차, 기아차, 현대 Mobis, 전 부사장,

현대제철(주) 대표이사 전 부회장

김무일 CEO를 주축으로

후배장교들이 김흔중 고희 헌정문집 "海兵魂과 함께한 師道"를 편집해

출간했고, 기념행사를 성대히 준비해 주었다.

- 감사한 마음 평생 잊을 수 없다 -

○ 수고한 후배장교들 ○

장수근, 이수용, 장양순, 이재원, 김동원

김흔중 고희기념행사에 격려사를 하고 있다.
(2005.12.2. 해군회관에서 채명신 장군)

김흔중 고희기념행사에 격려사를 하고 있다.
(2005.12.2. 해군회관에서 박세직 장군)

김흔중 고희기념행사가 후배장교들에 의해 성대히 진행되었다.
목사 은퇴예배와 후배들이 집필한 기념문집이 김흔중에게 헌정되었다.
(2005.12.2. 해군회관)

김흔중 고희축하 기념행사에
채명신 장군, 박세직 장군, 현소환 회장이 격려사를 감사히 해 주셨다.
(2005.12.2. 해군회관)

청파 김흔중 박사 고희기념 헌정 수상집

海兵魂과 함께한 師道

김흔중 목사가 감사 인사를 하고 있다.

고희기념행사에 참석해 주신 귀빈들과 함께 하고 있다.(2005.12.2.)
뒷줄 : 강진봉, 이동성, 유시종, 이명복, 송석구, 이재규, 김무일, 김승택
앞줄 : 김도후, 김영관, 홍은혜, 김흔중, 채명신, 박세직

고희기념행사 중 케이크 커팅을 하고 있다.(2005.12.2. 해군회관)
(김경례, 김도후, 김영관, 김흔중, 홍은혜, 김윤근, 송석구, 이명복, 이재규)

김흔중 고희 축하를 위한 축가에 반주하고 있다.
(제48기:수원대학교 김헌경교수)

김헌경 교수의 부인이 축가를 부르고 있다.
(김흔중 고희 행사에 부부 간에 축가를 부르고 반주하고 있다.)

갈릴리 바닷가에서

김흔중 작사 / 김헌경 작곡

김흔중 작사, 김헌경교수(48기) 작사
김헌경 교수의 부인이 축가를 부르고
김헌경 교수가 반주를 하고 있다.

청파문집 발간위원 명단

고문
김동열, 엄종일, 유인균, 이용균, 임무웅(34기)
이상무, 이정윤(해사 19기, 기초반 14기, 전도봉 35기)

발간위원
김동열, 김종환(34기), 김무일, 박창웅(35기), 고봉훈, 정상채(36기)
황중석, 황이모(37기), 김기원, 박성표(45기), 김순기, 강호석(48기)

편집위원
장수근(35기), 이수용(36기), 공영만(37기), 이재원, 장양순(45기), 성철
용(48기)
간사 : 김동원(45기)

발간기금 기탁자
● 34기 일동 100만원, 유인균 300만원, 임무웅 100만원, 이용균 100
만원,
● 35기 일동 200만원, 김무일 300만원, 전도봉 100만원
● 36기 200만원 : 계원정, 고봉훈, 공인식, 김성기, 김성일, 김윤곤, 김철
운, 김효정, 박건조, 박종화, 백인기, 양 남, 이상우, 이상원, 임현택, 장기
근, 전신박, 정무웅, 정상채, 조영신, 채문식, 도영석
● 37기 120만원 : 강원현, 박창배, 서경림, 이병길, 이윤조, 옥지선, 황이

모, 황중석, 부산 동기생 일동

● 45기 200만원 : 강근수, 강승윤, 김국환, 김기원, 김기환, 김동원, 김효경, 박성표, 신욱재, 이상덕, 이상해, 이재원, 임철웅, 장양순, 장준영, 장태선, 정홍갑, 지원섭, 최총일

● 48기 200만원 : 강호석, 김순기, 권혁인, 김성남, 김종인, 김진무, 박국희, 박종남, 이규석, 이태욱, 성철용, 신성철(목사), 최영진, 최종원

편집후기

청파 김흔중 박사의 고희기념 헌정수상집 2개월 전 기획함에 있어 우여곡절이 많았으나 여러 선후배가 짧은 기간에 글쓰기가 어려운데도 열과 성의를 다한 훌륭한 글을 보내주어서 감사할 뿐이다.

청파문집에 투고한 편수는 발간사 1편, 헌정 시 1편, 격려사 및 축사 6편을 비롯, 6개기의 작품 43편이다. 그 외의 지면은 청파의 사진화보와 모음 글을 수록했다.

각 기수의 작품을 장르별로 구분하기가 애매하였으나 시와 시조를 제1부로 묶고, 신문은 수필에 가까우나 서간문 형태를 골라 제2부 청파께 드리는 글, 해병학교 훈련과정과 월남전 이야기는 제3부 해병혼으로 묶고, 해병대와 관련없는 글 또는 時論 형식의 글은 제4부 삶의 지혜로 나누었다.

순서는 각부에서 기구 순서로 하고, 동기생 내에서는 성씨 가나다 순으로 수록하였다. 편집은 각 기수 작품을 해당 기수 작품을 해당 기수의 편집위원이 책임지고, 종합교정은 장양순, 이재원, 이수용이 했다. 청파의 사진과 글은 양이 많았으나 문집의 40% 범위로 줄였다.

본문집이 나오기까지 격려사 및 축사를 보내주신 여섯 분의 선배인사님께 감사드립니다. 휘호를 보내주신 선생님들께도 감사드립니다. 또한 노심초사 애쓰신 김흔중 박사님과 시작부터 끝까지 覇氣와 義理로 이끌어온 김무일 발간위원장과 만사 제쳐 놓고 동분서주한 김동원 총무에게도 독자의 성원과 박수를 부탁드립니다.

2005년 11월 30일 편집위원 일동

편집위원

35기 장수근, 36기 이수용(위원장), 37기 공영만, 45기 이재원,
장양순, 48기 성철용, 간사 45기 김동원

장수근 이수용 이재원 장양순 김동원

17.

나의 모교
100주년기념의 자랑

江商

江景商高 100 年史
1920-2020

인물편

강경상고 100주년기념사업회

나의 모교
개교 100주년의 자랑

교가

김형기 작사
윤건영 작곡

행진곡풍으로 씩씩하게

1. 채 — 운에 어린 계룡 한 깃을 타 고
2. 알 — 뜰한 우리 고장 목마를 세 라
3. 대 — 내려 받은 슬기 갈고 또 닦 아

1. 호 섯 들 한복판에 엄연히 솟 아
2. 망 망 한 저바다로 나드는 금 강
3. 온 누 리 밝히려는 귀한 그 모 습

1. 세 기 에 — 보 람이 될 새 한의 — 사 — 도
2. 그 기 상 — 거 울삼 아 한 얼로 — 뭉 — 쳐
3. 굴 리 는 — 구 슬알 알 긋 는금 — 마 — 다

1. 씩 씩 히 길러 내는 도 량은 강 상
2. 꾸 준 히 커나 가는 낭 도는 강 상
3. 겨 레 의 자랑 도클 영 광은 강 상

강경상업고등학교(강상 제31회(김흔중) 입학식 기념사진이다.
(1952년 3월, 3개학급중 제1반)
전통을 자랑하는 "江商"은 1924년에 개교했다.

별관(1929.4.29.준공-1986.4.10.철거) 본관
(1923.11.15.준공-1986.4.10.철거)

3동 교사(1974.5.28.건축) 2동 교사(1963.12.20.건축)

개축된 본관 교사(1986.12.5.준공)

강상, 개교100주년을 맞으며

김흔중 시인

日帝 수난의 역사속에
금강은 유유히 흐르고
채운산은 늘 푸르렀다.

조선의 3大 市場의 하나인
江景에 雄志의 꿈 있어
江商의 큰둥지를 틀었다.

백년 전 3월 29일 개교의
터를 닦아 주춧돌 놓고
진리의 전당을 세웠다.

십년이면 강산도 변한다.
강산이 열번이나 변하여
江商은 발전을 거듭했다.

江商의 校花 校木이 있다.
백목련의 고결한 모습과
팽나무 가지가 울창하다.

江商은 人材의 産室이다.
국가와 사회에 헌신하는
많은 일꾼을 배출하였다.

江商의 전통을 계승하라
백년을 뛰어 넘어 이제
천년을 향해 跳躍하라

2020.3.29. 김흔중(강상 31기)

명문 강경상고

"江商"은 교모의 모표

강경상업고등학교 본관

진리상 준공(1980.10.1.) 팽나무 가족의 뜻을 모아 세우다.
개교 60주년 기념 제57회 졸업생 일동

문 열어라 문아, 열려라
나 진리의 선, 예 섰도다.

슬로베니아 브레도 섬을 소형 유람선을 타고 상륙하여 돌출한 섬 위의
성당을 답사한 후 입구의 아취에서 촬영(2015.3.9. 김흔중 목사, 도수희 박사).
섬에서 내려다 보이는 대안 언덕에 티토(前 구 유고대통령)의 별장이 있다.

나의 고희 기념행사에 참석한 강경상고 동기동창들이다.
(2005.12.2. 이상춘, 장의식, 김흔중, 손우준, 신원철)

강경상고 31회 동기동창들이 공주 갑사에서 만났다.(2005.10.20.)
(이준희, 송병채, 김흔중, 이홍상)

송병채 : 육사 15기로 임관, 육군소장, 국방부정훈국장,
국방부 차관보역임.
사진 : 2005.10.20. 계룡산 갑사에서(31회 김흔중, 송병채)

고교은사들은 전부 별세하셨다

2007년 스승의 날에 고교 은사인 신용갑 선생님을 초청하여
중식 대접과 선물을 드렸다.
와병중인 김혁수 선생님은 자택을 방문 병문안을 드렸다.
(대전의 황일용 선생을 포함 3명이 생존하고 계셨는데 3년후
김혁수 선생님도 별세하셨다.)
(장의식, 박용규, 신학용 선생, 김흔중, 송병채)

18.

해병대 장교, 동료,
선후배 장교들과 함께

청룡회 현소환 회장과 함께(롯데호텔, 1996.10.23.)
〈이스라엘 선교사 파송에 특별한 환송을 받게 되어 감사한 마음을 한평
생 잊지 않으려 한다.〉

"김흔중 목사 이스라엘 선교사 파송"이라고 쓰여진 케이크를
절단하기 위하여 청룡회 회장단과 함께 하고 있다.
(롯데호텔 소회의실, 1996.10.23.)

한림대 제5회 일송상을 수상한 안병훈 전 조선일보 부사장과 함께
(200.3.10. 한림대 국제회의장에서, 장양순, 안병훈, 김흔중)

한림대 제5회 일송상 시상식을 마치고 청사포럼 회원들과 함께
(2010.3.10.)

이상무 사령관 이임식을 마치고

전도봉 사령관 취임식을 마치고

김흔중의 저서 : "성지순례의 실제" 출간 축하 케이크를 절단하고 있다.
(2000. 10.2. 정영규, 이명복, 임무웅, 김흔중, 오윤진, 신현구)

김흔중 저서, 선견적시국진단 출판행사를 마치고 케이크(떡)
컷팅을 준비하고 있다.
중앙에 채명신 장군, 좌측에 김흔중 목사, 이갑진 장군, 김성은 장관
장남, 우측에 조지현 목사 외 2명(2011.3.1.)

안병훈 전 조선일보 부사장이 춘천 한림대학 국제회의실에서
일송상을 수상했다.
(2010.3.6. 안병훈, 현소환 등 해병사관 30기 동기생과 김효은, 김흔중
등 청사포럼 회원들이 많이 참석했다.)

해병학교 해병사관 제45기 임관 45주년 기념사진이다.(2010.7.10.)
(김흔중이 45기 중대장이었다.)

해병대 해병사관 제32기 임관 김흔중 기념사진이다.(129명, 1963.6.1.)

대한민국 유공자 연합회 임원들(대표회장 김흔중)

34기 조성국, 구대장 안병훈, 구대장 김흔중, 34기 강성원

청사포럼 선후배들의 대화를 마치고(2009.10.24.)

청사포럼 회원들이 해병 전적지를 답사했다.(2009.10.24.)

해병전공선양비 앞에서 전우애를 다짐하고 있다.(2009.10.24.)

제45기 임관30주년 기념행사(2000.7.8.)

장준영, 심종기, 김흔중, 장양순

해병학교 제48기 임관30주년 기념행사(2001.7.10.)

꼬마 해병이 무척 귀엽다.

청사포럼에서 강화도 고인돌(지석묘)을 답사했다(2010.9.5.)
(세계문화 유산 3대 지석묘 : 강화, 고창, 화순 3지역 지석묘)

서울역 광장의 국가안보궐기 대회에 32기 동기생들이 참석했
다.(2007.7.6. 최희태,김흔중,강윤경)

서울역 광장의 국가안보궐기 대회에 32기 동기생들이 많이 참석했
다.(2007.7.6.)

19.

해병대 초대교회 복원
(해병선교회 출범)

해병대 초대교회 복원
(해병선교회 출범)

해병대 초대교회의 전경이다
(서울 용산구 후암동)

〈해병대 초대교회 / 해병선교회 약사〉

1951. 3.12. 사령부 교회 창립 예배(진해)

1954. 6.10. 군용 퀀셋 교회 건립 헌당 예배

1955. 4.15. 서울로 이동 교회 건립 헌당 예배(서울)

1956. 6,10. 현 위치로 퀀셋2동 연결 십자가형 교회로 건립 헌당 예배(2대 김석범 사령관)

1959. 12.31. 콘크리트 구조 영구 교회로 신축 헌당 예배(3대 김대식 사령관)

1973. 10.10. 사령부 해체로 교회 기능 정지(국방부 훈령 157호)

1994. 7.19. 한국기동해병선교회 창립

2001. 10.10. 해병대 초대교회 기념비 제막 예배(한국기독해병선교회)

2002. 1. 15. 제25대 해병대 사령관 이철우 중장 취임감사예배

제26대 김인식 중장   제27대 김명균 중장

제26대 이상호 중장   제29대 이흥회 중장 취임 감사예배 실시

2010. 11. 19. 초대교회 환경개선 및 건물안전 보강공사 준공 감사예배

서울시 용산구 후암동 소재 해병대사령부 군인교회가
1973년 10월 10일 해병대사령부가 해체되어 해군에 편입되는 비운과
함께 해병대사령부 군인교회는 방치되어 육군에서 타 용도로 사용되어
오다가 29년만에 해병선교회(회장:이명복 장로)에 의해 2001년 10월
10일 10시에 해병대사령부 초대교회가 하나님의 섭리속에 복원되었다.
그리고 교회정문 앞에 초대교회의 석비가 오석에 의해 세워졌다.
(기념비석은 김흔중이 민속촌 입구의 보령석제에 鳥石이 있음을 발견하
고 황문식 사무총장과 함께 선택한 자연석이다.)

예배를 마치고 축도하고 있다.
(2008.3.26. 김흔중 목사)

참빛교회 임무웅 목사의 설교로 예배를 마치고.
참빛교회 찬양대와 함께 했다.(2008.8.6.)

미국의회에서 정전협정 7월 27일 조기를 달도록 한 장본인 "김한나"양
본회 사무총장 문한구 장로가 미국에 방문해서 김양에게 본회 회장의
감사패 전달(2009.12.6.)

해병선교회에서 새만금 방조제 산업시찰을 했다.
(2010.10.20.)

해병선교회에서 유서깊은 금산교회를 방문했다.
(2010.10.20.)

해병선교회, 강원 정선에 야유회를 했다.
(2008.11.11.)

海兵의 燈臺

해　　병　　　　　등　　　대

해병선교회 문집 제3호

 한국기독해병선교회

해병선교회의 노래

정문주 목사 : 작사, 작곡
NoteWorthy Composer

십 - 자가 군병들 이이어 여기모였네 네
무 - 적의 해병들 이이어 다시모였네네
대 예수 군사되어 다시모였네

승 리의 개선가를 드 높이외치세
주 - 님께 순종하며 충 성다하 - 세세
귀 잡는 해병대의 전 통이으 - 세

한 번 해병이면 천 국까지해 병

할 렐루야 할렐루야 해 병 선 교 회

권두시

등대가 그런 것처럼

시인 최세균 목사
(본회 부회장)

등대가 그런 것처럼
"해병의 등대"여, 거기 서서
찾아가게 하라 우리로
해병대와 함께, 조국과 함께
소원의 항구로 가는 길
복음의 빛이 되어 찾아 가게 하라!

등대가 그런 것처럼
"해병의 등대"여 거기 서서
달려가게 하라 우리로
피곤한 자와 함께, 무능한 자와 함께
구원의 항구로 가는 길
생명의 빛이 되어 찾아 가게 하라!

등대가 그런 것처럼
"해병의 등대"여 거기 서서
들어가게 하라 우리로

먼 바다에서 돌아 온 나그네
영생의 항구로 가는 길
천국의 빛이 되어 들어 가게 하라!

그래서 밝아야 하는 빛
그래서 꺼지지 말고 멀리까지 가야 하는 빛
광파(光波)로 할 수 없는 말 음파(音波)로 하고
음파로 할 수 없는 말 전파(電波)로 하고
암초 위에선 등표(燈標) 색채로
안개 속에선 무종(霧鐘)의 소리로
말하라 "해병의 등대"여
세상의 빛으로
사랑의 빛으로
바다의 등대가 그런 것처럼

권두사

한번 해병은 천국까지 해병!

박환인 회장
(본회 회장 '예' 해병소장, 여의도순복음교회 원로장로)

한번 해병은 영원한 해병! 대한민국 국민이면 누구나 알고 있는 멋진 구호입니다. 무적해병! 귀신 잡는 해병! 신화를 남긴 해병! 우리의 선배들이 6.25한국전쟁과 월남전을 통해 연전연승하여 대통령과 외국인이 붙여준 별명입니다.
우리 해병선배들은 해병대가 창설되자 마자 병력, 화기, 장비, 물자 등 하나도 제대로 갖춘 것이 없는 상태에서도 지휘관님들이 하나님께 의지하고 기도함으로 하나님의 도우심을 받아 하나로 굳게 뭉쳐 남침해 온 북괴군과 용감히 싸워 이와 같은 멋진 애칭을 갖게 되었습니다. 우리는 그런 해병이 좋아서 해병의 한사람이 되었고 오늘도 해병임을 자랑으로 삼고 있습니다. 그래서 제 승용차의 앞 유리창에는 해병 마크가 붙어 있고 본네트에도 해병 깃발이 휘날리고 있습니다. 그 해병 중에서 하나님으로부터 소수의 선택받은 알곡 해병들이 1994년 7월 19일 "한번 해병은 천국까지 해병"이라는 멋진 구호 아래 해병 복음화와 회원간의 친교를 위해 모여 한국기독해병선교회를 창립하였습니다. 돌이켜 보면 17년 전 김윤근 초대회 축복중의 큰 축복으로 기록될 것입니다.

이스라엘에는 마사다 동산의 요새가 있어서 이스라엘 국방의 상징성이 있다면 대한민국에는 해병대 초대교회의 은혜의 동산이 수도서울 남산기슭에 우뚝 서 있어 대한민국 국방을 책임진 상징성이 국민을 안심시킬 수 있게 되기를 소망합니다.

더욱 박환인 현 회장의 적극적인 노력과 기도로 해병선교회가 부흥하고 생동감이 넘치게 된 것을 하나님께 감사하며 박환인 회장의 투철한 사명감에 찬사를 보내고 싶습니다. 매번 해병대 초대교회에 해병선교회 회원들이 모여서 모군 해병대를 위하여 해병대사령부와 예하 각급 부대 장병들을 사랑하며 뜨겁게 특별기도를 하고 예배를 드릴 때마다 감사가 넘치게 됩니다. 금번 박환인 회장과 김흔중 자문위원장 그리고 최세균 부회장이 뜻을 같이 하여 모든 회원들의 협조를 받아 해병선교회 문집 "해병의 등대" 제3호를 발간하게 된 것을 진심으로 축하합니다. 앞으로 해병선교회가 더욱 활성화되고 선교회 문집을 통해 모군 해병대 장병들에게 문서선교의 통로가 마련되기를 바라며 해병대 각 급부대가 신앙으로 전력화되는 계기가 되기를 간절히 기원합니다.

해병대 초대교회 헌당 축시

천지가 일제히 서느니라

시인 장유향(임무웅 목사의 사모)

I

태초에 하나님께서 천지를 창조하실 때 빛이 있으라 하시매
동방의 작은 나라에 큰 빛을 비추시어
해병의 보금자리 서있던 터 위에
일천구백 오십일년 삼월
해병 용사의 땀과 기도가
화려하게 채색되어 기초석을 이루었으니
하늘과 땅을 진동시킬 만국의 보배가 이르러
거룩한 초대교회를 세우셨도다
너는 내 아들이라 오늘날 내가 너를 낳았도다

하나님 손으로 지음받은 대한의 해병은
여호와를 위하라 나라와 민족을 위하라
여호와의 신이 충만하여 나팔과 횃불을 높이든
기드온 삼백명의 용사가 되어
한손에는 십자가 한손에는 병기잡고
온 천하 귀신잡는 무적의 군병되니
승리의 개가가 천지를 진동하도다
일어나라 외쳐라 해병의 용사여
강하고 담대하라 십자가의 군병이여
너의 평생에 너를 능히 당할자가 없다던
여호수아의 능력을 받게 하리니
성문을 향하여 나아가라 나아가라
대로를 수축하고 진리의 기를 높이들라
한번 해병은 영원한 해병이요
한번 해병은 천국까지 해병이니
하늘에 계신이가 들으심이여
대장부 허리에 성령의 검을 채우시니
모든 장병위에 뛰어난 용사라
여호와께서 너희를 위하여 싸우시리라

II
슬프도소이다 우리 하나님이여
우리의 교만과 불순종이
주님을 십자가에 못박았나이다
진노의 주님 손이 높이 들렸으니

무너졌도다 무너졌도다 큰 성 예루살렘이
흩어졌도다 흩어졌도다 하나님의 용사들이
주여 어디로 가시나이까
가시면류관 쓰신 주님 따라가지 못하고
골고다 언덕위 십자가 바라볼 때
사랑하는 나의 해병의 아들들아
- 내가 목마르다 -
그리스도의 남은 고통의 외침은
초대 교회를 잃어버린 아픔이어라

들으시옵소서
여호와께서 예루살렘을 세우시며
이스라엘의 흩어진 자를 모으시는 주님이심을
우리가 아나이다 고백하는 다윗처럼
바벨론 강변에서 버드나무에 수금 걸고
시온을 바라보며 목놓아 울던 이스라엘처럼
초대교회 해받던 그 아픔이
인고의 눈물되어 여기 있으니
주여 어느때까지니이까
천년이 하루같고 하루가 천년같은 이십팔년을
눈물의 골짜기에서 기다리고 기다렸더니
오늘 이곳에 벧엘의 하나님께서 나타나셨도다
여기가 하나님의 전이요
여기가 하늘의 문이로다

III
문들아 너희 머리를 들찌어다
영광의 왕이 들어 가시리로다
상수리 밤나무가 베임을 당하여도
그 그루터기는 남아 거룩한 씨가 되니
하나님의 사람들이
주님 피값으로 세우신 초대교회 헌당을
금향로에 담아 하나님께 올리오니
부활의 주님께서 하늘문을 여시도다
십자가 군병들이여 이리로 올라오라
나팔같은 음성이 초대교회에 임하시니
마땅히 될 일을 너희에게 보이리라

모든 영광 받으소서
모든 찬양 받으소서
모든 감사 받으소서
당신의 오른손이 하늘에 폈나니
당신의 큰 음성이 천지를 울리니
세계가 다 주의 것이로소이다

불러주소서
이천삼년사월십칠일 헌당올린 초대교회의 이름을
불러주소서
스룹바벨처럼 황무한 전을 중건한 충성된 종들의 이름을
불러주소서

주님을 위해 땅끝까지 증인되는 해병선교회 이름을
불러주소서
주님의 긍휼하심으로 구원받은 전 해병의 이름을
그 이름, 이름들이 그리스도의 몸된 교회에
영영히 기념되리니
다시 한번 명하소서
초대교회에 강림하신 성령이시여!
"과연 내 손이 땅의 기초를 정하였고
내 오른손이 하늘에 폈나니
내가 부르면
천지가 일제히 서느니라"

해병선교회 여의도 지회 창립 예배를 마치고(2009.9.8.)

해병대 사령부 방문, 해병선교회 회장 박환인 장군 열병(2008.3.14.)

20.

캄보디아
훈센총리실에서 회담
(킬링필드현장 답사)

캄보디아 훈센 총리와 자주 골프쳤던
김도삼 사장(해병사관 35기, 별세했음)

캄보디아 훈센 총리실에서 가나안농군학교 설립을 위한 회담이 있었다.
(2002.4.20.)

캄보디아 훈센 총리와 김범일 장로가 선물교환을 하고 있다.

김흔중 목사, 훈센 총리, 김범일 장로, 이원영 대사, 이관수 통역관,
김도삼 사장, 대사관실 사무관

캄보디아의 김도삼 사장
사무실에서 메모하고 있다.
(2002.4.20. 김흔중 목사)

김흔중 목사, 김범일 장로,
김도삼 사장
(2002.4.20. 김도삼 회사에서)

캄보디아 하늘에

김훈중 목사 작사 / 김기웅 교수 작곡

캄보디아 하늘에 주의 영광 빛나니 들-곳-
프놈펜의 거리에 주의 사랑 넘치니 들-곳-
이 땅 위에 십자가 높-이 서 있으니 흑-흑-

-파 곳-산-에다 만물 신선 하려 퍼지-고-고
-암 권-세 모두 물러 가-고-고

주의 음성 들리네 우리를 사랑하시며 주-
은혜의 음성 내려 우리는 기뻐하되 주-주-
사랑과 은혜 넘쳐 우리의 빛이 되신 주-주-

-여께 구-원 구원 하여 주소리 서세
-께 감-사 찬-송을 드리 세세
-께 영-광 영-광을 돌리 세세

십 자가 군사 여 일-어 나 외치 세 복음
의 빛 비추고 평화의 종 울리 세

419

학살된 해골 진열장

킬링필드 대학살을 교훈으로 삼아야 한다

캄보디아 킬링필드(Killing Fields)의 대학살 실화(實話)가 1984년 영화화 되어 볼 수가 있어다. 세계의 최악의 좌파 조직이라 불리었던 크메르루즈(급진적 좌익 무장단체)의 폴 포트(Pol Pot, 1928-1998) 정권하에 1975년 4월 베트남이 적화되면서 미군의 철술에 때를 맞춰 친미 정권이었던 론놀(Lon Nol, 재임 1972-1975년) 정권을 무너뜨린 후, 1979년까지 4년 동안 노동자와 농민의 유토피아를 건설하겠다는 명목으로 지식인과 부유층을 잔혹하게 전부 학살했다. 그 당시 캄보디아 인구 800만 명 가운데 4분의 1인 200만 여명을 처절하게 학살한 20세기 최악의 대참사 사건이다. 킬링필드(Killing fields)는 "죽음의 땅" 또는 "죽음의 들"이라 번역하여 부르게 된다. 이곳은 캄보디아의 수도 프놈팬에서 남서쪽으로 15km 떨어진 지역이다. 이곳 킬링필드에 당시 학살된 자의 넋을 위로하기 위하여 위령탑과 기념관을 세워 놓았다. 위령탑은 훈센 정부가 만든 8m 높이의 안방 넓이의 정방형 탑으로 수개의 층별로 해골을 빼곡이 쌓아 올려 놓아 진열해 밖에서 볼 수 있도록 해 놓았다.

200년 4월 20일 캄보디아 훈센 총리실에서 캄보디아에 가나안농군학교를 세우기 위한 회담이 있었다. 나와 인연이 깊은 김도삼 사장이 프놈팬에서 1만명 이상을 고용한 큰 봉제회사를 경영하여 캄보디아 수출의 3분의 1을 점유하고 있었기 때문에 훈센 총리와 각별히 친분 있는 사이였다. 그래서 김 사장의 주선으로 훈센 총리실에서 회담을 가졌다. 그 자리에는 훈센 총리, 관련 장관 외 3명, 김도삼 사장, 김범일 교장(장로), 캄보디아 한국 대사 외 2명, 그리고 피라가 등이 참석했다. 훈센 총리실에서 회담을 마치고 김도삼 사장의 안내를 받아 관심 지역인 킬링필드를 답사했다.

당시 폴 보트 정권이 처참하게 학살한 비극의 현장을 안내 해설자를 통해 상세히 듣게 되었다. 당시 공무원, 교사, 의사 등 펜대를 잡은 지식인과 부유층을 전부 학살하고 농민과 근로자 그리고 서민들만 살려 주었고, 총탄이 비싸다며 각목과 쇠파이프로 무참히 때려 죽이고, 부유층 어린아이까지 나무에 후리쳐서 죽이는 등 각종 학살 수법도 너무나 잔인했다는 것이다. 그리고 도시 시민은 농촌으로 내몰았다. 당시 폴 보트 정권과 김일성 집단은 25년의 시차는 있지만 공산권의 폴 보트는 김일성과 다름이 없었고, 김일성의 6·25남침시 양민학살은 폴 보트의 학살과 크게 다를 바가 없었다. 오늘날 김정은이 3대 세습하여 친 고모부까지 처형한 애숭이 봉건체제의 독채통치자로서 세계적인 여론의 지탄을 받고 있다. 설상가상으로 최근에 미국과 한국을 싸잡아 핵전쟁을 불사하겠다며 으름장을 놓고, 동분서주하며 탄도 미사일과 방사포 사격을 지휘하면서 전쟁놀이의 불장난을 하고 있다.

결론을 맺고자 한다. 2011년 11월 유엔과 캄보디아 정부가 공동으로 설립한 크메르루즈 전범재판소에서 지난 8월 7일 킬링필드의 핵심 전범 2명에게 종신형을 선고하여 35년만에 단죄했다. 그 선고 대상은 당시 국가주석 티우 삼판(83세)과 공산당 부서기장 누온 체아(88세)이다.

나는 6·25 남침 전범자 김일성과 테러 전범자 김정일을 유엔 국제사법재판소에 제소하여 단죄해야 한다는 주장의 칼럼을 몇차례 쓴 바도 있다. 김일성과 김정일에 대한 전범자 제소의 기회를 놓쳤고, 그들이 이미 사망했으니 아쉬움만 남을 뿐이다. 이제 김정은에 의해 한반도에서 핵전쟁이 발발한다면 남북한이 공멸할 것이며, 6·25와 같은 동족 간의 전쟁이 재발한다면 현대판 킬링필드의 처참한 대학살이 한반도 전역에 확산되어 피를 많이 흘릴 것이다. 이러한 처참한 사태에 사전 대비할 수 있도록 국가안보와 국토방위에 한점의 허점이나 한치의 오차도 없어야 한다.

끝으로 강조하건데 1975년 4월 베트남이 적화통일이 되면서 인접 국가였던 캄보디아는 친미 정권이었던 론 놀 정부를 크메르루즈의 폴 보트 정권이 무너뜨린 후 킬링필드의 대학살이 있었다. 박근혜 정부는 킬링필드의 대학살을 타산지석의 교훈으로 삼아 대비태세를 철저히 확립해야 할 것이다.

(2014.8.17. 김흔중)

캄보디아, 훈센 총리실에서 회담을 마치고
프놈팬시 호텔앞에서(2002.4.20.)
- 김흔중 목사, 김도삼 사장 -

21.

이란, 성지 답사

이란, 성지 답사
(2009.10.1.-10.5)

에스더와 모르드개의 무덤

"죽으면 죽으리라"
(에스더 4:16)

바벨론(이란 성지의 답사)

테헤란의 아자디 타워
테헤란의 상징적 건물로 1971년 페르시아 개국 2500년을 기념하여
세운 탑이다.
우리나라와 이란은 1962년 수교에 합의,
1967년 테헤란에 대사관을 개설하고,
1978년 테헤란 시장의 서울 방문을 기념하기 위해
서울 강남에 "테헤란로"를 만들었고 테헤란에는 "서울로"를 만들었다.

수사의 다니엘 묘(중앙의 원추형 건물안에 묘가 있다)

사자굴속의 다니엘 묘 옆의 벽화(단 16:16-18)

바사의 수도였던 수사(수산) (중앙 뾰족탑은 다니엘의 무덤)

현재 슈쉬라 불리는 수사는 고대로부터 이란문명의 정치적, 경제적 중심이었던 도시이다. 수사는 느 1:1, 단 8:2, 에 1:2, 5:2, 9:6에 기록되어 있다. 성경에 언급된 아하수에로 왕 때 수산궁은 사치가 극에 달했으며 다리오(다리우스) 대왕 때의 비문에서 수산궁의 건축에 대해 언급된 곳을 보면 이웃의 많은 나라에서 금, 은, 상아, 터키옥, 돌기둥 등을 가져왔다. 이곳에 다니엘의 묘가 있어 이슬람교 시아파의 참배처가 되고 있다.

하박국의 무덤

무덤은 하메단 남쪽 60km 투이쎄르칸(Tui Serkan)지점에 있다. 하박국은 포로기 전 유다의 선지자로서 그의 예언은 하박국서에 기록된다. 신바벨론의 왕 느부갓네살의 침략으로 유대사람들과 함께 포로로 바벨론 감옥에 갇혀있다가 고레스 왕의 바벨론 점령 후 풀려나 하메단에서 살다가 죽었다고 한다.

죽으면 죽으리이다
(에스더 4:16)

에스더와 모르드개의 묘가 건물안에 나란히 안치되어 있다.
(2009.10.5. 김흔중 촬영)

수산궁이 있던 폐허유적

저자 뒤편이 수산왕궁 유적이다.

수산궁의 주춧돌이다.

고레스 왕은 유다 민족을 해방시켰다

이란 "고레스 왕"의 무덤(석묘)이다.
이란 쉬라즈 지역 해발 1,600m에 위치하고 있다.
(고레스 왕은 중동지역을 거의 제패한 왕이었으며
유대인을 이스라엘로 귀향토록 조서를 내렸다.)

(2009.10.5. 김흔중 목사)

인적은 간데 없고 폐허만 남아 있다.

고레스 왕이 해방시킨 궁전 터

부림절(Purim)

부림절이란 유대 절기로, 매년 아달월(양 2,3월) 14일이다. 옛
페르시아의 총리 하만이 유대인 전체를 죽이려 음모를 꾸몄다. 당시
아하수에로의 왕비였던 에스더(유대인)와 사촌 오빠 모르드개가
승리하여 유대인을 구원한 역사적 기념일이다. 이때 즐겨 먹는
음식은 한국의 만두와 같은 과자인데 "하만의 귀"라고 생각하고 씹어
먹으며 옛 수난의 역사를 잊지 않는다고 한다.

고레스가 유대인 해방령을 내린 파사르가테

낙쉐르스탐의 바위 벽면에 있는 부조들

거대한 암벽의 높은 곳을 파서 다리오 왕과 그 후계자들인 아하수에로 1
세, 다리우스 2세 등의 무덤을 만들었으며 무덤사이와 아래쪽에 암벽을
사각형으로 파서 만든 9개의 부조가 있다. 왕의 집견, 영웅적 정복 행위
등을 묘사한 것들이다.

높은 돌산 암벽 4명의 왕들 무덤을 만들어 놓았다.
(좌편 벽면 무덤 참조)

다리오 왕을 알현하는 사절단

바사 왕에게 곡물을 바치는 각 나라의 사신들(에 10:1)
바사 왕에게 곡물을 바치기 위해 계단에서 순서를 기다리며 다양한
곡물을 들고 있는 각 나라의 시신들(다리오 개인궁전).

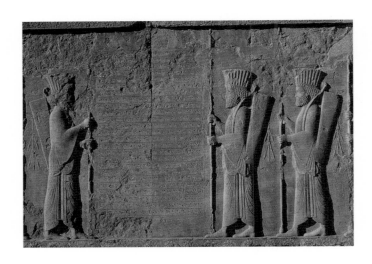

타카라 궁전 남쪽계단의 쐐기문자와 페르시아 군인들

22.

이집트 북부해안사막의
"몽고메리"와 "롬멜"의
격전장 답사

이집트 북부 해안 사막의 "몽고메리"와 "롬멜"의 격전장 답사 (1997.6.2. 김흔중 답사)

독일군 150mm포 장착 전차

2차 대전 말기 이집트 북부 사막의 몽고메리와 롬멜의 사막전장을 답사했다.

몽고메리 흉상(별명 : 사막의 생쥐)
이집트 알렉산드리아에서 106km지점 해변 사막이 격전장이다.
이곳에 군사박물관과 참전국가별 전사자 묘지가 있어 당시 처절했던
사막전을 생생하게 보여주고 있다.
(1997.6.2. 격전지인 '엘 알라메인'을 직접 답사, 김흔중)

롬멜 동상(별명 : 사막의 여우)
(작전기간 : 1942.10.23.-11.20. 2주간) 영국군 23만명,
탱크 : 1,030대, 독일군 : 10만명, 탱크 : 500대, 총 인명 피해 : 8만여명,
전차 피해 : 950대(1997.6.2. 흉상 촬영, 김흔중)

독일군 묘지

영국군 묘지

전시된 독일군 전차

독일군 150mm 장착 전차

엘 알라메인 사막에서 나의 승용차가 되어준 감사한 아랍인이다.
(1997.6.2. 사막 현장)

롬멜 장군과 몽고메리 장군의
"사막전장"을 찾아서

(엘 알라메인의 사막전장 답사 기행)

인류의 역사는 전쟁으로 인해 국가의 흥망성쇠가 지속적으로 명멸하며 전개되고 있다. 모든 전쟁에 대비한 군사전략과 작전전술은 기본적인 승패의 요체가 된다. 또한 전쟁사(戰爭史)의 연구는 장차전에 대비한 전쟁의 방책과 군사전략 그리고 작전전술에 결정적인 기여를 하게 된다. 제2차 세계대전의 전사(戰史)에 롬멜(Rommel)과 몽고메리(Montgomery)의 사막전은 전사연구의 전문가뿐 아니라 모든 군의 고급 지휘관 및 참모는 많은 관심을 갖게 된다.

나는 육군대학 정규과정에 수학하면서 당시 교수부장 황규만 준장(육사 10기)의 역서인 〈롬멜전사록〉을 호기심을 가지고 구입하여 짬짬이 읽어 보면서 롬멜 장군에 대해 많은 관심을 갖게 되었다. 그후 전역하여 목회자가 된 후 성지연구를 위해 이집트 알렉산드리아를 두 차례 답사하면서 2차 세계대전 종식 3년전에 전개된 사막전의 현장인 "엘 알라메인"이 알렉산드리아에서 얼마 떨어지지 않은 이집트 북부, 지중해 연안의 사막지역이라는 사실을 알게 되었다. 그래서 지도를 펴 놓고 사막전의 현장을 확인 후 혼자서 알렉산드리아에서 대중교통 수단을 이용하여 "엘 알라메인"을 찾아갔다.

그곳 사막전(沙漠戰)이 전개된 곳의 이름이 "엘 알라메인"(El Alamein)

이다. 알렉산드리아에서 약 106km가 되는 해안 사막지역이다. 1942년 10월 23일에 시작되어 단기전으로 2주일만에 끝난 전쟁이다. 엘 알라메인 사막전에 투입된 병력과 장비는 영국연합군 23만명, 탱크 1,030대인데 비하여 독일군 10만명, 탱크 500대였다. 이 사막의 격전은 2주간으로 짧은 전쟁이었지만 총 피해는 8만여명의 인명 피해와 950대의 전차가 파괴되었다. 이 전쟁을 상상해 보면 끔찍한 사막전의 참상이라는 사실에 전율을 느낀다. 이곳 "엘 알라메인"에는 군사박물관이 세워져 있어 전시관 안에는 유물이 전시되어 있고, 또한 참전했던 국가별로 해변 사막에 영국군 묘지, 이탈리아군 묘지, 독일군 묘지를 만들어 놓아 수많은 전사자의 묘비가 처절했던 현장에 세워져 있다. 이곳 "엘 알라메인" 사막의 격전지역을 군사 전문가들은 꼭 답사해 볼 필요성이 있다.

이 사막전의 상세한 작전상황은 생략한다. 다만 사막의 여우(The Desert Fox)라 불리던 독일군 총사령관 롬멜(Rommel)장군과의 결전에서 사막의 생쥐(The Desert Mouse)라 불리던 연합군총사령관 영국 몽고메리(Montomery) 장군은 승리했다. 그래서 참고로 몽고메리 장군과 롬멜 장군의 프로필을 정리하여 소개하고자 한다.

몽고메리(Montomery, 1887-1976년)는 1908년 영국 육사를 졸업하여 1차 세계대전에 초급장교로 참전(1914-1918)했으며, 제2차 세계대전 중에 팔레스타인(이스라엘) 지역에서 잠간 초급장교로 근무한 적이 있고, 그후 다시 팔레스타인에서 사단장으로 근무(1938년)한 경력이 있다.

몽고메리는 거룩한 땅 이스라엘 광야(팔레스타인)에서 지휘능력을 연마한 근무경력이 바탕이 되었고, 당시 유대인들이 5,000명이나 영국군에 지원하여 영국군이 전력화 되어 롬멜의 독일군을 격퇴시킬 수 있는 요인의 하나가 되기도 했다. 그는 1944년 6월 6일 노르망디 상륙 작전(연합군, 아이젠하워 총사령관)시 영국군 총사령관이 된 후 1946년 백작이 되었고 참모총장이 되었다.

롬멜(Rommel, 1891-1944년)은 1910년 육군에 입대하여 제1차 세계 대전에 참전(1914-1918년)했고, 그후 히틀러의 친위대장(1938년)이 되었다. 제2차 세계대전이 발발하자 기갑사단장으로 프랑스 전선에 활약하다가 원수로 승진(1942년)하여 북 아프리카의 엘 알라메인 사막전투에서 교묘한 작전으로 영국능르 괴롭혀 "사막의 여우"라는 별명을 얻기까지 했으나 몽고메리에게 참패하고 말았다. 1944년 독일 방위군 총사령관으로 작전지휘 중에 부상을 당해 병원에서 요양 중에 있을 때 히틀러의 암살사건에 연루되어 히틀러의 명령에 의해 자살을 했다.

나는 엘 알라메인 사막의 영국군 묘지를 돌아보며 그 많은 묘비 가운데 영국군 "쿠퍼 중위"의 묘비 앞에 멈춰 섰다. 나는 추모의 뜻을 표하며 기도를 했다. 다음과 같이 당시의 기록을 남긴다.

쿠퍼 중위 묘비 앞에서

한반도에서는 기미독립 만세(1919년) 소리가 요란했던 그 시기에 당신은 영국에서 태어났소이다. 2차 세계대전의 격전지 이집트 북부 사막에서 몽고메리 장군 휘하 장교로서 늠름한 영국군 초급장교의 위용이 자랑스럽고 사막의 전쟁터에서 지상의 왕자라고 하는 전차에 올라 작전지휘를 했던 패기 찬 젊은 모습이 생생하게 상상되고 있소이다.

그날! 1942년 10월 3일 장열하게 전사를 했구려. 이집트의 북부 지중해의 해변, 엘 알라메인의 끝없는 광활한 사막이 먹구름으로 뒤덮이고 천둥번개치듯 요란한 아비규환의 전쟁터였겠지요. 독일 롬멜 장군의 전차와 격돌하여 쌍방간에 수백대의 전차에서 뿜어내는 포성과 전차들이 달리는 굉음이 지축을 흔들었겠지요.

고국이 아닌 이국 땅에서 고귀한 생명들이 형체도 없이 산산히 찢기고, 팔다리가 공중에 나르고, 주인 없는 철모는 이리저리 뒹굴며 사막을 어지럽게 했겠지요. 나도 베트남 전쟁에 지휘관(중대장)으로 참전하여 처절한 전쟁을 체험했었지요. 당신의 묘비 앞에 서니 내 부하 전사자(3명)들의 현충원 13묘역 묘비가 눈에 선하네요.

전쟁! 전쟁은 누구를 위한 전쟁입니까? 전쟁의 아레스(Ares) 신의 장난일까요! 전쟁은 세상의 권세 잡은 지도자들의 잔혹한 욕심이 배태된 죄악일 뿐이지요. 전쟁이 없는 평화의 시대에 태어날 수는 없었더란 말입니까?

당시 포연이 끝난 후 충성스러운 당신과 무수한 장병들의 이름을 불러도 대답이 없었으며, 젊은 청춘의 가슴에서 붉은 피가 흘러내려 사막의 모래알을 붉게 물들이고 말았겠소이다. 고국 어머니들의 포근한 사랑의 가슴에 못질을 하고, 그 한이 맺힌 눈물이 흘러 지중해에 고였단 말입니까?

당신은 스물셋의 피어 보지 못한 아름다운 꽃봉오리였는데… 그 청춘의 젊음을 보상해 줄 자 누구이리요! 고귀한 생명을 누가 되찾아 줄 수 있단 말이요! 오직 원혼들의 안타까운 오열의 소리가 메아리 없는 사막에 퍼지며, 지중해 해안의 검푸른 파도가 밀려왔다 밀려가며 파도 소리만이 처절하게 들릴 뿐이네요. 나는 사막에서의 비참했던 전쟁을 미워할 수밖에 없소이다. 끝으로 당신의 묘비 앞에서 정중히 고개 숙여 기도하리이다.

〈전능하신 하나님 아버지! 엘 알라메인 사막의 전쟁터에서 쿠퍼 중위를 비롯한 무수한 장병들이 산화하였나이다. 그들의 영혼을 받아 주시고, 죽음이 헛되지 않기를 바라며 이러한 처절한 전쟁이 지구상에서 다시 일어나지 않도록 섭리해 주시옵소서. 모든 인류들에게 자비와 사랑이 넘치게 하옵소서. 오직 산 자와 죽은 자 모두에게 부활의 소망이 되시는 우리 구주 예수 그리스도의 이름으로 간절히 기도합니다.〉〈아멘〉

1997년 6월 2일 "엘 알라메인" 사막을 답사한 후
카이로 숙소에서 정리하여 김훈중 씀

알렉산드리아(Alexandria)

카이로에서 북서쪽으로 약 220km, 나일삼각주 서단에 위치한
지중해 연안의 국제무역 항구도시로 카이로 다음가는 큰 도시이다.
이집트인들은 알렉산드리아를 아랍어로 이스칸다리야(Iskandariya)
라고 부른다.
마케도니야왕 필립 2세가 주전 336년에 암살됨에 따라 그의 아들
알렉산더는 나이 20세에 왕위에 올랐다.
알렉산더는 왕이 된 후 희랍을 비롯하여 페르시아 소아시아 전역을
정복하였다.
24세가 되는 주전 332년에 이집트를 정복하고 알렉산더는 천혜의
항구도시를 그의 이름 따라 알렉산드리아라 불렀다.

마가 기념교회

성 마가는 주후 64년경에 알렉산드리아에 와서 기독교의 복음을
전파하고 이집트의 콥틱교회가 시작되었다.

23.

토지의 작가
박경리 기념관,
황순원 문화관 탐방

토지의 작가 박경리기념관, 황순원 문화관 탐방

(2007.5.10. 양평 황순원 문화관)
(2014.4.14. 원주 박경리 기념관)

박경리 기념관

박경리의 대하소설 "토지"

원주, '토지'작가 박경리 기념관을 탐방했다.

작가 박경리의 동상에 다정히 손을 얹고 있다.(김흔중)

박경리 작가는 통영에서 출생하여 성장했으나 원주에서 작품을 썼던
장소에 기념관이 있다.
(2014.4.14. 상록수문학 시인동우회 일행과 함께 탐방했다. 김흔중)

김흔중
수필문학대상 수상

세계환경문학 수필 대상 메달이다.(2016.10.29. 김흔중 수상)

세계환경문학 대상(수필부문)을 수상하고 감사의 인사를 하고
있다.(2016.10.19. 김흔중 작가)

세계환경문학 대상(수필부문)을 수상했다.(2016.10.29. 김흔중 작가)

상록수문학 시낭송회에 참석했다.(2008.9.10.) (그사랑 전원교회에서,
회장 최세균 목사)

경기도 양평 소나기마을 황순원 문학관을 탐방했다.(2007.5.10.
청시포럼 회원들)
(관장 : 김용성 박사, 해병사관 33기, 2011.4.28.별세)

24.

독일 통일의 현장 답사

독일 통일의 현장 답사(3차)

(베트남은 적화통일 되었다.)

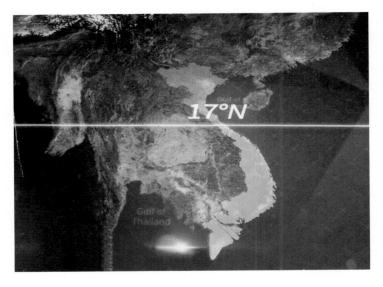

북위 17도선을 기준으로 베트남이 분단 되었다.(1954년)
분단 되었던 베트남이 적화동일이 되고 말았다.(1975년)

독일통일을 교훈으로 삼아야 한다.

독일 통일의 상징인 베를린 "브란덴부르크 문"이다.(2015.3.7. 3차
답사했다. 김흔중 목사)

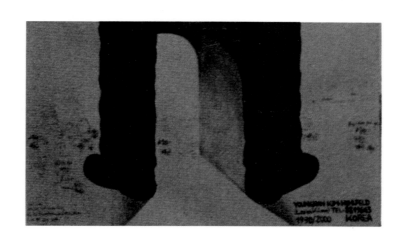

무엇을 상징하고 있을까?
〈앞을 보고 서 있는 사람의 두 다리 뒷 모습〉
독일 베를린 장벽은 무너졌다.(설치 : 1961년, 붕괴 : 1989년) 그
장벽의 유적 벽면(약 700m)에 세계 각국의 화가들이 기념의 화폭을
그려놓았다. 그 가운데 한국인 김영란 화백의 그림 한 폭이 그려져 있다.
그림의 상징은 무엇일까?(2002.1.19. 김흔중 목사 촬영)

동독과 서독이 통일된 후의 현장 건물들이다.(동, 서독 분계선의 서독에
위치했던 건물이다.)
(2002.10.19. 김흔중 촬영)

모자 쓴 사진이 붙어있는 건물지역이 동독지역이며 미국기가 게양된
초소가 세워진 사이가 통일 전 동서독 분계선이었다.(2002.10.,19.
김흔중 촬영)

독일 베를린 '홈 볼트대학교'의 본관이다.
- 아인슈타인 등 27명의 노벨수상자를 배출했다.
- 마르크스-엥겔스가 수학한 대학교이다.
- 김정일이 3개월간 공부한 대학교이다.(1994.11.3. 김흔중 촬영)

베를린에서 포츠담으로 건너가는 교량이다.(1945.8.8. 처칠, 트루먼,
스탈린 3상 회담이 포츠담에서 개최, 일본 항복 권유, 전 후 독일 분할
결정, 전 후 점령지 처리 선언을 했다.)
(1994.11.3. 김흔중 촬영)

독일 히틀러가 집무했다는 제국의회이다.(1994.11.3. 광장 중앙에 서
있는 김흔중)

독일 베를린 올림픽 메인 스타디움이다.〈손기정 옹 마라톤 금메달을
수상했다 : 1936.8.6.〉
(2002.10.19. 김흔중 촬영)〈김흔중이 출생한 년도다.〉

스위스 FIFA 본부이다.(2002.10.20. 김흔중 촬영)

스위스 FIFA의 사무국이다.(2002.10.20. 김흔중)

스위스 쯔빙글리 목사가 시무했던 교회이다.
(기독교 교회사에 칼빈과 쌍벽의 인물임)(2002.10.20. 김흔중)

세계의 검은 돈이 숨겨져 이는 '스위스 은행'이다.(2002.10.20. 김흔중
촬영)

스웨덴의 노벨문학상 시상 전당 앞의 예술조각상이다.(2002.11.17.
스웨덴 스톡홀름에서 김흔중)

일본 도쿄에서 한미일 기독교 지도자의 국제회의에 참석했다.
(2003.3.14. 김흔중 목사)
(김영백,신신묵,김흔중,조병찬,최해일,김영훈 목사)

25.

폴란드,
유대인 600만 학살 현장 답사
(독일 히틀러 자살현장 확인)

폴란드, 유대인 600만 학살 현장 답사 (독일 히틀러 자살현장 확인)

(2015.3.7.-3.8.)

폴란드의 유대인 6백만을 대학살한 현장인 아우슈비츠 수용소이다.
(2015.3.8. 김흔중 답사)

폴란드의 유대인 6백만 명을 대학살한 현장인 아우슈비츠 수용소이다.
(2015.3.8. 김흔중 답사)

아우슈비츠 수용서 전시실 입구이다.(2015.3.8. 현지답사, 저자)

폴란드의 아우슈비츠 수용소의 전류가 흐르는 이중 철조망이다.
(2015.3.8. 현지답사 김흔중)

독일 베를린의 홀로코스트 추모기념관이다.(2,711개 상징묘)
히틀러(1889.4.10.–1945.4.30.)가 자살한 지하벙커 위치를 답사하여
확인했다.(2015.3.7. 저자)

이스라엘 유대인 추모관

이곳은 나치 독일에 의해 제2차 세계대전 때 희생된 육백만 유대인들을 추모하기 위한 장소이다. 나치의 지배 하에 있던 때부터 전쟁이 끝난 후 유대인들이 팔레스타인으로 귀환할 때까지를 시대별로 설명해주는 역사관, 희생자들의 명단이 보관된 이름관 및 기억의 전당, 어린이들의 희생을 추모한 어린이관이 있다. 이곳은 유대인 학생 및 군인의 정신교육의 장이 되고 있다.

조각품 '코르자크와 유대인 어린이들' 공포에 떨고 있는 유대인 어린이들을 안은 채 함께 가스실로 향하고 있는 코르자크 선생.

어린이 추모원
역사관 입구에 있으며 학살, 저항, 귀환, 그리고 건국을 나타내는 4개의 주제를 가진 부조물이다.

유대인 학살의 비참함을 상징화한 조형물(야드바셈)

이스라엘 국립묘지(헤르츨 공원)
야드바셈 옆에 위치한 국립묘지는 시오니즘의 지도자들뿐 아니라 전쟁
때의 전사자들과 역대수상, 장관들 그리고 최근에 암살된 라빈 총리
(1994년)가 안장되어 있다.

베네수엘라의 전철을 밟지 말라

국가의 흥망성쇠는 역사가 입증해 준다.
한국은 6.25전쟁으로 '最貧國'이었지만
세계경제 10권에 진입해서 잘살고 있다.

베네수엘라는 한반도 3배되는 나라이다.
세계 석유매장 1위의 '축복'을 받았지만
경제정책의 실패로 '디볼트선언'을 했다.

차베스 장기집권 후 아들代에 혼탁하다.
마두로 대통령의 부정선거 당선 무효와
3분의2석 넘는 야당이 불신임결의 했다.

차베스, 마두로 父子는 반미주의자이다.
미국 패권주의에 굴종 않겠다는 저항에
서방국이 마두로 정권을 불신하고 있다.

베네수엘라의 정치적 혼란이 예상된다.
푸틴이 잽싸게 마두로에 편들고 있어서
트럼프와 푸틴의 대 충돌이 우려스럽다.

한국은 베네수엘라 前轍을 피해야 한다.
문재인 정부의 "안보, 경제"가 위기인데
금융 디볼트와 안보붕괴는 막아야 한다.

2019.3.28. 김흔중

베네수엘라 국기

베네수엘라 영토(노란색)

민방위도 국방의 보루가 되어야 한다.

최형우 내무부 장관 초청 민방위강사 간담회에 참석했다.
(1994.4.13. 각 시도 대표)
(경상남도 민방위강사협의회 회장 김흔중)

26.

판문점, JSA의 스위스 및 스웨텐 대표(대령)에게 감사패 전달

김일성의 리무진 승용차이다

스탈린이 선물한 소련제 ZIS-110 리무진 승용차로서 1950년 10월
22일 평양 동북방 약 100km 지역 청천강변에서 육군6사단 7연대(
초산부대)가 노획했다.(용산 전쟁기념관에 전시되어 있다.)

판문점을 방문하여 JSA의 스위스 및 스웨덴 대표(대령)에게 안경본에서
감사패를 전달했다.(2005.6.7.)
(윤호영,최동희,김경례,박세직,김흔중,김동권,유제섭,김한식)

판문점 남북회담장 북측 의자 뒤에 서서 남북 분단의 비극적 역사를
상기하고 있다.(2005.6.7.)
(최동희,김동권,김한식,박세직,김흔중,김경래,유제섭,윤호영)

판문점

남북통일을 염원하며 남북분단의 현장인 판문점을 방문했다.(2008.6.7.)
(유제섭, 김동권, 김경례, 박세직, 대대장, 김한식, 김흔중)

美·北 정상의 판문점 만남

2019년 6월 30일 오후 판문점에서 트럼프, 김정은 두 정상이 만나 역사적인 깜짝쇼를 연출했다. 트럼프와 김정은이 공동경비구역(JSA) 회담장 양 콘센트 사이의 군사분계선에서 만나 악수를 하고, 트럼프가 군사분계선을 월경하여 김정은과 함께 북한 땅 판문각 앞 도로상에서 다시 악수를 하고, 같이 돌아서서 두 정상은 다시 군사분계선을 넘어 남측 평화의 집에서 트럼프와 김정은이 50분간 회담을 가졌다.

트럼프는 김정은과 함께 잠깐 악수하고 헤어질 것으로 예상했지만 느긋하게 시간을 끌며 사전계획이 없던 즉석 회담이 이루어졌다. 하노히 2차 북미정상 회담에 이어 예상 밖의 약식 3차정상 단독 회담이었다. 트럼프는 비핵화의 언급이 전연 없었으며 느긋하게 지연적 전략의 시간끌기 대화로 ㅍ차기 회담을 위한 유도전술의 대화였다. 김정은 역시 트럼프의 전략을 유리속처럼 잘 바라보며 숫사자 트럼프와 숫곰 김정은이 음흉한 속내를 드러내며 판문점에서 세계의 이목을 집중시켰다.

트럼프가 차기 정권연장의 철저한 기획을 하고 있었으며 김정은은 정권붕괴를 막으면서 핵주권국가를 인정받아 남한을 수중에 넣겠다는 속셈은 불변인 것 같았다. 문재인은 곁다리 주인 노릇을 하며 트럼프, 김정은 정치 포카판의 장소를 자유의 집에 만들어 주었다. 혹시라도 트럼프의 완전한 핵폐기가 아니라 핵동결의 단계적 핵폐기는 김정은 세습정치를 연장시켜 주는 우를 범하게 될 것이다. 따라서 김일성의 유훈에 의한 대남 적화통일의 기회를 줄수 있다는 사실이다.

문제인은 상상력의 과대 망상에 빠져 성급하게 종전선언으로 비약하면 비핵화는 물건너 간다. 더욱 북한에 제재를 풀어 주고, 핵보유 인정에 동조하면 남한은 핵 인질에 잡히고 김정은의 수중에 들어가 헨드링을 당한다. 평화의 노래를 부르고 종전선언에 춤을 추면 큰일이다. 통치자로서 헛발질을 멈추고, 환상적인 망상에서 깨어나야 한다. 더욱 연방제 통일은 적화통일의 첩경이다. 트럼프, 김정은 중재자 역할도 잘 못하여 김정은에 치우쳐 매달려 있는 것 같다. 국가 안보가 무너지고 경제가 파탄나며 보수와 진보간 분열되어 풍정등화의 내우외환에 휩싸일 것 같다. 온 국민들은 두 눈을 부릅뜨고 정신을 똑바로 차려야 한다.

2019.7.3. 김흔중

김정은과 트럼프

김정은의 멍에를 벗자

김정은이 남한을 볼모로 잡고
한반도 비핵화 정상회담에서
문재인과 트럼프를 우롱하며
지연전략으로 교묘히 버틴다.

문재인에 멍에를 씌워 놓았다
비핵화의 운전자는 트럼프로
문재인은 트럼프 조수역으로
김정은 대변인의 빈축이 있다.

김정은이 대남 압력을 가한다
미국 승인의 개성공단 아닌데
외세간섭의 명분을 준다 하며
미국 배제토록 압력을 가한다.

남북 경제협력 합의를 지키라
식량지원으로 생색 내지 말라
최근 미사일을 두 번 쏴놓고서
南 은 전쟁연습 중단하라 했다.

문재인을 계속 압박하고 있다.
비핵화는 점점 꼬여가고 있고

김정은이 변고없이 건재하면
단말마의 도발을 할 수가 있다.

2019.5.13. 김흔중

멍에맨 소는 얼마나 힘든가?

통일의 교훈(統一의 敎訓)

남북 정상들이 판문점에서 두차례 만났고
평양에서 또 한번 세계의 이목이 집중된
환상적인 만남이 안개속에 묻히고 말았다.

한반도 통일의 난제는 6.25 남침전쟁이다.
동독, 서독은 전쟁이 없었고, 소련 지도자
고르바쵸프가 독일통일에 영향을 미쳤다.

독일통일 70주년을 교훈삼아 결단을 하자
남북통일은 그저 선물로 받는 것이 아니다
한반도 통일, 한민족 통합에 '총력을 쏟자

한반도 분단의 철책선이 철거되어야 한다.
날짐승 조류들만 자유롭게 왕래를 하지만
들짐승이 왕래하고 민족간 오고가야 한다.

김정은이 핵주권 국가의 왕정을 펼려한다.
문재인은 핵위력에 꿀려 굴종의 자세인가?
국가 안보와 경제는 페닉현상이 올 것 같다.

독일통일 상징인 브란덴부르크 문이 있다.
나는 3차례 그 문앞에서 남북통일을 기원
했지만 비핵화통일에 위기 혼선이 감돈다.

김정은을 압도하는 헤게모니가 절실하다.
대한민국 정통성을 살리는 것이 우선이며
연방제가 아닌 자유통일 국가를 건설하자.

개천절 4352주년을 맞으며
독일통일 70주년을 맞으며
2020.10.3. 김흔중

브란덴부르크 문(독일통일 상징)

백두산 천지에서

용호상박의 대 결투

용호상박(龍虎相搏)은 용과 호랑이가 서로 싸운다는 말이다.
용은 전설의 신비한 괴물이며 호랑이는 지상동물의 왕인데
대단한 위력의 두 존재들이 서로 싸운다는 비유의 표현이다.

오늘의 세계는 두 강국으로 미국과 중국이 G2로 부상했다.
미국과 중국의 트럼프, 시진핑이 용호상박의 상대가 되면서
첨단무기, 무역금융, 과학기술, 우주정복 등 경쟁을 하고 있다.

중국이 최강 미국을 상대하여 싸우기에는 아직 역부족이다.
그러나 Pax Cinica의 용꿈을 못버리고 호랑이에 덤벼들며 당당하게 세
계제패 역량을 축적하며 야심의 콧대를 세운다.

웅덩이 물을 미꾸라지 한 마리가 흐려놓는다는 속담이 있다.
미꾸라지 같은 김정은이 핵무기를 만들어 용처럼 될려하며
핵무기로 불장난을 할 것 같아 미국 트럼프가 좌불안석이다.

지구상에 절대 강국은 없으며 약육강식의 역사는 반복된다.
지난 냉전체제에 소련이 세계지도 2/3를 붉은색칠을 했으나
고르바쵸프의 개혁개방정책으로 세계지도의 색깔이 변했다.

한국은 1948년 건국, 1950년 6.25남침전쟁 3년간을 치뤘다.
남북으로 분단된지 74년이 되었으나 통일은 가깝고도 멀며

남, 북 吳越同舟에 미, 중 龍虎相搏으로 風前燈火의 상황이다.

2019.2.16. 김흔중

전쟁의 포성이 아닌 평화의 종소리가 울려 퍼져야 한다.

나의 키와 비슷한 웅장한 대형 종과 나란히 서 있다.

지구촌에 민족 간, 종교 간의 갈등·분쟁·유혈충돌·전쟁 등이 사라지고
특히 한반도에 전쟁공포·전쟁 위기 등 불안요소가 제거되고 동족
간에 하루속히 통일국가를 이뤄 삼천리 금수강산에 평화의 종소리가
메아리치기를 간절히 소원하노라

충북 진천, 대형종 제조공장에서 김포 애기봉에 세우게 될 "평화의 종
주조식 행사"에 참석했다.(2017.12.11. 김흔중)

27.

패망한 백제의
계백장군 묘역 답사

백마강은 말없이 흐르고 있다

백화정

백마장

오늘의 대남적화통일전략이다.

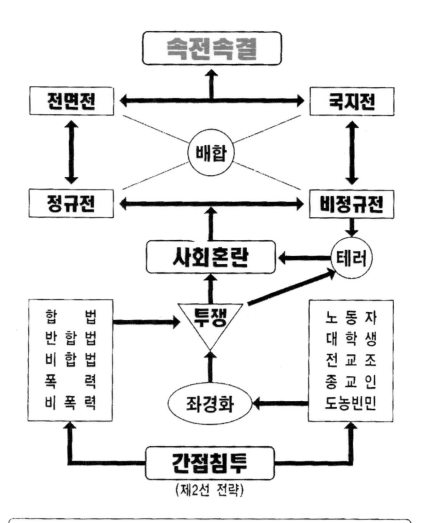

● 정신을 차려야 호랑이에게 물려가지 않는다.
● 호랑이에 물려가도 정신만 차리면 살 수 있다.

국가안보 및 통일전망교육자료 : 김흔중 저

패망한 백제의 계백장군의 묘역 답사
(1991.10.5.)

울산석유화학공단 예비군 지휘관들과 함께(중앙 김흔중)

계백장군묘
백제 의자왕 20년(660) 소정방과 김유신의 나당 연합군이 백제로
쳐들어 오매 계백장군은 기울어져가는 나라를 구하고자 결사대
5,000명을 이끌고 황산벌에서 이들과 맞서 4차에 싸워 이겼으나
마침내 노도처럼 밀려드는 신라군에 패하고 장열한 최후를 마쳤다.
그 후 지방인들이 장군의 충절을 높이 받들기 위해 이 분묘를 조성
추모하여 왔던 것을 1976년에 이르러 봉분과 주변을 정화하였다.

충남 논산시 부적면 신풍리 4 기념물 제74호
패장인 階伯將軍의 묘비를 바라보며
국가의 흥망성쇠의 교훈을 얻게 되었다.

신라, 심유신 장군 기마 동상이다.

진해 육군대학의 김유신 장군 기마동상이다.
〈제 19기 정규과정 졸업(1976.7.9.) 김흔중 소령〉
(위풍당당한 김유신 장군 동상)

28.

기독 국회의원 당선 축하 및
나라를 위한 기도회

기독 국회의원 당선 축하 및

나라를 위한 기도회

● 일 시 / 2004년 5월 11일(화) 오후 5시 30분 ~ 9시
(만찬과 교제 / 오후5:30~6:50　기도회 및 당선축하 한마당 / 오후7시~9시)
● 장 소 / 국회 의원회관 대회의실
● 주 최 / 기독 국회의원 당선축하 및 나라를 위한 기도회 준비위원회
● 주 관 / 대한민국 안보와 경제살리기 국민운동본부(안경본)
● 협 찬 / 국회 조찬기도회
　　　　한국 예비역기독장교회 연합회(OCU)
● 후 원 / 국민일보, 극동방송, 기독교TV, 한국기독교언론사연합회

환영사	1부 사회	대표 기도	성경 봉독	설교	축도
박세직 장로	이재규 장로	김동권 목사	김에스더 목사	김선도 감독	신현균 목사
88서울올림픽조직위원장역임 안경본 공동대표	OUC연합회 회장 안경본 자문위원	예장합동증경총회장 안경본 공동대표	한국여성연합회총회장 안경본 중보기도단장	세계감리교협의회회장역임 안경본 고문	민족복음화운동본부총재 안경본공동대표

특별기도	특별 기도	특별 기도	통성 기도	헌금 기도	특송
김흔중 목사	김경래 장로	이필섭 장로	김기원 목사	구본영 장로	김인혜 교수
한민족복음회선교회 회장 안경본 중앙위 위원장	한국기독교언론사연합회 총재 안경본공동대표	세계기독군인연합회회장 안경본 고문	(사)한국기독교문화예술총연합회 회장 안경본 자문위원	감리교 실업인회 회장 안경본 정책위원	명성교회 집사 서울대 음대

축사	기독 국회의원께 드리는 말씀	국회의원인사말씀	국회의원인사말씀	국회의원인사말씀	국회의원인사말씀
채명신 장로	김한식 목사	유재건 장로	이상득 장로	이상열 집사	김학원 집사
주월한국군 초대사령관 안경본 고문	(사)한사랑선교회 대표 안경본 본부장	서울 성북갑 3선/열린우리당	경북 포항남 울릉 5선/한나라당	전남 목포 초선/새천년민주당	충남 부여 청양 3선/자민련

광고	2부 사회	선물 증정	찬양	특송
정창화 목사	정영숙 집사	한동철 목사	광림교회남성성가단	서울대 음대 성악과 남성중창단
무궁화선교회 회장 안경본 상임총무	탤런트 안경본 자문위원	예장 피어선 총회장 안경본 사무총장		서울오페라기획 소속

특별기도

김흔중 목사
한민족복음회선교회 회장
안경본 중앙위 위원장
양문교회 담임

나라의 안정과 번영을 위하여

　역사의 주관자가 되시고 국가의 흥망성쇠를 좌우하시는 하나님 아버지!
　대한민국을 사랑하사 축복된 백성으로서 번영을 누리게 하심에 감사를
드립니다.
　반세기전 왜구의 식민지로부터 광복의 해방을 맞이 했으나 국토가 분단
된 비극 속에 동족간에 전쟁으로 백척간두의 위기에 처했을 때 적화되지
않도록 지켜 주신 은혜에 감사를 드립니다.
　세상권세 잡은 악한 세력들이 우리를 위협하지 못하도록 우리의 산성이
시오, 요새시오, 방패시오, 피할 바위가 되시는 하나님께서 우리를 항상

지켜주시고 보호하여 주시옵소서. 우리가 사방으로 우겨쌈을 당하여도 쌓이지 아니하며 꺼꾸러뜨림을 당하여도 망하지 아니 하도록 조국의 안보가 튼튼하고 치안과 질서가 확립되도록 도와 주시옵소서.

오늘날 남북관계는 봄철 해방기의 얼음판 위를 걷는 것처럼 위험요소가 많이 도사리고 있습니다.

설상가상으로 남남갈등이 심화되고 있어 국가의 안전과 평화를 해칠까 심히 두렵습니다.

하나님은 사상을 무효케 하시며 만물을 통일케 하시는 능력이 있으신줄 믿습니다.

탈냉전, 탈이데올로기 시대를 맞이하여 폐기해야 할 보수와 진보의 이념 갈등이 국론을 분열시키고 있사오니 오직 진리의 말씀만이 참된 생명의 이데올로기가 되게 하여 주시옵소서.

또한 한국경제는 계속 무너지고 있사오니 정경유착의 부정부패가 하루 속히 척결되고, 경제 정의가 실현되며, 노사화합을 통해 경제가 희생될 수 있도록 하나님께서 강권적으로 간섭해 주시옵소서. 그리하여 빈부격차가 좁아지고, 세대·계층간의 갈등이 해소되며 그리스도 안에서 백성들이 화합하고 통합되게 하여 주옵소서.

부패한 이스라엘 백성들을 향해 아모스는 오직 공법을 물같이 정의가 하수같이 흘릴찌라 말씀했사온데 이 시간 우리에게 주시는 경고의 말씀이 되게 하여 주시옵소서.

또한 새 포도주는 새 부대에 담으라고 말씀하셨사오니 제17대 기독 국회의원들게서 새 포도주가 되어 국회의사당을 새롭게 변화시키고 국가의 안정과 번영의 기수로서 앞장 서게 하여 주시옵소서. 이 자리에 참석한 우리 모두 함께 부르짖어 기도하게 하시고, 악의 권세 잡은 자들을 물리치며 어둠의 세상을 밝히는 데 쓰임받는 빛의 사명자가 되게 하여 주시옵소서.

이 모든 말씀 우리 주 예수 그리스도의 이름으로 감사하며 기도 드리옵
나이다. 아멘.

특별기도

이필섭 장로
세계기독군인연회장
안경본 고문
합참의장 역임

세계 평화와 선교를 위하여

역사를 주관하시며 국가의 흥망성쇠를 주관하시는 여호와 하나님께 영광과 존귀와 찬송을 올려 드립니다.

하나님께서는 인류를 사랑하셔서 십자가의 희생을 통하여 막힌 담을 허무시고 화목케 하기를 원하셨지만 불의한 인간들의 죄로 인해 세계 처처에 기근과 지진, 민족과 민족의 다툼으로 고통 받는 사람들이 많이 있습니다.

긍휼히 여겨주시고 하나님의 형상으로 지음 받은 사람들이 서로를 돌아보며 하나님께서 원하시는 사랑의 관계를 국제사회에서도 회복하게 하셔서 지구촌에 평화가 넘쳐나게 하여 주시옵소서.

이를 위해 모든 민족이 주님 앞에 무릎 꿇고 나아와 화해와 소망과 사랑으로 찬양드리게 하여 주시옵소서.

전능하신 하나님 아버지!

주님께서 교회와 성도에게 주신 땅 끝까지 복음 전하라는 지상 명령에 순종하여 가든지 보내든지 복음전하게 하셔서 열방에 구원의 소식이 증거되게 하여 주시옵소서.

이 일을 위해 삶을 드려 헌신하는 일꾼들을 붙드시고 지키셔서 가는 곳마다 여호와 닛시의 깃발이 세워지게 하여 주시옵소서.

시대마다 일꾼을 부르셔서 주님의 뜻을 이루게 하시는 하나님께서 세계평화와 세계 선교를 위해 헌신하는 자들과 민족의 일꾼으로 뽑아 세운 귀한 주의 백성들에게 솔로몬 같은 지혜를 주시고, 여호수아 갈렙같이 강하고 담대케 하셔서 하나님의 나라 확장과 민족의 영원한 미래를 바라보며 비전을 품고 용기 있게 전진해 나갈 수 있는 경륜을 이들에게 허락해 주시옵소서.

예수님의 이름으로 기도드리옵나이다. 아멘.

축사

채명신 장로
주월한국군 초대사령관
안경본 고문
스웨덴, 그리스 브라질 대사 역임

  지난 4.15총선에서 17대 국회의원으로 당선되신 기독교계 출신 국회의원 여러분을 진심으로 축하합니다.

  그토록 치열하고 험난한 선거를 통해서 빛나는 승리와 영광을 차지한 것은 여러분 자신의 눈물겨운 노력과 성심성의 선거구민(국민)을 위한 헌신과 봉사의 약속이 그들에게 신뢰와 희망을 심어 주었기 때문이지만 또한 하나님의 섭리와 은총 속에서 이루어졌다고 생각합니다.

  모든 언론 매체들은 17대 총선 결과 보수성향의 정치세력의 대거 후퇴와 개혁 지향적 신진정치 세력의 대약진을 가져왔다고 분석하고 있습니다. 지금가지의 대선의 관행이나 흐름을 깨고 새로운 선거 패러다임의 등장은 시대와 역사의 흐름 속에 국민의 정치의식과 여망이 변했음을 보여

주는 것이라고 생각됩니다.

온 국민은 앞으로 4년 동안 국민의 대표로서 이 나라와 국민을 위해 무엇을 어떻게 하여 평화와 안정 속에 국민의 복지와 권익을 신장하고 삶의 질을 높이며 국제사회에서 자랑스럽고 떳떳하게 살 수 있게 해줄 것인가? 큰 기대를 하고 있습니다. 과거의 잘못된 관행이나 부정부패를 깨끗하게 없애고 신바람 나고 활기 찬 삶을 보장해 줄 것을 열망하고 있습니다.

특히 빛과 소금의 역할을 몸소 실천하여 모든 국민들의 존경과 칭송 받는 국회의원이 되어 주시기를 간곡히 부탁 드립니다.

아울러 여러분의 건강과 지혜와 총명을 주시고 모든 하시는 일에 성공 있으시기를 전능하신 하나님께 빕니다.

축사

박세직 장로
전 88올림픽조직위원장
안경본 공동대표

 먼저 이처럼 귀한 자리를 허락하신 하나님께 감사드림과 동시에 국민의 성원과 지지를 받으시고 제17대 국회의원으로 당선의 영광을 안게 되신 크리스천 국회의원 여러분을 환영하며 주님의 이름으로 축하를 드려 마지 않습니다. 아울러 바쁘신 중에도 이처럼 오늘의 '환영 및 나라를 위한 기도회'에 참석해 주신 여러분께 깊은 감사를 드립니다.

 또한 본 행사의 순서를 맡아 주신 목사님 여러분과 장로님, 성도님은 물론 본 행사를 준비하느라 수고를 아끼지 않으신 교계지도자와 관계하신 모든 분들, 그리고 물심양면의 후원과 협찬을 해주신 각 교회와 기관 및 언론사에 마음으로부터 고마운 인사를 드립니다.

 하나님께서는 '먼저 그의 나라와 의를 구하라'고 말씀하셨습니다. 그래서 저희들 크리스천들은 하나님의 나라가 이 땅에 속히 임하시기 위하여 또한 의(義)로운 일들이 부정하고 악한 일들을 누르고 승리하도록 기도하고 있습니다.

그러나 우리 사회는 지금 하나님 보시기에 너무나 혼탁하고 타락하고 불안한 가운데 이러다간 '하나님의 진노가 임하시지 않을까' 우려될 정도로 위험한 수위에 놓여 있습니다. 뜻 있는 분들은 오늘날 한국사회가 안고 있는 가장 크고 심각한 문제로 첫째 일부 기성세대의 도덕적 해이와 무절제, 둘째, 젊은 세대의 방황, 셋째, 국가 안보의 위기와 경제적 불안을 꼽고 있습니다.

따라서 '대한민국의 안보와 경제 살리기 운동'은 비단 어떤 특정 단체의 구호성 캠페인이 아니며 이 나라 모든 지도자와 국민이 함께 걱정하고 함께 외치고 함께 떨쳐 일어나 행동하지 않으면 안될 당면과제이자 시대적 소명이라고 생각합니다.

민의를 대표하고 국가의 운명을 좌우하게 될 대한민국 국회, 특히 하나님을 믿는 크리스천 국회의원 여러분에게 크나 큰 기대를 갖게 되는 까닭은 바로 여기에 있습니다.

아무쪼록, 오늘 저희들이 환영 드리고 함께 기도하는 이 작은 모임이 한 알의 밀알이 되고, 옥토에 뿌려진 씨앗이 되어 '30배 60배 100배의 열매를 맺어' 이 나라가 시장경제 체제와 자유 민주주의의 튼튼한 기반 위에 이 우주를 창조하시고 다스리시는 하나님을 경배하고 빛을 발하는 나라로, 세계 인류와 더불어 평화와 번영을 누리는 가운데 하나님의 큰 쓰임을 받는 나라와 백성으로 거듭나는 하나님의 놀라운 역사가 이 땅에 구현되기를 간절히 소원해 마지 않습니다.

거듭 크리스천 당선자 여러분과 제17대 국회의원 위에 또한 자리를 함께 하신 모든 분들의 가정과 일터와 하시는 일 위에 하나님의 각별한 은혜와 축복이 넘치시기를 간절히 바라며, 수고하신 모든 분들에게 깊은 감사를 드리는 바입니다.

감사합니다.

황장협 선생 초청 특별 강연회

대한민국 안보와 경제살리기 국민운동본부(안경본)

강연회 사회
김흔중 목사

특별강연 연사
황장협 선생

★동철 목사 김경래 장로 박세징 장로 홍순우 목사
이동복 교수 김한식 목사 김흔중 목사 구본영 장로
이홍규 목사 박근 前 유엔대사

일시 : 2004.1.12.
장소 : 한국교회 100주년 기념관 대강당
주관 : 대한민국 안보와 경제살리기 운동본부(안경본)

병자호란과 임진왜란을 잊지 말자!!

병자호란 시 남한산성의 총지휘소이다.(2010.4.20. 수어장대에서
김흔중)

남한산성, 병자호란의 유적지와 한경직 목사 말년의 거처를 답사했다.
(2003.11.10. 고넬료, 기독장교회 일동)
한경직 목사가 거처했던 침실 앞에서(전상환 장군, 김흔중 목사, 유제섭
목사)

29.

소록도 한센병교회에서 예배
(손양원목사기념교회 방문)
고흥 인공위성발사센터 답사

한센병은 낫는다

소록도 남성교회

소록도 남성교회를 방문, 예배를 드렸다. 한센병(나환자) 환자들에게
복음을 전파하는 교회이다.
(2009.8.16. 시각장애인 목회자 부부들과 함께, 김흔중 목사)

손양원 목사상

여수, 손양원 목사 순교기념비이다.(2009.8.16. 김흔중 촬영)

손양원 목사와 두 아들의 묘소이다.(2009.8.16. 김흔중 촬영)

전남 고흥, 인공위성 발사대 현장

한국 최초의 우주발사체였다.(2013.1.30.)(러시아 기술제)

30.

홍은혜여사 미수기념
서화집 편집출간

米壽紀念
竹媛 洪恩憲女史
書 畵 集

도서출판 한빛

김흔중 편저

사관생도 사열

제1회 원일상을 수여하는 홍은혜 여사

홍은혜여사 미수기념 서화집
〈출간 경위〉

홍은혜 권사님은 영락교회 선교관에서 매주 금요일 오전 7시 고넬료회(기독장로 서울지회) 조찬기도회에 빠지지 않고 참석하셨다.

선교관에서 예배를 마치고 식당에서 식사를 같이 마친 후 친교시간을 가졌다.

친교시간에 홍권사님이 직접 16절지 아트지에 그린 그림(주로 鳥類)을 나에게 선물로 주셨다. 2년여에 걸친 받은 작품이 무려 46점이나 되었다. 그래서 홍권사님의 의중을 간파할 수가 없었다. 홍은혜 권사님이 소장하고 있는 본인의 서예 및 사군자 작품이 많다고 하셨다. 그래서 홍권사님의 작품을 선별하여 "米壽記念" 서화집을 편집(주무, 김흔중)하여 출간키로 합의가 되었다.

이 서화집을 출간하게 됨에 따라 김영관 장로(전 해군 참모총장)님을 비롯하여 고넬료 해상동아리의 후원으로 2004년 8월 10일 미수기념(88세) 서화집을 한빛도서출판사에서 출간했다.

2015년 8월 10일에 홍권사님은 백수(白壽, 99세)를 맞이했지만 매주 금요일 영락교회 선교관에 모이는 조찬기도회에 휠체어를 타고 빠지지 않고 참석 하셨다.

홍권사님은 향년 100세로 2017년 4월 19일에 소천하여 동작동 현충원

손원일 제독과 합장하여 안식하고 계신다. 내가 홍은혜 권사님의 1주기 추도예배를 현충원에서 집례하며 설교를 했다. 홍은혜 권사님께서 생존시에 나에게 남다른 관심과 사랑을 베풀어 주신 감사에 대해 잊을 수가 없다.

(홍은혜 권사 미수기념 서화집 출간을 회고하며 김흔중 목사)

홍은혜 권사의 작품

위 작품을 선물로 받음
(2003.9.16. 김흔중 목사)

"사랑"
푸르른
나뭇가지의 오선지에
나란히 그려진 음표처럼
그 속에 사랑을 갈구하는
사모곡이 숨어 있고,
그들만의 미래를 향한
꿈이 있기에
나뭇가지를 타고 사랑의
선율이 흐르고 있다.

〈글 : 김흔중 목사〉

해군 초대 참모총장 손원일 부인 홍은혜 권사로부터
선물로 받은 직접 그린 작품이다.
(2003.11.1. 김흔중 목사 받음)

그 외에도 46매의 그림 작품을 선물로 받았다.

손원일 제독 홍은혜여사 합장

동작동 현충원

홍은혜여사 : 2017.4.19. 별세. 향년 100세
(홍은혜여사 1주기 추모예배 : 김흔중 목사 설교)

依山築閣見平川 夜闌箕斗
插屋椽 我来名之 意遹然老
癸未菊香節 松風閣詩卷節臨 孟月 丁海璟

한국민속서예대전 입선
(2002년)

水國秋光暮驚寒 雁陣高
憂心輾轉夜殘月照弓刀
壬午菊秋之節 青波 金炘中

한국민속서예대전 특선
(2003년)

31.

백담사,
金대통령과 위로 대화

백담사, 全이대통령과 위로 대화

백담사 정문

전두환 대통령 부부

전두환 대통령

제11대-12대 대통령(1980-1988.2.)
백담사로 칩거 : 1988.11.23.(769일간)
향년 90세, 별세 : 2021.11.23.(유배일)

  김흔중 해병연평부장 당시, 12대 대통령 퇴임직전 김흔중 전역 (1988.2.29.), 全 대통령과 무관했으나 현역 당시 직속상관의 군통수권 자로서의 관계였다.

  마침 백담사 주지 度吼스님이 신흥사 주지로 있을 때 가족들과 설악산에 가을산행가서 만날정도 친분이 깊었기에 백담사 주지의 협조로 백담사에 칩거중인 全 대통령을 만나 1시간여 위로의 대화를 했다. 당시 경호가 삼중경계를 철저히 하고 있어 누구든 출입이 불가능 했다. 오직 독방에서 단둘이 커피를 마시며 나눈 대화는 진지했으나 마음속에 묻어 두기로 하겠다.

<별세했을 때 빈소에 조문을 했다.>

(1931-2021.11.23. 향년 90세)

백담사 입구 수심교

백담사 전경

謹賀新年

雪中待春

丙戌元旦
全斗煥

전두환 전 대통령이 보내준 연하의 친필이다.
(2006.1.5.)

전두환 대통령이 은둔했던 백담사를 방문했다.(1993.7.16. 양문교회
장로들과 함께, 김흔중)

백담사 입구 수심교 앞에 나란히 섰다.(1993.7.16. 양문교회 장로들과
함께, 김흔중)

정상을 정복했다.(1973.10.10.)

긴기한 설악한 울산바위(1973.10.10.)

횡계리 스키장

김흔중(소령)은 해군 묵호헌병대장(1972.10.10.-1974.2.11.)은
남쪽으로 삼척에서부터 최북단의 속초, 간성까지 광범위한 책임 구역을
담당했다.
횡계리는 해병 수색대가 매년 동계 스키훈련을 하고 있었다.
훈련기간중에 각종 사건, 사고가 발생하면 수사관을 대동하고 현장
조사에 임했다. 특히 강원도 묵호에서 아들이 태어났으며 아들이 벌써
50세가 넘었다.

32.

공정선거 국민연대 출범

공정선거 국민연대 출범
(20대 총선에 대비)

(김흔중이 로고를 도안했다.)

공정선거는 정권교체가 가능하다
부정선거는 정권교체가 불가하다

FES 주요 멤버

고문

고문	고문	고문	고문	자문위원
이원홍	이진삼 대장	유종열 박사	김흔중 박사	이용선 박사
前 문화공보부 장관	前 체육청소년부 장관	한미동맹강화 국민운동본부,총재	새시대새사람 연합, 총재	청룡회사랑포럼 회장

집행부

대표회장	공동대표	공동대표	공동대표	감 사
양선엽	이범찬	조원룡	주옥순	김정돌
전 세방산업사장	가천대 교수	변호사	엄마TV 대표	송파여성위원장

사무총장	기획위원장	조직위원장	홍보위원장	집행위부위원장	대변인
김환수	박창형	이성금	김 탁	조형태	김신애

541

기본목적 및 추진방향

기본목적

투표조작의 우려가 있는 사전투표제도를 개선하기 위하여 공직선거법 개정 운동을 전개하고, "사전투표 국민 불참운동"을 통하여 공정선거를 실현하는데 있음.

핵심문제점

▶2014년부터 전국적으로 확대 실시된 사전투표소에서 투표 절차 및 투표함 관리의 문제점 등 부정선거 우려가 확대 됨.

▶사전투표는 부정투표를 막기 위한 견제, 감시, 검증 장치를 전부 해체한 선거 임.

▶재외국민 사전투표도 동일한 문제가 있음.

추진경과

2018.8.23. 선거개혁국민연대 결성.

2019.4.4. 뉴스타운 방송출연(사전선거 무엇이 문제인가? 대담).

2019.4.11. 사전선거국민불참운동 출범식 개최.

2019.4.15. 공정선거국민연대(FES)로 개편.

2019.4.22. 자유한국당에 공직선거법 개정 요청.

2019.5.30. 이언주 의원실에 사전선거제도 개선 요청.

조직 기구표

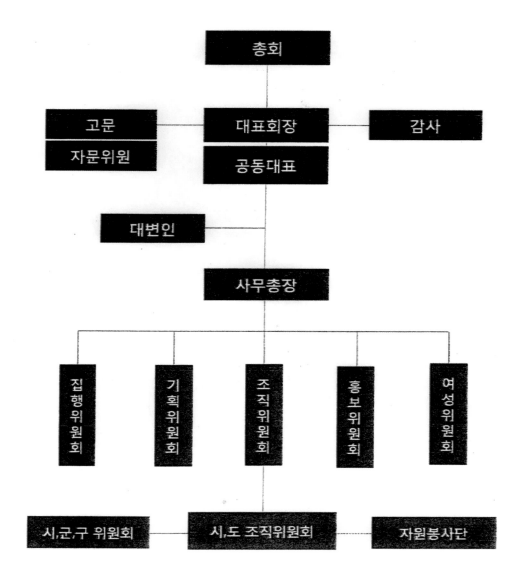

33.

先親의 功績碑

先親의 功績碑

先親의 儆齊 金容煥의 功績碑이다

江景驛 다음역인 龍東驛 인근의 용동면사무소에 인접해 있는
용동경노원 정원에 세워져 있다.
(1987.3.10.)

▲ 先親의 墓所入口에 自然石 石碑를 세워 놓았다.

내가 대령으로 진급하여 포항 교육훈련단에 근무하고 있을 때 "精銳海兵
育成"과 "精銳豫備軍 育成"이라 각자된 석비를 세웠다.
이때 선친의 연세가 많아 건강이 좋지 않으셨기에, 별세하시면 세우기
위한 돌을 토함산 계곡에서 선택해 운반하여 경주 석제 공장에서
좌대를 만들고 비문을 각자(일자는 제외)하여 화물차량 편으로 옮겨서
나의 과수원 집에 포장하여 보존토록 한후 연평부대장으로 부임했으며
연평부대장 재임중 임종 조차도 할 수 없어 불효를 했다. 오직 준비
되었던 석비는 장례일에 비를 세운 날짜를 비에 각자하여 위 사진과 같이
세워 금일에 이르고 있다(1985.2.28. 장례일 세움).
그러나 부모님 묘소를 합장하여 경기, 광주, 오포읍 시안공원묘지로
이장했다(2009.7.1.). 현재 자연적 묘비만 세워져 있다.

維

歲次乙丑正月庚寅朔初九日戊戌

龍東敬老院長金日煥哭告于

故微齋光山金公容煩之靈 人之一生 一場春夢

無情歲月 流水光陰 想君當年 有德且仁

睦於宗族 信於士友 治家有度 教子義方

死生難測 倐短有命 從此永訣 不勝悲愴

謹具菲薄之需 式陳粗途之儀 九泉有知 歆

此微忱 嗚呼尚

饗

▲ 先親 路祭時 龍東敬老院長의 祝文

〈先親 忌日：1985年(乙丑) 2月25日(陽), 1月 06日(陰)〉
〈母親 忌日：1966年(丙午) 12月18日(陽), 11月 07日(陰)〉

시안(時安)

시간마저 편히 잠든다는
영원한 안식처이기에
최고의 명당으로
이곳을 時安이라 부른다.

文衡山이 산등성이에
우뚝솟아 정기 솟구치고
좌우의 산줄기가
이렇게 꿈틀대며 생동한다.

탁 트인 들판에
능원천이 가로질러 흐르고
멀리 案山의 봉우리에
부모님의 사랑이 서려있다.

王陵을 모신다는
양지바른 時安땅에
꽃들이 만발해 아름답고
丹楓, 雪景이 진정 仙界이다.

이곳 時安公園이
평안의 안식처가 되어

부활의 때가 오기 까지
부모님이 이곳에 쉬시리라

2011.10.2.
소나무지역 부모님 묘역에서
不肖 金炘中

부모님 묘소(소나무 5구역 1열 B-73호)
시안공원묘지로 화장하여 이장했다.(2009.7.1.)
(수상문집을 출간한후 부모님 묘소에서 감사드렸다.)

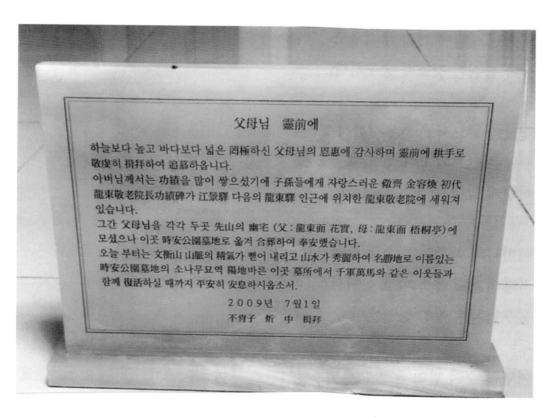

父母님 靈前에

하늘보다 높고 바다보다 넓은 罔極하신 父母님의 恩惠에 감사하며 靈前에 拱手로 敬虔히 拜拜하여 追慕하옵니다.

아버님께서는 功績을 많이 쌓으셨기에 子孫들에게 자랑스러운 儆齊 金容煥 初代 龍東敬老院長功績碑가 江景驛 다음의 龍東驛 인근에 위치한 龍東敬老院에 세워져 있습니다.

그간 父母님을 각각 두곳 先山의 幽宅 (父 : 龍東面 花寶, 母 : 龍東面 梧桐亭)에 모셨으나 이곳 時安公園墓地로 옮겨 合葬하여 奉安했습니다.

오늘 부터는 文衡山 山脈의 精氣가 뻗어 내리고 山水가 秀麗하여 名勝地로 이름있는 時安公園墓地의 소나무묘역 陽地바른 이곳 墓所에서 千軍萬馬와 같은 이웃들과 함께 復活하실 때까지 平安히 安息하시옵소서.

2009년 7월1일

不肖子 折 中 拜拜

부모님 묘소를 이장하여 그 크신 사랑과 은혜에 감사하며
부모님 영전에 드리는 패를 만들었다.

2009년 7월 1일(父母恩惠, 昊天罔極)

부모님의 은혜에 감사드린다.

34.

김흔중 가족의 화보

세계문화유산에 등재된 돈암서원(충남 논산시 연산에 위치)
(김흔중의 13대조 김사계의 돈암 서원)

先親은 漢學者셨다.

沙溪 金長生 尊影
(생애 : 1548-1631년)
(김흔중의 13대조)

김흔중 생가(生家)의 모습

생가의 사진이 없어 폐허에 복원한 그림의 모습이다.
(姜西郞郡 畫伯의 作品)

오직 한 장 밖에 없는 대학졸업기념 사진이다.(하, 좌 두 번째, 김흔중,
1963년 3월)
〈충남대학교 국어국문학과 졸업〉

진해 대도예식장에서(1966.12.10.)

결혼식을 마치고 의장대원과 함께(1966.12.10.)
(김훈중 : 1936.12.2.생, 이기자 : 1941.8.18.생)

남희(장녀) 도훈(아들) 경희(차녀)
김흔중 이기자

아들 김도훈의 첫돌기념
(1974.1.27.)

산타크로스 할아버지로부터 선물을 받고 있다.(김도훈)
(1979년 크리스마스에)

자녀들과 함께(2009년 추석에)

치과의사인 며느리, 손녀 하늘이와 함께
(2014년 구정에)

손자 한결(韓潔)이와 함께(2009년 추석에)

고희행사를 마치고 가족들과 함께(2005.12.2.)

자녀들과 함께(2014년 추석에)

처 이기자의 석사학위(M.Div)를 축하해주고 있다.

김영민(사위) 남희(장녀) 도훈(아들) 김흔중 경희(차녀) 손해정(며느리)
이기자
〈아들 김도훈의 결혼식을 마치고〉

경기도 오포, 정몽주 묘비 앞에서 아들, 손자와 함께 기념사진을
촬영했다. (2013년 구정 설에 김흔중, 김도훈, 김한결)

세 자녀들
김남희(장녀) : 대학교수(영어) 김경희(차녀) : 성악가(소프라노)
김도훈(아들) : 기업체 대표

양문교회 장로 장립식에 서약하고 있다.(1990.9.22. 3명의 장로 부부들)

양문교회 장로 장립식에 참석한 가족들이다. 아주 귀중한 사진이다.
(1990.9.22.)
〈103세의 둘째 형수께서 생존해 계시다.〉

이스라엘 국립박물관 사해사본 관리 전당 지붕 앞에서
(1996.8.26. 이기자)

처, 이기자
성경원어연구소 소장(히브리어, 헬라어)
국제신학대학원대학교 객원교수(히브리어)

예루살렘 황금사원 앞에서
(1998.9.10. 장녀 김남희)

미국 펜실베니아대학 재학중
예루살렘 방문 부모와 상봉
(1998.9.10. 장녀 김남희, 현 한양대 교수)

김흔중의 처 이기자의 저서이다

妻, 이기자 학력 및 경력
경남대학교 경영대학 경제과(무역) 졸업
웨스트민스터 대학원대학교 졸업(M.Div 과정)
이스라엘 히브리대학 히브리어 과정 수료(2년 과정)
성경원어연구소 소장(서울대 전철역, 대우빌딩 6층)
신학대학원대학교 히브리어 초빙 교수(히브리어 강의)
저서 : 히브리어 독습서(위 표지 참조)

妻, 이기자(李紀子)

해병연평부대장 관사에서(1984년, 구정 설에)

연평부대장은 임기 마칠 때까지 휴가, 외출, 외박이 없다.
연평도에서 영내거주해야 한다.

신정연휴에 아내가 한복을 만들어 가지고 와서 눈 덮힌 정원에서 사진
촬영을 했다.(1985.1.1.)

나는 국가와 해병대에 젊음을 전부 바쳐 헌신했다.
(해병대사령관의 초청을 받고 : 김흔중 부부)

35.

김흔중의 이모저모 얼굴들

해병연평부대장 김흔중
수준급의 테니스실력이었다.

盛年不重來
성년불중래

一日難再晨
일일난재신

김흔중의 다양한 이모저모의 얼굴들

36.

나의 提言
(김흔중)

나의 提言

게이트볼 경기에 처녀 출전했다.(2005.5.15. 가슴표시 3번 김흔중)
(OCU게이트볼 동아리와 시내산 기도원에서 예배〈김흔중 목사 설교〉
드리고 게임을 했다.)

김흔중의 제언(提言)

1. 불의에 타협하지 마라.

2. 신뢰성을 버리지 마라.

3. 집념을 가지고 노력하라.

4. 초지일관하여 매진하라.

5. 촌음을 아끼며 선용하라.

6. 백절불굴의 정신을 가지라.

7. 신앙의 전신갑주를 입으라.

8. 사랑은 받고자 하면 먼저 사랑을 베풀어라.

9. 미워하는 마음은 미움이 자기에게 되 돌아 온다.

10. 남을 평가하기 전에 자신을 먼저 돌아보라.

11. 시작이 중요 하지만 마지막은 더욱 중요하다.

37.

낙수(落穗)의 인생(人生)

낙수(落穗)의 인생(人生)

靑波 김흔중 著

九旬을 바라보며

2025년 12월 2일(출간예정)

青波 김흔중

회고록(제2장-1)

제2장 필독 권장도서

아기예수 애굽 피난 경로

아기예수 "애굽" 피난경로

성지답사기행

聖地踏査紀行

김흔중 목사 지음

엘맨

추천사

민경배 박사

　본 저자 김흔중 박사님은 이미 〈성지순례의 실제〉를 비롯한 중량감으로 빛나는 귀중한 저서를 여러 권 간행하신 고명하신 성서지리학자이십니다.

　하지만 이번 저서는 특별합니다. 본 저서를 통하여 실로 지금까지 전혀 알지 못하던 우리 예수님 생애에 대하여 알게 되었기 때문입니다. 그리고 우리 예수님 생애와 초대교회의 역사적 지리적 배경들에 대하여 경탄과 경외(敬畏)의 심정으로 가슴을 졸이며 읽을 수 있게 되었습니다.

　그것들은 우리들 기독교 신앙에 성서신학이나 주석, 교리, 변증학이나 역사신학에 버금가는 중요한 신앙의 근원적 필수적 자산들이요 요소이기 때문입니다.

　우리는 지금까지 어린 예수님, 특히 탄생하시자마자 헤롯왕의 칼을 피하여 애굽으로 피난가셨던 우리 아기 예수님의 성장 과정이나 그 환경에 대하여 잘 알지 못했습니다. 3년의 공생애 중심으로만 기독교를 이해하고 신앙을 구성하고 신학을 체계화하여 왔기 때문입니다.

그런데 예수님께서 부활하신 후 40일 동안의 사신 모습도 그렇지만, 예수님의 30년 생애도 잘 모르고, 특히 어린 시절 애굽에서의 피난 생활에 대하여 아는 바가 거의 없었습니다. 우리 신앙이 도성인신(道成人神), 사람이 되셔서 우리 가운데 실제 사셨던 예수님의 생애와 가르치심과 십자가 부활에 관계된 것이라면, 우리는 실상 예수님의 전 생애에 대하여 아는 것이 우리 기독교 신앙에는 불가결의 근거라고 단언하지 않을 수가 없습니다.

그런데 이번 본 저자는 그 예수님의 어린시절-그 피난 경로와 머무시던 곳, 그 어린 시절에 전체에 대하여-1997년 2개월여에 걸쳐 답사한 자료들 전부를 편수하여 상재(上梓)하시게 된 것입니다. 그 답사 기간에 겪으신 어려웠던 일들은 저자 〈머리말〉에 생생하게 수록되어 있습니다.

놀라운 사실은 저자가 아기 예수님이 그 부모님과 함께 거쳐 가신 지역들, 곧 나사렛, 헤브론, 브엘세바 등을 거쳐 애굽 엘 무하라크까지 이르는 21개 지역을 다 확인하고 친히 거쳐 가면서 자료들을 모아 체계화 하였다는 사실입니다. 그리고 아기 예수님 부모가 사태 안전하다고 판단하여 다시 유다로 돌아오시는 과정의 지역들 다섯 곳에 대한 상세한 상황도 알려주고 있습니다.

여기에 덧붙여서 예수님이 공생애와 처음 사도들의 전도행각 지역들, 원시교회의 생생한 모습, 그리고 초대교회사에 나오는 이름 있는 지역과 수도원들의 답사 자료들이 자세하게 체계화되어 마무리 되고 있습니다. 그리고 성지 및 유적 답사에 대한 부록을 실어 초대교회사로서의 자료집으로서 뿐만 아니라, 성서 색인(索引)이나 사전형식으로서도 현저한 공헌을 하고 계십니다.

한국교회가 오늘의 거대한 세계적 교회로 부상하게 한 이들의 수는 헤아릴 수 없습니다. 그래서 우리는 그 역사나 신앙의 소중한 자료들이 반드시 상재(上榟)하고 집성하도록 힘을 기울여야 하는 것입니다.

그러므로 본 저서는 한국교회로서는 아주 귀중하고 희귀한 자료집으로서 높이 평가받고 읽혀져야 할 소중한 자료집입니다. 성육신(成肉身)하신 예수님께서 사람으로서 살아가신 그 어른 시절을 지력(地歷)환경에서 생생하게 우리들 앞에 프리젠테이션하였기 때문입니다. 아픔과 두려움, 가난과 낯선, 그런 땅에서 사셔야 했던 그 못브을 우리들 가까이 살갗에 닿게 생생하게 보여주었기 때문입니다.

이 대업을 수행하신 분이 저자 김흔중 박사님이십니다. 그는 자료들 모으느라 거리가 멀고 낯선 곳임에도 불철주야 고군분투 하시며, 글의 조리를 곧게 하고 읽기에 감동이 되도록, 그렇게 골고루 정성을 다 기울이셨습니다. 이 자료집이 현실감 있는 자료들로 편수(編修)되고 영감도(靈感度)도 높기 때문에, 읽는 동안에 전달되어 오는 감동은 초대교회사의 대본(臺本) 수준 바로 그것입니다. 이런 글을 쓰시고 간행하신 김흔중 박사님께는 이 업적이 생의 또 하나의 준봉(峻峰)이 될 것이고, 우리 교회나 사단(師檀)에는 탁월한 자리에 올라서게 될 것입니다.

본서는 우리 교회나 사회에 맑고 진실한 고도의 감동을 기약하게 될 것입니다. 이런 대업을 이루신 김흔중 박사님에게 여기 다시 찬하의 글을 드리고, 아울러 동경공하(同慶恭賀)하는 바입니다.

2020년 2월 25일
민경배 박사

(전) 연세대학교 연합신학대학원 원장
(전) 서울장신대학교 총장
(현) 백석대학교 석좌교수

1. 예수의 동정녀 수태와 탄생(마 1:18-25)

　　예수 그리스도의 나심은 이러하니라 그 모친 마리아가 요셉과 청혼하고 동거하기 전에 성령으로 잉태된 것이 나타났더니(18) 그 남편 요셉은 의로운 사람이라 저를 드러내지 아니하고 가만히 끊고자 하여(19) 이 일을 생각할 때에 주의 사자가 현몽하여 가로되 다윗의 자손 요셉아 네 아내 마리아 데려오기를 무서워 말라 저에게 잉태된 자는 성령으로 된 것이라(20) 아들을 낳으리니 이름을 예수라 하라 이는 그가 자기 백성을 저희 죄에서 구원할 자이심이라 하니라(21) 이 모든 일의 된 것은 주께서 선지자로 하신 말씀을 이루려 하심이니 가라사대(22) 보라 처녀가 잉태하여 아들을 낳을 것이요 그 이름은 임마누엘이라 하리라(사 7:14) 하셨으니 이를 번역한즉 하나님이 우리와 함께 계시다 함이라(23) 요셉이 잠을 깨어 일어나서 주의 사자의 분부대로 행하여 그 아내를 데려 왔으나(240 아들을 낳기까지 동침치 아니하더니 낳으매 이름을 예수라 하니라(25)

2. 예수님의 탄생(마 2:1-6)

　　헤롯왕 때에 예수께서 유대 베들레헴에서 나시매 동방으로부터 박사들이 예루살렘에 이르러 말하되(1) 유대인의 왕으로 나신 이가 어디 계시뇨 우리가 동방에서 그의 별을 보고 그에게 경배하러 왔노라 하니(2) 헤롯왕과 온 예루살렘이 듣고 소동한지라(3) 왕이 모든 대제사장과 백성의 서기관들을 모아 그리스도가 어디서 나겠느뇨 물으니(4) 가로되 유대 베들레헴이오니 이는 선지자로 이렇게 기록된바(5) 또 유대 땅 베들레헴아 너는

유대 고을 중에 가장 작지 아니하도다 네게서 한 다스리는 자가 나와서
내 백성 이스라엘의 목자가 되리라 하였음이니이다(6)

성가족이 애굽에 내려오신 노정

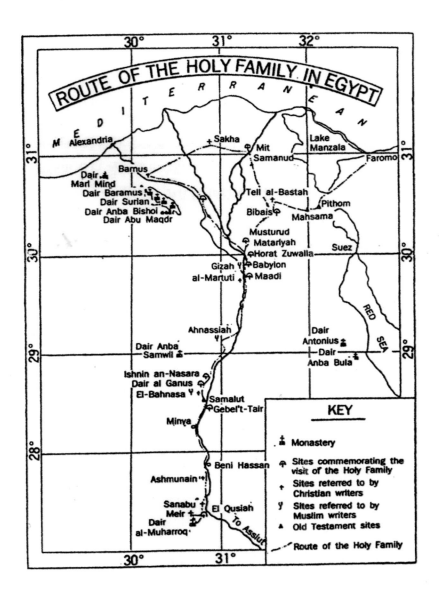

이집트 파노라마, 이준교 목사 저서 1993년. p.83.

아기 예수 애굽 피난 경로

성서의 역사와 지리, 김흔중 목사 저서 2003년. p.302.

아기 예수가 피난했던 이집트의 지도(땅)

베들레헴의 별

예수께서 탄생한 동굴 안의 장소에 은으로 만든 큰 별이 있다. 별의 둘레에는 "이곳에서 동정녀 마리아에게서 그리스도가 탄생하셨다"는 문구가 새겨져 있다. 별은 14각의 뿔로 되어 있는데 인류 구원의 십자가 길 14개처와 아브라함으로부터 다윗까지 14대, 다윗부터 바벨론으로 이거할 때까지 14대, 그후부터 예수까지 14대를 상징적으로 나타낸다(마 1:1-7).

예수님 탄생하신 곳의 평면도

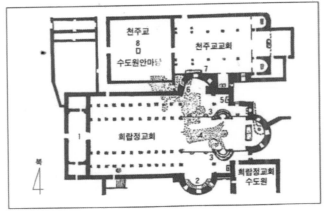

1. 희랍 정교회의 입구
2. 희랍 정교회의 수도원으로 나가는 길
3. 예수님 탄생하신 동굴로 들어가는 입구
4. 예수님 탄생하신 동굴

5. 알메니안 예배소
6. 천주교 교회 입구
7. 지하실 입구
8. 성 제롬의 상

동굴 내부 평면도

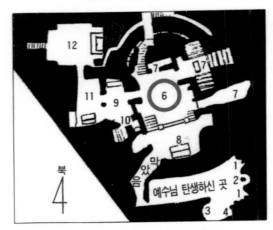

1. 희랍 정교회로부터 내려오는 계단
2. 예수님이 탄생하신 곳
3. 구유가 놓였던 곳
4. 동방박사가 경배한 곳
5. 천주교회로부터 내려오는 계단
6. 헤롯왕이 2살 이하의 아이들을 모아 죽인 곳
7. 아이들을 묻었던 곳

8. 요셉의 예배소
9. 성 제롬을 따르던 사람들의 무덤
10. 옛날에 물저장소였는데 주후 4세기에 콘스탄틴대제가 이곳에 교회를 지을 때에 매립됨
11. 제롬의 무덤 (13세기에 시신을 로마로 옮김) 제롬이 거주, 성경을 번역한 곳.

아기 예수 탄생(마리아 품에 안김)

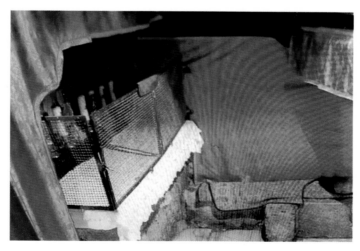

아기 예수 누이셨던 구유

목자들의 교회

베들레헴에서 동쪽으로 내려다보이는 1.5km 지역의 현재 벧자홀이라
는 아랍마을 지역이 목자들의 들판이었다. 이 들판은 구약시대에 베들레
헴의 부유한 보아스가 소유했던 밭이었다. 추수 때에 이르러 보아스와 이
삭을 줍는 룻과의 사이에 이루어진 아름다운 러브 스토리가 바로 보아스
의 밭에서 이루어 졌다.

하나님께서 복음을 주시므로 이 두사람이 결혼에 의한 사랑의 열매를
맺게 되어 그 후손으로 증손자인 다윗을 태어나게 했다9룻 4:13-22;마
1:5;눅 3:32).

그 "보아스의 밭"은 "목자들의 양치는 들판"으로 변했다. 그 들판에 천
사들이 나타나 목자들에게 아기예수 탄생의 큰 기쁨의 소식을 전하여 오
늘날 다윗 동네에 너희를 위하여 구주가 나셨으니 곧 그리스도 주시니라
너희가 가서 강보에 싸여 구유에 누인 아기를 보리니 이것이 너희에게 표
적이니라 하였다(눅 2:8-12).

아기 예수님 피난길 순례(악보)

김흔중 목사 작사 / 김광진 목사 작곡

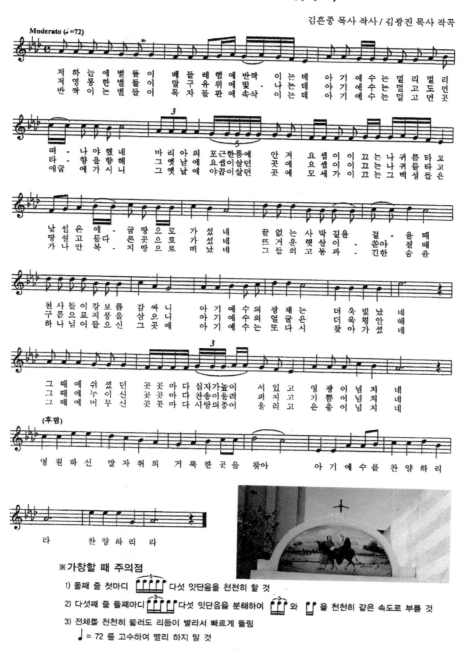

Moderato (♩=72)

저 하 늘 에 별 들 이 이 베 들 레 헴 에 반 짝 이 는 데 아 기 예 수 는 멀 리 멀 리
저 영 롱 한 별 들 이 이 말 구 유 위 에 빛 나 는 태 아 기 예 수 는 멀 고 도 먼
반 짝 이 는 별 들 이 이 목 자 들 판 에 속 삭 이 는 데 아 기 예 수 는 멀 고 먼 곳

떠 - 나 야 했 네 마 리 아 의 포 근 한 품 에 안 겨 요 셉 이 이 끄 는 나 귀 를 타 고
타 - 향 음 향 해 그 옛 날 에 요 셉 이 살 던 곳 에 요 셉 이 이 끄 는 나 나 귀 타 고
애 굽 에 가 시 니 그 옛 날 에 야 곱 이 살 던 곳 에 모 세 가 이 끄 는 그 백 성 들 은

낯 선 은 에 - 굽 땅 으 로 가 셨 네 끝 없 는 사 막 길 을 걸 - 음 때
땅 설 고 물 다 른 곳 으 로 가 셨 네 네 뜨 거 운 햇 살 이 - 쏟 아 질 때
가 나 안 복 - 지 땅 으 로 떠 났 네 그 들 의 고 통 과 - 긴 한 숨 을

천 사 들 이 강 보 를 감 싸 니 아 기 예 수 의 광 채 는 더 욱 빛 났 네
구 름 으 로 지 붕 을 삼 으 니 아 기 예 수 의 얼 굴 은 더 욱 평 안 해 네
하 나 님 이 들 으 신 그 곳 에 아 기 예 수 는 또 다 시 찾 아 가 셨 네

그 때 에 쉬 셨 던 곳 곳 마 다 십 자 가 높 이 서 있 고 영 광 이 넘 치 네
그 때 에 누 이 신 곳 곳 마 다 찬 송 이 울 려 퍼 지 고 기 쁨 이 넘 치 네
그 때 에 머 무 신 곳 곳 마 다 사 랑 의 종 이 울 리 고 은 총 이 넘 치 네

(후렴)

영 원 하 신 발 자 취 의 거 룩 한 곳 을 찾 아 아 기 예 수 를 찬 양 하 리

라 찬 양 하 리 라

※가창할 때 주의점

1) 둘째 줄 첫마디 𝄽𝄽𝄽𝄽𝄽 다섯 잇단음을 천천히 할 것

2) 다섯째 줄 둘째마디 𝄽𝄽𝄽𝄽𝄽 다섯 잇단음을 분해하여 𝄽𝄽𝄽 와 𝄽𝄽 을 천천히 같은 속도로 부를 것

3) 전체를 천천히 불러도 리듬이 빨라서 빠르게 들림
   ♩= 72 를 고수하여 빨리 하지 말 것

아기 예수 "애굽" 피난개요

피난 떠나는 아기 예수 성가족

성경에 저희(동방박사)가 떠난 후에 주의 사자가 요셉에게 현몽하여 가로되 헤롯이 아기를 찾아 죽이려 하니 일어나 아기와 그의 모친을 데리고 애굽으로 피하여 내가 네게 이르기 까지 거기 있으라 하니 요셉이 일어나서 밤에 그 아기와 모친을 데리고 떠나가 헤롯이 죽기까지 있었으니 이는 주께서 선지자로 말씀하신 바 애굽에서 아들을 불렀다 함을 이루려 하심이었다(마 2:13-15).

헤롯이 아기 예수를 찾아 죽이려 하였으므로 요셉이 마리아와 함께 아기 예수를 모시고 애굽으로 피난길에 올랐다. 성모 마리아는 아기 예수를 품에 안아 나귀를 타고, 요셉은 나귀 고삐를 잡고 걸으며 성 가족은 베들레헴을 떠났다. 그러나 성경에 성가족과 함께 예수님의 피난 노정에 대하여는 기록되어 있지 않고 헤롯이 죽은 후에 이스라엘 땅인 나사렛으로 돌아왔다는 사실만 기록되어 있다(마 2:20).

그러나 이집트의 콥티교회와 여러 자료를 통해서 애굽의 피난 노정이 밝혀져 있다. 이와 같이 밝혀진 노정의 신빙성에 대한 내용의 논란이 있지만 옷토 매이나더스(Meinadus)의 저서인 "애굽에 내려오신 성가족"(The Holy Family in Egypt, AUC Press 1986)과 이집트의 콥틱교회에서 도시(圖示)한 노정들이 서로 동일하게 일치된 사실을 내가 직접 대조하여 확인했다. 또한 성가족은 베들레헴을 떠나서 주로 구약 성경에 기록된 유적의 주요 성지를 찾아서 들르고 그 곳에서 머물러 계셨다는 사실에도 부합되고 있었다.

성가족의 애굽 피난길(부조)

성 가족은 최초 베들레헴을 떠나 헤브론, 브엘세바, 가자, 라파(현, 국경지역)를 지나 시나이 반도의 엘 아리쉬(El Arishi), 페루지움(Pelusium)에서 머물러 쉬신 후, 애굽 땅으로 건너 갔다.

애굽의 나일 삼각주 지역인 고센땅의 자가지그(Zagazig), 빌베이스 (Bilbeis), 사마누드(Sammaud), 사카(Sakha) 그리고 사막의 오아시스인 와디 엘 나투룬(Wadi el natrun)에 머물러 있다가 카이로의 엘 마타리아(El mataria, 옛 헬리오포리스)와 올드카이로 지역(아부사르가 교회, 유대회당)에서 약 1개월 동안 머무른 후에 나일강변의 마아디(Maadi)에서 배를 타고 남쪽으로 내려 가며 여루 곳을 경유하였다. 그 경유한 곳은 사말루트(Samalut), 엘 테일(El Tail), 엘 미니아(El Minya), 베니하산(Banihasan), 엘 아슈무네인(El Ashumunein), 다이루트(Dairut), 엘 퀘아(El Q usiya)를 거쳐 마지막으로 애굽의 배꼽이라고 부르는 중앙지역의 엘 무하라크(El Muhalaq, 현 수도원)에 도착하여 그곳에서 6개월 간 머물렀다는 사실은 수도원의 기념비석의 기록을 통해 고증이 되고 있다.

애굽의 종착지역인 엘 무하라크까지 약 23개 지역을 경유했다. 엘 무하라크에서 출발하여 이스라엘의 나사레으로 돌아갈 때의 경로는 피난 나온 길을 되돌아 역순의 경로를 밟았을 것으로 짐작이 되지만 분명하게 밝혀지지 않고 있다. 귀로시 이스라엘 지역에 들어 와서는 지중해 해안지역의 구약시대 주요 성읍을 돌아보시고 해안도로를 떠나 나사렛에 도착했을 것으로 추정이 된다.

그리고 성가족이 베들레헴을 출발해 피난길을 떠나서 애굽에 머물렀다가 이스라엘 나사렛에 도착한 기간의 주장이 엇갈리고 있다. 그러나 통상 4년의 주장에 긍정적으로 공감하게 된다. 그 타당한 이유는 아기 예수의 탄생년도와 헤롯이 죽은 년도를 산정해 보면 가장 합리적인 판단일 것으로 수긍을 하게 된다.

나는 당시(1997년) 한국에서 파송된 이집트 선교사의 협조를 받아 이집트의 수도 카이로에서 2개월여 동안 생활할 수 있도록 소형 아파트 3층의 작은 평수를 무료로 사용하게 되었다. 그래서 성지 답사를 위해 세부적인 계획을 혼자 수립하여 이집트 전 지역의 성지답사 그리고 성가족의 피난 경로를 배놓지 않고 전부 답사할 수 있었다. 오직 주님의 크신 은혜였고, 꺾인 갈대만도 못하며 만삭되어 태어나지 못한 자와 같이 부족했지만 주께서 나에게 사명감을 주신 것으로 확신하게 되었다.

당시 이집트의 이슬람 원리주의자들이 이교도들을 무참히 살해하는 경우도 있었다. 그러나 생명의 위험을 무릅쓰고 혼자서 배낭을 짊어지고 지도와 참고자료를 지참하여 일정에 따라 성지답사 및 수도원 탐방을 위해 대중교통수단(버스, 소형승합차, 택시, 기차, 전철)을 두루 이용하였다.

특히 기독교 교회사에 최초의 수도원인 성 안토니수도원은 이집트의 광활한 동부사막지역에 위치하고 있어서, 그 수도원을 답사할 때에 버스가 다니지 않아 노변에서 화물차에 편승하기 위해 오래 기다리는 동안 여름철 사막의 후끈 후끈한 지열을 견디어내어야만 했다.

온갖 악조건에서도 나일 삼각주의 고센땅, 출애굽경로의 전 성지, 알렉산드리아, 피라미드, 룩소르 등의 주요 고대유적, 특히 성가족 피난 노정을 포함하여 2개월여 동안 전지역을 성공적으로 답사할 수 있었던 거슨 오직 하나님께서 보호, 인도해 주셨고, 천국천사를 통해 지켜주신 은총이었다. 항상 일정마다 눈물 겹도록 감사했다.

그래서 이집트에서 전 지역을 답사하고 이스라엘로 돌아가 "아기 예수 피난길 순례"라는 제목으로 2절의 가사를 적었다. 마침 예루살렘 한인교회에서 히브리 찬양, 태권도 시범 등 각종 선교활동이 있었다. 내가 이 자리에서 "아기 예수 피난길 순례"의 가사(詩)를 낭송하였다. 아기 예수 성가족이 가신 피난길을 내가 전 지역을 순례하고 돌아와서 베들레헴에서 詩 낭송을 하였을 때 마음속에 넘치는 감동은 측량할 수가 없었다. 예루살렘에서 1년여의 사명을 마치고 귀국하여 음악을 전공한 목사에게 의뢰하여 곡을 붙였다.

유대인의 왕을 경배하기 위해 온 동방박사

동방에서 보던 그 별이 문득 앞서 인도하여 가다가 아기 있는 곳 위에 머물러 섰는지라 저희가 별을 보고 가장 크게 기뻐하고 기뻐하더라 집에 들어가 아기와 그 모친 마리아의 함께 있는 것을 보고 엎드려 아기께 경배하고 보배합을 열어 황금과 유향과 몰약을 예물로 드리니라 꿈에 헤롯에게로 돌아가지 말라 지시하심을 받아 다른 길로 고국에 돌아가니라(마 2:7-12).

성 케더린 수도원(The Monastery of St, Catherine)

　시내산에 처음으로 수도사들이 들어온 것은 로마가 기독교의 탄압을 시작하자 애굽의 콥틱교회의 수도사들이 수도처로 삼은 데서 비롯된다.

　시내산 수도원의 최초의 이름은 떨기나무교회에서 시작된다. 로마 콘스탄틴 형제의 어머니 헬레나가 성지순례를 와서 불타는 떨기나무 사이에 강림하신 여호와 하나님과 모세가 십계명을 받은 것을 기념하기 위하여 교회의 이름을 떨기나무 교회로 불렀다. 그후 수도사들이 많이 모여들어 규모가 점차 커졌다. 9세기경에 성케더린과 관련되어 성케더린 수도원으로 이름이 바뀌었다. 그 이름이 바뀐 배경은 다음과 같다.

　케더린(Catherine)은 이집트 알렉산드리아의 독실한 기독교인이었다. 당시 로마로부터 기독교에 대한 탄압이 심할 때 케더린 여인은 뾰족한 못이 박힌 수레에 의해 고문을 받은 후 참수형을 당했다. 그녀의 시체는 슬피우는 천사에 의해 이집트에서 가장 높은 산에 묻혔다고 전해오고 있었다. 9세기경 떨기나무교회의 한 수도사가 천사의 인도를 받아 그녀의 시신을 찾는 꿈을 꾼 후 시내산의 남쪽 6km 지점의 가장 높은 산(2,637m)을 샅샅이 탐색하여 그녀 사후 300년만에 드디어 시신을 찾아냈고 그 산 위에 성 케더린교회를 세웠으며 산 이름을 성 케더린 산이라 불렀다.

이 때부터 떨기나무교회의 수도원이 성 케더린 수도원으로 이름이 바뀌게 되었다. 이 수도원은 비잔틴시대 유스티니안(Justinian) 황제에 의해 주후 527-565년에 성벽과 건물들을 베두인의 공격을 받지 않도록 건축한 것이 오늘날 원형 그대로 유지되고 있다. 이 수도원은 그리스 정교회에 소속되어 있으며 수도원 안에는 비잔틴교회 양식의 건물들이 들어서 있고 모세의 샘, 떨기나무 교회 터, 모스크, 아이콘 박물관, 성서도서관 등이 있다.

1859년 독일 신학자 티센돌프는 이곳 성서도서관에서 4세기경의 칠십인역 성서사본인 시내사본을 발견하는 개가를 올렸다. 이 사본은 유감스럽게도 현재 런던의 대영 박물관에 소장되어 있다. 그러나 5세기경 시리아 사본은 현재 이곳에 보관중이다. 그 외에도 초기 기독교시기에 만들어진 5,000여 점의 인쇄본과 오래된 성경주석들을 다량 소장하고 있어 바티칸 박물관에 이어 세계 두 번째 규모의 기독교 도서관으로 유명하다. 그리고 수도원 안에 들어가면 모세가 보았다는 것과 같은 떨기나무가 자라고 있어 볼 수가 있다.

성 가족의 피난 노정(Route of The Holy Family in Egypt)

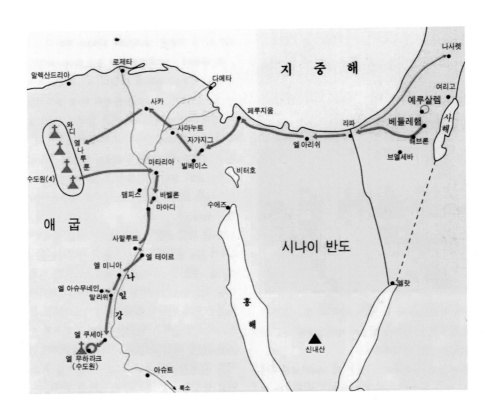

성경에 "저희(동방박사)가 떠난 후에 주의 사자가 요셉에게 현몽하여 가로되 헤롯이 아기를 찾아 죽이려 하니 일어나 아기와 그의 모친을 데리고 애굽으로 피하여 내가 네게 이르기까지 거기 있으라 하니 요셉이 일어나서 밤에 아기와 그 모친을 데리고 떠나가 헤롯이 죽기까지 있었으니 이는 주께서 선지자로 말씀하신바 애굽에서 아들을 불렀다 함을 이루려 하심이었다."(마 2:13-15)

헤롯이 아기 예수를 찾아 죽이려 하였으므로 요셉이 마리아와 함께 아기 예수님을 모시고 애굽으로 피난길에 올랐다. 성모 마리아는 아기 예수를 품에 안아 나귀를 타고, 요셉은 나귀 고삐를 잡고 걸으며 베들레헴을 떠났다. 그러나 성경에 예수님의 피난의 노정에 대하여는 기록되어 있지 않고 헤롯이 죽은 후에 이스라엘 땅의 나사렛으로 돌아왔다는 사실은 기록되어 있다(마 2:20). 그러나 콥틱교회와 여러 자료를 통해 애굽의 피난노정이 밝혀져 있다. 이와 같이 밝혀진 내용의 신빙성에 대한 논란의 여지는 있지만, 옷토 매이나더스(Otto Meinadus)의 저서인 "애굽에 내려오신 성 가족"(The Holy Family in Egypt, Aucpress, 1986)의 기록과 콥틱교회에서 도시(圖示)한 노정들이 동일하다.

또한 성 가족은 베들레헴을 떠나서 주로 고대유적이 있던 곳을 들리고 그곳에서 머물러 있었다는 사실에도 부합되고 있다.

성 가족은 최초 베들레헴을 떠나 아스글론, 가자, 라파를 지나 시나이반도의 엘 아리쉬(El Arish), 페루지움(Pelusium)을 거쳐 애굽땅으로 갔다. 고센땅의 자가지그(Zagazig), 빌베이스(Bilbeis), 사마누드(Sammanud), 사카(Sakha) 그리고 사막의 오아시스인 와디 엘 나투룬(Wadi el Natrun)에 잠깐 머물러 있다가 카이로의 엘 마타리아(El mataria, 옛 엘리오포리스)와 올드카이로(아부사르가 교회)에 얼마동안 머무른 후에 나일강변의 마아디(Maadi)에서 배를 타고 남쪽으로 내려가며 여러 군데를 경유했는데 사마루트(Samalut), 엘 테일(El Tair), 엘 미니아(El Minya), 베니사나(Bani Hassan), 엘 아슈무네인(El Ashumunein), 다이루트(Dairut), 엘 쿠세아(El Qusiya)를 거쳐 마지막으로 애굽의 배꼽이라고 부르는 중앙지점의 엘 무하라크(El Muharraq, 지금의 수도원)에 도착하여 수개월 머물러 있다가 이스라엘로 되돌아 갔다.

성 가족이 애굽에 머물러 있던 기간에 대하여는 주장이 엇갈리고 있으나 통상 3년 6개월의 주장이 많은 편이다.

(1) 엘 아리쉬(El Arish)

엘 아리쉬 성죠지교회

이스라엘과 이집트 국경인 라파(Raffa)에서 45km, 카이로에서 285km 지점, 시나이반도의 북쪽 지중해 연안에 위치하여 시나이반도를 총괄하는 행정도시로 시나이반도에서 제일 큰 도시이다.

예수님이 머물렀던 곳에는 꼭 방문기념 교회가 세워져 있다. 엘 아리쉬의 중심가에 역시 콥틱 교회가 세워져 있다.

로마 통치시대는 죄수들을 이곳에 보내어 코를 잘린 채 이 척박한 땅에 보내져 평생 살게 했다고 한다. 코를 벤 이유는 죄수를 감시할 필요 없이 사막에 살도록 해서 내륙으로 들어오면 쉽게 식별하기 위해서였다고 한다.

1897년 제1차 시온주의 총회에서 "여기 나는 유대 국가를 세웠노라"고 선언하면서 "빠르면 5년 늦으면 50년 안에는 모든 사람들이 그것을 확인하게 될 것이다"라고 예언했다.

시온주의 지도자 헤르츨(T. Herzl)은 영국의 지지를 얻기 위하여 노력했다. 그 결과 1903년에 영국정보는 2개안인 "우간다안"과 "엘 아리쉬안"을 제시했다.

① 우간다안은 풍부한 자원, 설탕, 면의 생산지로 유럽인들에게는 아프리카의 노른자위라고 일컬어지던 우간다땅에 유대국가를 세우는 것이다.

② 엘 아리쉬안은 영국령 지중해 남동쪽에 유대인 자치구를 두겠다는 이집트의 엘 아리쉬를 염두에 두고 유대국가를 세우는 것이다.

헤르츨(T. Herzl)은 영국이 제시한 우간다안(1안)에 대하여, 우간다는 시온이 될 수 없고, 엘 아리쉬안에 대하여, 우리는 이집트로 가지 않을 것이라고 선언했다.

유대 국가의 건설은 팔레스타인 땅만을 목적으로 한다. 선조들의 땅을 향한 염원은 결코 변치 않고 계속될 것이다 라고 밝혔다.

이곳은 우기철에만 비가 내리고, 연중 거의 비가 내리지 않는다. 그래서 지하수 개발과 수로건설 사업이 활발하다. 중동전쟁을 통해 이스라엘이 점령했을 때 이스라엘인들에 의해 뿌린 땀의 대가로 많은 발전이 있었으나 2차에 걸쳐 반환 되어 이집트 땅이 되었다.

시나이반도는 2차 중동전쟁시 5개월간 그리고 3차 중동전쟁(6일전쟁)시 15년간을 이스라엘이 점령한 땅이었다.

사막이 남쪽으로 펼쳐져 있는 무성한 대추야자의 도시로 그 넓은 지중해의 수평선과 해변의 백사장 그리고 푸른 물결은 한결 아름다움을 더해 준다. 이러한 자연의 정취를 고려하여 호텔들이 해변가에 많이 들어서 있다.

엘 아리쉬 사람들은 한국인에 대단히 우호적이다. 그 이유는 이곳에 한국의 기술진으로 화력 발전소가 건설되어 사막 도시의 밤을 밝혀주고 있다. 시나이반도에 한국인에 의해 도시가 건설되기 때문이다.

(2) 페루지움(Pelusium)

수에즈 운하의 엘 콴타라(El Qantara) 나루터에서 약 40km, 엘 아리쉬에서 약 110km지점에 위치해 있다. 지금의 이름은 엘 파라마(El Farama)이며 성경에 기록된 이름은 "다바네스"이다.

페루지움 유적의 돌기둥

성경에 선지자 예레미야와 네리아의 아들 바룩을 영솔하고 애굽땅에 들어가 다바네스에 이르렀으니 그들이 여호와의 목소리를 청종치 아니함이 이러하였더라(렘 43:6-7)라고 기록되어 있다. 예레미야 선지자가 이곳에 내려와서 얼마간 머물렀던 곳으로 바로왕의 궁전이 있던 곳이다(렘 43:9).

애굽의 제27왕조의 프삼메티코스3세(Psammetichos Ⅲ)때에 페르시아왕 캄비세스(Cambyses Ⅱ, 주전 530-522년)의 침략을 받아 주전 525년에 페루지움에서 애굽군대가 격멸되고 헬리오포리스와 멤피스가 점령되어 애굽은 페르시아의 지배에 들어가게 되었다.

페루지움은 폼페이(Pompey, 주전 106-48년)가 암살된 곳이기도 하다. 폼페이(Gnaeus Pompey)는 로마 말기 주전 70년과 52년 두 차례에 콘술(Consul, 집정관)이 되었다. 그는 오랜 세월동안 로마를 괴롭힌 싸움에서 종지부를 찍게한 장군으로 업적도 높이 평가되었다. 그러나 카이사르((Caesar, 황제)와 대립하던 원로들의 충동으로 카이사르와 싸웠으나 이탈리아에서 쫓기게 되었다. 그 뒤 동방에서 세력을 결집했지만 주전 48년 그리스 북쪽 데살로니카의 도시 파르사루스(Fharsalus)의 회전에서 카이사르에게 대패하여 이집트로 도망가던 중 당시 로마군 사령관 아킬라스(Achillas)와 루시어스 셉티머스(Lucius Septimus)의 두 사람이 폼페이를 페루지움에서 맞이하여 환영하는 척하면서 주전 48년 9월 28일에 암살했다. 성 가족이 오셨을 당시의 페루지움은 바로(Pharaoh)의 궁전이 있었던 곳이며, 매우 중요한 항구도시였다. 예수님은 이곳에서 얼마간 머물러 있었을 것으로 짐작이 간다.

지금은 이곳의 입구 근처에서도 두드러진 유적조차 발견되지 않고 해안을 따라 넓은 사막의 모래밭만 펼쳐져 보인다. 옛 궁전의 한 돌기둥이 안내 표석처럼 세워져 있어 그곳을 떠나 들어가게 옛 유적의 궁전터를 발견하게 된다. 2000년 전에 옛 궁전이 있었으며 중요한 항구도시였다. 더욱 예수님이 머물러 계셨던 곳이었다. 그러나 오늘날 광활한 모래밭의 사막으로 변하게한 자연의 힘과 인류역사의 흐름을 통해서 무상함을 느낄 수 있는 곳이다.

(3) 자가지그(Zagazig)

시나이 땅에서 오늘날 수에즈운하(당시는 운하가 아님)를 건너 멘잘라 호수(Manzala Lake) 아래쪽으로 해서 나일 삼각주 평야로 들어오는 길은 아브라함, 요셉이 들어왔던 길이며 미디안 상인들이 왕래했던 길이다.

성 가족은 페루지움에서 이 길을 따라 고센땅에 들어와 자가지그 지역인 텔 엘 바스타(Tel el Basta) 마을을 방문하였다. 성경에 아웬과 비베셋의 소년들은 칼에 엎드러질 것이며 그 성읍 거민들은 포로될 것이라(겔 30:17)고 에스겔이 하나님의 심판을 예언한 비베셋은 지금의 자가지그이다. 비베셋은 제22왕조의 애굽왕 시삭에 의해 건설된 도시이며, 여러보암이 솔로몬에게 쫓기게 될 때 망명하여 이곳에 와서 머물렀던 곳이다.

자가지그는 고센의 텔타지방에서 큰 도시이다. 성 가족은 자가지그에서 약 2km 남서쪽의 텔 엘 바스타(Tel el Basta) 마을을 방문하였는데 마

마리아 기념교회

을 사람들이 푸대접을 하므로 이 곳에서 떠나 빌베이스(Bilbesis)로 갔다. 텔 엘 바스타에는 옛 신전터와 널려 있는 비석들이 있는 유적을 볼 수 있다. 이곳에는 시가지 중심에 허술한 성마리아 교회가 세워져 있다. 마침 교회에 모여 공부하고 있던 천진한 아이들의 눈망울은 귀엽기 그지없었다.(☞아이들의 사진) 자가그는 카이로에서 기차 편으로 갈 수 있고 육로로는 빌베이스에서 돌아 들어가면 된다.

마리아 기념교회(현지 어린이들과 저자)

(4) 빌베이스(Bilbesi)

빌베이스 성 죠지 교회

성 가족은 텔 엘 바스타(Tel el Basta)에서 하룻동안 걸어서 오늘날 벨베이스에 도착하였다.

성 가족이 벨베이스에 도착했을 때 마침 장례식이 있었는데 예수님이 불쌍히 여겨 죽은 자를 살려 주어 온 마을 사라들이 성 가족을 크게 환영 했다.

중세시대에 이르기까지 수많은 순례자들이 빌베이스를 찾아 마리아 나무 아래서 경배하곤 했는데 그 후 나폴레옹 군사들이 잘라버리려고 도끼로 찍었을 때 첫 도끼자국에서 피가 나오는 것을 보고 겁을 먹고 도망쳤다. 이 마리아 나무는 주후 1850년 고목이 되어 잘라져 화목이 되고 말았다는 전설이 전해지고 있다. 지금의 빌베이스에는 성 죠지교회가 세워져 있다.

빌베이스는 카이로에서 이스마일리아까지 연결되는 운하의 좌편 도로변에 위치해 있고 이스마일리아와 빌베이스의 중간에는 숙곳이 위치하고 있다. 카이로에서 빌베이스까지는 승용차편으로 1시간 소요된다.

(5) 사마누드(Samanoud)

성 가족은 빌베이스(Bilbeis)에서 이곳 사마누드(Samanoud)로 오게 되

마리아 기념교회(아바눕 교회)

었다. 조그마한 마을의 사마누드에 성 마리아 교회가 세워져 있다.

이 교회 울안의 뒤편에는 마리아 우물이라고 부르는 우물이 있는데 성 가족이 이 우물을 사용했다고 전해지고 있다.

로마의 기독교 박해시대에 성 아바눕(St. Abanoub)은 12세 소년으로 순교하여 성인으로 추송(追崇)되었으며 이곳에 그를 위해 세워졌던 교회의 터 위에 성 마리아 교회가 세워졌다. 그래서 성 마리아 교회 또는 성 아바눕교회라고 부른다. 교회 안에는 성 아바눕의 유해와 8천명의 많은 순교자 유해가 안치되어 있다. 사마누드를 방문하려면 카이로에서 철도 아니면 육로를 이용하여 탄타(anta)에서 하차하여, 이곳에서 사마누드행 합승 택시를 이용하면 편리하다.

(6) 사카(Sakha)

성 가족은 사마누드(Samanoud)에서 얼마 멀지 않은 북서쪽의 카프르 엘 쉐이크Kafr el sheikh)에 도착하여 여독을 풀었다.

사카를 순례하고자 하면 카이로에서 알렉산드리아행 기차를 타고 탄타(Tanta)역에서 기차를 갈아 타던가 하차하여 육로를 이용하는 방법이 있다. 사카의 다음역이 카프로엘 쉐이크이다. 사카역에서 하차하여 역에서

마을 안으로 약 100m 들어가면 성 가족 방문 기념교회인 성 마리아 교회가 세워져 있다.

교회 안에는 아기 예수님의 오른편 발자국이 있는 바위 돌이 유리상자(Casket : 가로 1m× 세로60cm×폭 60cm)에 보존되어 있다. 그 상자안에 기도 제목의 쪽지를 많이 써서 넣기도 한다. 성 가족은 이곳에서 남서쪽의 광활한 사막의 오아시스에 위치한 와디 엘 나투룬(Wadi el Natrun)으로 이동했다.

교회내에 보존된 예수님의 족적(足跡)

성가족이 와디엘 나투룬에서 최종 종착지까지 이동경로
(피난경로 요도 참조)

　와디엘 나투룬→마타리아(온)→바벨론→마아디→시말루트→엘 데이르
→엘 미니아→베니하산→엘 아슈무네일→말라위→엘 쿠세아→엘 마하라
크(현 수도원, 이곳에서 약 6개월간 머물렀다.)
　헤롯이 죽은 후에 주의 사자가 애굽에서 요셉에게 현모아여 가로되 일어
나 그의 모친을 데리고 이스라엘 땅으로 가라 아기의 목숨을 찾던 자가 죽
었느니라(마 2:19-20)라고 성경에 기록되어 있다.
　〈이 말씀이 성취 되었다.〉

와디엘 나투룬의 네 곳의 수도원

마카리우스 수도원교회

바라무스 수도원교회

소리안 수도원 교회

비쇼이 수도원교회

기적을 일으켰다는 성화(聖畫)

베르나르도 다디(Bernardo Daddi, 1280-1348)의 성화
이탈리아 피렌체 오르산미켈레 성당에 액자 부착
(성화를 바라보면 병자들에게 치유기적이 일어났다고 한다.)

이탈리아 피렌체 오르산미켈레 성당은
위 성화가 부착되어 있는 곳이다.

아기 예수의 나사렛으로의 귀환

아기 예수는 베들레헴에서 탄생한 직후 헤롯의 학살을 피해 애굽으로 잠시 피난을 하게 되었다. 베들레헴은 예수님이 성육신으로 탄생한 고향이다. 나사렛은 예수님이 성령으로 동정녀 마리아에게 잉태되었고, 실제 성모 마리아의 고향이다. 그렇기 때문에 성가족은 애굽에서 피난의 고난을 마치고 아기 예수를 학살하려 했던 헤롯이 죽게되자 나사렛으로 귀환하게 되었다.

나는 아기 예수 성가족의 피난 경로인 첫 출발지 베들레헴에서 마지막 종착지인 이집트의 엘 무하라카 수도원까지 실제 현장 답사를 전부 마쳤다. 그래서 성가족의 귀환경로는 최초 피난 경로를 되돌아 귀환했을 것이라는 주장이 있지만 피난할 때보다 귀환에 소요된 시일이 단축되었을 것이다. 또한 아기 예수가 많이 자라 5세가 되어 귀환할 때의 상황과 환경은 크게 달라졌을 것이다.

나는 성가족이 애굽에서의 귀환경로는 피난시 경로와 중첩되기 때문에 기록을 생략하고자 한다. 그러나 성가족이 이스라엘에 접어들어 지중해의 해안도로인 구약시대의 통상로를 따라 주요 성지를 전부 돌아보며 나사렛에 도착했을 것이다.

아기 예수 성가족의 피난길로 베들레헴에서 출발하여 헤브론, 브엘세바, 가자에 관련하여 이미 전술한 바가 있다. 그래서 성가족이 귀환 시에도 가자 지역을 경유했겠지만 다시 반복된 기술을 생략한다. 귀환시 가자에 이어 아스글론, 아스돗, 욥바, 가이사랴, 므깃도, 나사렛의 경로를 개략적으로 살펴보았지만 기록은 생략한다.

엘 무하라크 수도원(El Muharraq Monastery)

아기 예수 성가족 이집트 마지막 종착지에 도착

수도원 전경

평생 잊을 수 없는 이집트 콥틱 수도사와 함께(1997.4.10. 김흔중)
예수님이 애굽으로 피난하여 마지막 머물러 있던 엘 무하라크 수도원
정원 앞에서 나를 전담해서 3박4일간 안내해 준 수도사이다.

콥틱 성경

마리아 기념 교회

성가족 방문 기념비

성가족 방문 기념비

나는 아기 예수 성가족이 피난 길의 고된 여정(旅程)을 멈추고 마지막 종착지에서 머물게 된 엘 무하라크수도원(El Muharraq Monastery)에 도착했다. 나는 성가족의 피난 이동경로를 뒤따라 밟으며 전부 답사하고 최종 지점에 이르렀다. 엘 무하라크수도원에 들어서면서 베들레헴에서 떠난 성가족을 이곳에서 만나게 된 것 같아 감동과 은혜가 넘쳤다.

엘 무하라크 수도원(El Muharraq Monastery)은 카이로에서 남쪽으로 약 335km지점, 나일강변의 국도에서 약 4km의 내륙에서 위치하고 있다.

성가족은 다이루트(Dairut)를 거쳐 나일강변에 가까운 작은 도시인 엘 쿠세아(El Qusiya)에 도착했다. 성가족은 엘 쿠세아에서 내륙으로 약 3km 지점의 오늘날 엘 무하라크수도원이 있는 코스캄산(Mt Qousqam)의 기슭에 도착하였다. 요셉은 그곳에서 종려나무와 진흙으로 작은 집을 지었다.

집 근처에 있던 우물은 아기 예수의 축복을 받았다. 아기 예수는 악질의 질병과 더러운 악령들에게 시달리는 근처에 사는 많은 사람들을 낫게 하는 기적을 행하였다. 그후에 이스라엘로부터 요세(Joses)라는 사람이 이곳에 와서 성가족에게 고하기를 "헤롯"이 동방박사들에게 속았음을 알았을 때 몹시 격노하여 사람을 보내 베들레헴 근처에 있는 두 살박이 아래 사내아이들을 전부 죽였다고 고했다.

그 때에 아기 예수는 이스라엘에서 온 요세에게 감사하며 그의 조상들인 성자들과 함께 잠들 것이라 했다. 그 후 요셉은 요세가 죽으매 그의 무덤 앞 사각형의 돌 위에 "성가족이 코스캄 산에서 잠시 머물렀다"고 새겼다. 요세의 무덤은 수도원의 성모 마리아 교회밖의 남서쪽 모퉁이에 있어 오늘날까지 전해지고 있다.

헤롯이 죽은 후에 주의 사자가 애굽에서 요셉에게 현몽하여 가로되 일어나 아이와 그의 모친을 데리고 이스라엘 땅으로 가라 아기의 목숨을 찾던 자들이 죽었느니라(막 2:19-20)라고 하였다. 성가족이 이곳을 떠나기 전에 성모 마이라는 아기 예수께 약 6개월동안 가족의 피난처가 되었던 작은 집을 축복하기를 부탁했다. 그래서 그곳은 이사야 예언서에 "나의 백성 애굽이여 복이 있을지어다"(사 19:25)의 말씀으로 축복을 받아 명예와 명성을 얻었다.

성가족이 수도원의 자리에 방문한 것을 기념하여 히브리어로 새겨진 옛 비석이 세워져 있어 지금도 볼수가 있다. 성가족이 이곳에 약 6개월간 머물러 있던 곳에 성모 마리아교회가 세워져 있다. 이곳이 이집트의 배꼽이 되는 곳이라고 안내 수도사의 설명이 있었다.

성가족이 다시 이스라엘 땅으로 돌아갈 때의 경로는 올 때에 머물렀던 곳의 주요 성지를 대부분 경유하여 되돌아갔을 것으로 짐작이 된다. 성가족이 애굽에 피난했던 기간의 주장이 다르지만 3년6개월이 가장 긍정적이다. 또한 아기 예수가 나사렛으로 귀환할 때의 나이는 4살로 보는 견해가 지배적이다. 왜냐하면 "헤롯왕"이 죽은 시점을 근거로 했기 때문이다. 그래서 엘 무하라크 수도원에서 출발했던 아기 예수의 나이는 3-4세쯤 되었을 것이다. 그렇다면 아기예수가 어렸기 때문에 출발할 때는 나귀 등의 마리아 품에 안겼지만 애굽에서 출발할 때는 마리아 팔에 안길 나이가 지나 말도 잘하고 많이 자랐을 것이다. 이스라엘로 돌아갈 때는 나귀 두 마리가 필요했을 것 같기도 하다.

이곳 수도원 지역, 성채의 탑(Tower)은 제논왕(Xenon, 주후 474-491년)에 의해 로마 요새의 형태로 세워졌는데 이방민족이 자주 공격해 왔기 때문에 이에 대비하기 위해서 세워졌다. 지금의 수도원의 튼튼한 석조의 담벽은 주후 1901-1928년에 높이 약 3,5m, 총연장 길이 약 4km가 되도록 건축되었다. 그리고 일반문(一般門)으로 튼튼하게 이중문이 달려 있다.

수도원 안에는 옛 성모 마리아교회, 새 성모 마리아교회, 성 죠지교회, 수도원 궁전, 수도사 숙소, 귀빈 숙소, 콥틱교인 기도실 및 숙소, 도서관, 목축장, 도살장(소, 돼지) 등 많은 건물과 시설이 들어서 있다. 모든 콥틱교회에서 추천을 받아 오면 누구나 수도원에 들어와 기도할 수 있고, 침식을 제공 받는다.

매년 6월 20일부터 일주일간은 성모 마리아의 탄신일을 축하하는 큰 축제가 열린다고 한다. 이 수도원에 콥틱 교인뿐만 아니라 많은 순례자들이 모여드는 모습을 직접 볼 수 있었다. 성모 마리아 교회의 성전 안에서 수도사들이 새벽 4시부터 3시간 동안 카톨릭과 유사한 예배의식이 행해지고 있었다. 나는 2일간 새벽 예배에 참석하여 주목해서 보았다. 다른 지역 수도원에서는 새벽 5시부터 2시간 동안 예배가 진행되었는데 이곳은 3시간 동안 예배가 진행되고 있었다.

나사렛으로 귀환(도착)

예수님의 소년시절

아기가 자라며 강하여지고 지혜가 충만하며
하나님의 은혜가 그의 위에 있더라… 예수는 지혜와 키가 자라가며
하나님과 사람에게 더욱 사랑스러워 가시더라(눅 2:40, 52)

목수일을 하며 성장하셨다.

선한 목자

나는 선한 목자라 내가 내 양을 알고 양도 나를 아는 것이
아버지께서 나를 아시고 내가 아버지를 아는 것 같으니
나는 양을 위하여 목숨을 버리노라(요한 10:14-15)

예수님의 공생애

내가 진실로
속히 오리라
(계 22:20)
〈Maranatha〉

예수는 하늘로
가심을 본
그대로 오시리라
(행 1:11)

다 이루었다!
(요 19:30)

예수께서 이르시되 나는
부활이요 생명이니
나를 믿는 자는 죽어도 살겠고
무릇 살아서 나를 믿는 자는
영원히 죽지 아니하리니
이것을 네가 믿느냐
(요 11:25-26)

그가 누구이기에
바람과 물을 명하매
순종하는가 하더라
(눅 8:25)

회개하라 천국이 가까이
왔느니라 하시더라
(마 4:17)

구주가 나셨으니 곧 그리
스도 주시니라
(눅 2:11)

보라 네가 수태하여 아들
을 낳으리니 그 이름을 예
수라 하라
(눅 1:31)

십자가의 도가 멸망하는
자들에게는 미련한 것이요
구원을 받는 우리에게는
하나님의 능력이라
(고전 1:18)

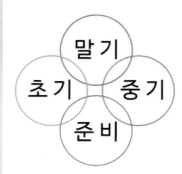

말기
초기 중기
준비

성 케더린 수도원(시내산 하록)
(1995.11.5. 답사)

성 케더린 수도원(시내산 하록)

가시 떨기나무(성 케더린 수도원 경내)

사다트 시 무명용사 무덤
(지하에 사다트 대통령 무덤이 있다.)

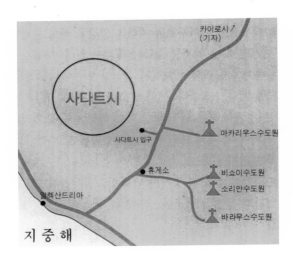

와디 엘 나투룬으로 들어가는 교통요도(진입)

이집트 사다트시

　나는 카이로에서 와디 엘 나투룬(Wadi el Natrun) 지역의 수도원 답사를 위한 준비에 고심을 했다. 카이로에서 거리가 멀뿐 아니라 사막지역이기 때문에 교통수단이 용이치 않고 승용차가 없으면 불편하기 때문이다. 그러나 이집트의 한인(韓人) 또는 선교사의 도움이 없이 이집트 전 지역의 성지 및 유적을 답사하겠다는 뜻에는 변함이 없었다.

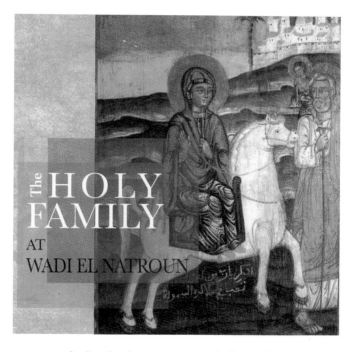

와디 엘 나투룬으로 성가족 이동
(이집트 국가 관광청 서울 사무소 성화 제공)

바라무스 수도원교회

소리안 수도원교회

마카리우스 수도원교회(1997.3.15. 김흔중 촬영)

비쇼이 수도원교회

수도원의 창시자인 성 안토니(St Anthony, 주후 251-355년) 대주교의 제자인 성 마카리우스(St Macarius, 주후 251-355년)는 성 안토니와 같은 문하의 제자인 성 암몬(St Amnon)의 후원을 받아 와디 엘 나투룬 사막에 수도원을 세웠다. 와디 엘 나투룬에 4개의 수도원을 세운 것은 아기 예수 성가족의 방문과 관련이 깊다. 이곳에 처음으로 세워진 수도원은 주후 340년에 성 마리아 이름으로 세워졌으나 로마의 성인 이름을 따서 성 바라무스 수도원이라 불렀다.

　성 마카리우스 수도원은 주후 360년 마카리우스의 나이 60세에 세운 수도원으로 그는 이곳에서 죽는 날까지 30년 동안 수도원 생활을 하며 제자를 많이 길러낸 콥틱교회의 성자 중 한 사람이다. 그가 세상을 떠난 후 유해가 이곳 수도원에 안치되었다.

　성 마카리우스는 이곳에 마카리우스 수도원뿐만 아니라 성 바라무스 수도원을 세웠으며 4개의 수도원 주우 성 마카리우스 수도원이 제일 큰 수도원이다. 콥틱교회의 교황은 반드시 수도원에서 수도사 생활을 의무적으로 해야 했다. 성 마카리우스 수도원에서 많은 교황이 배출되었다.

　성 마카리우스 수도원 안에는 여러 곳에 교회가 있는데 성 마카리우스 교회에서 주로 예배의식을 행한다. 이 교회 안에는 성 마카리우스 유해가 안치되어 있고 왼편 지하 동굴에 세례 요한의 유해와 엘리사의 유해가 발견되어 교회 안쪽에 안치되어 있다.

　세례 요한의 유해는 성 아다나시우스가 20세 때에 이스라엘에서 알렉산드리아로 이장했었는데 그후 기독교 박해시 이곳으로 옮겨 왔다고 한다. 성 마가의 유해는 이곳에 함께 안치되었다가 알렉산드리아로 옮겨갔다고 한다. 그러나 현재 카이로의 콥틱 교황청 경내의 성 마가교회의 성묘(聖廟)에 그의 유해가 여러 곳에서 모아져 안치되어 있다. 나는 이러한 사실을 직접 수도원과 교황청의 현장을 답사하여 확인하게 되었다.

나는 먼저 바라무스 수도원에 도착하여 3개 수도원을 두루 답사한 후, 마지막으로 성 마카리우스 수도원에 오후 5시경 도착하여 수도원장을 만났다. 마침 수도원을 방문한 미국 목사와 한 티 테이블에 합석하게 되었다. 한국에서 온 목사라고 내 소개를 하며 아기 예수 성가족의 족적을 답사하기 위해 이 수도원을 방문했다고 하자 무척 친절히 대하며 환영했다. 수도원장으로부터 차 대접을 받으며 향이 짙은 찻잔을 대하니 갈증이 말끔히 풀려던 기억이 잊혀지지 않는다.

검정 수도사 복장을 하고 덥수룩한 하얀 턱수염을 한 수도원장의 지시로 안내원의 안내를 받게 되었다. 먼저 숙소의 침실을 마련해 주어서 숙소에서 여장을 풀고 수돗물로 몸을 씻고 수도원 경내를 돌아 보았다.

나는 발걸음이 가벼웠고 둘러보는 곳곳에서 감사의 기도가 저절로 나왔다. 저녁 식사시간이 되어서 식당에 가서 입에 맞는 식빵과 삶은 달걀로 허기를 채웠다. 모든 콥틱 수도원은 콥틱교인들에게 침식을 무료로 제공해 주고 있다. 나는 이곳 수도원에서 콥틱교회 이상으로 대접을 해주어 너무 감사했다.

나는 이곳 성 마카리우스 교회에서 새벽 5시부터 10여명의 수도사들이 모인 예배에 동참하게 되었다. 예배가 약 2시간여에 걸쳐 진행되자 창밖에서 여명이 밝아오고, 창밖의 울창한 고목의 느티나무 숲속에서 참새떼가 요란하게 새 아침을 찬미하는 듯 갑자기 노래하기 시작했다. 예배가 끝날 때까지 소리가 요란했다.(★편 사진 참조)

새벽 예배를 마치고 나오는데 교회에 인접한 맞은 편에 49 순교자 교회가 있었다. 이곳은 기독교 신앙을 지키기 위하여 목숨을 바친 마흔 아홉 분의 순교자 뼈가 한곳에 묻혀 있는 교회를 바라보니 마음이 숙연해지는 곳이었다.

이곳에서 종탑 바로 옆에 도서관이 있어 들어가 보았다. 알렉산드리아

도서관에서 옮겨와 소장하고 있는 성경 사본을 비롯해서 많은 장서를 볼 수 있었다. 약 6천권의 성경 사본이 있었으나 영국과 불란서 등지로 유출되어 지금은 약 500여권 밖에 되지 않는다고 했다.

나는 광활한 사막 가운데 수도원은 삭막하기 그지 없을 줄 알았는데 느티나무가 무성하고 참새떼가 자연을 찬미할 수 있는 공간에 교회의 십자가, 아름다운 정원, 온갖 수목이 무성한 자연속의 수도원이 나에게 무척 감동을 주었다. 나는 사막에 세워진 수도원의 새 아침에 죄악이 관영(貫盈)한 바깥 세상과 격리된 소망의 천국인양 수도원 안에서 흐뭇한 감회에 침면(沈湎)하게 되었다.

아기 예수 성가족은 이곳 와디 엘 나투룬에서 카이로의 엘 마타리아로 가는 도중에 기자의 사막지역에 위치한 세계 7대 불가사의한 대표적인 유적인 "피라미드"(Pyramid)를 틀림없이 눈여겨 바라보았을 것이라 짐작이 간다. 이집트의 "피라미드를 보지 않고서는 이집트에 대해서 이야기 하지 말라"는 말이 있을 정도로 유명한 관광지가 피라미드이다.

기자 지역의 불가사의한 피라미드(Pyramid)는 주전 2,680년에 조세르왕이 세웠다. 이집트 사람은 사후 세계에 대한 믿음이 곧 신앙이었고 사후 세계를 위한 네크로 폴리스(Necropolis, 무덤지대)를 대단히 중요시 했다. 피라미드는 옛 왕조시대(제3왕-제4왕인 주전 2690-2270년)에 건축되었다. 아브라함이 하란을 떠나 이스라엘에서 애굽으로 들어오기 전에 피라미드가 건축되었다.

스핑크스(Sphinx)는 본래 무덤을 지키는 수호신이다. 주전 2,650년경 고대 왕국 제4왕조 때에 카프레왕의 스핑크스인데 피라미드 중에 두 번째의 피라미드에 가까이 있다. 스핑크스 앞에는 꿈의 비석이 세워져 있어 주목된다. 그 비석은 모세의 열 가지 재앙 중 마지막 재앙으로 아문호텝 2세의 장자가 죽고 둘째 아들인 툿트모세 4세가 왕이 된 고증이 되고 있다.

세계 각국의 관광객들이 모여들어 붐비고 있다. 나도 카이로에 체류하면서 여러 차례 관심을 가지고 피라미드와 스핑크스를 돌아보았다.

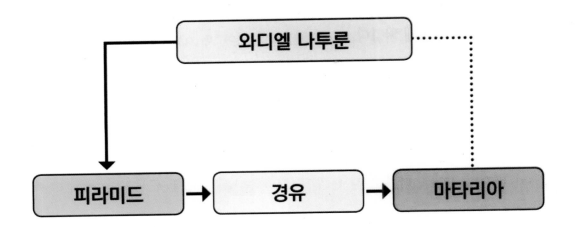

이집트 수도원 분포도(재)

   나는 이집트 동부사막에 위치한 세계 최초의 수도원인 성 안토니수도원 (The monastery of St Anthoney)을 탐방하기 위한 준비를 하면서 무척 고심을 했다. 왜냐하면 카이로에서 수도원까지 약 300km가 되는 먼 거리였기 때문이다. 더욱 승용차가 아닌 대중 교통수단인 버스를 이용해야 했다. 그 광활한 사막을 횡단하는 버스가 하루에 4회 정도 운행되고 있었기 때문이다. 그렇지만 세계 최초의 수도원 탐방을 포기할 수가 없어 용단을 내렸다.

   카이로의 람세스역에서 기차를 타고 140km 거리의 나일강변의 베니수에프 역에서 하차하여 버스를 이용하려 했다. 베니수에프 역의 사무실에 들어가 수도원가는 길을 물었다. 그런데 베니수에프 도심의 가까운 곳에 성 안토니수도원과 성 바오로수도원이 있다는 것이다.

　설명을 다 듣고 나서 베니수에프의 두 곳 수도원부터 답사하는 것이 좋겠다 싶어 두 곳을 찾아갔다. 이곳은 성 안토니의 고향 땅이기 때문에 수도원이 세워져 있었다. 성 안토니 수도원에서 1박을 하며 침식을 친절히 제공 받았고, 수도사가 나의 목적지 동부사막의 성 안토니 수도원으로 가는 교통수단을 상세히 설명해 주었다.

　다음날 아침 일찍이 사막을 횡단하는 버스 정류장에서 버스에 승차하여 약 177km를 달려가 성 안토니 수도원에서 멀리 떨어진 도로 앞에서 하차를 했다. 그곳에서 한참 기다렸다가 다시 수도원에 들어가는 승용차에 동승하여 약 1.2km 거리의 수도원 정문을 지나 수도원 안내소에 도착하여 2박3일간의 탐방을 위한 수속을 마쳤다. 그곳에서 숙소를 지정받아 여장을 풀었다. 숙소는 수도원 담장 밖의 단층 건물이었다.

　그날 오후 날씨가 얼마나 덥던지 이마에 땀이 흘렀다. 바깥에 펼쳐진 사막은 지열의 신기루가 넓은 모래사막을 뒤덮었다. 나는 해가 지기 전에 수도원 담장 안의 성 앙토니교회, 성 마가교회, 성 마리아교회, 성 바오로교회와 도서관 등 여러 곳을 수도사 안내로 설명을 들으며 탐방했고, 수도사들의 새벽기도에 2일간 같이 참석했다.

　성 안토니교회는 주후 15세기말 베두인이 습격하여 수도사를 전부 몰살시키려고 수도원을 점령하여 이 교회를 부엌으로 사용했기 때문에 시커멓게 그을렸고 이 때에 수도원에서 소장하고 있던 진귀한 성경사본 등 많은 자료들이 유실되었다고 한다. 현재의 도서관에는 1,600여 점의 장서가 소장되어 있었다.

기독교 교회사의 최초 수도원

성 안토니 수도원 정문

성 안토니 수도원내 성 바오로 교회(1997.7.26. 김흔중 촬영)

성 안토니(St Anthoney, 향년 105세)는 수도원의 창시자로 주후 251년 지금의 베니수에프(Beni Suef)의 부유한 가정에서 태어났다. 그는 18세에 부모가 세상을 떠나자 부모의 많은 재산을 상속 받게 되었다. 그런데 어느날 성경의 마태복음 19장을 읽게 되었다.

성경에 "그 청년이 가로되 이 모든 것을 내가 지키였사오니 아직도 무엇이 부족하니이까 예수께서 가라사대 네가 온전하고자 할진데 가서 네 소유를 팔아 가난한 자들에게 주라 그리하면 하늘에서 보화가 네게 있으리라 하시니 그 청년이 재물이 많으므로 근심하며 갔다"(마 19:20-24)라는 성경 말씀이 자기에게 말씀하는 것으로 생각 되어 깨닫게 되었다. 그래서 자기의 많은 재산을 팔아서 가난한 자에게 나누어 주고 광야의 산속에서 20여년 동안 은둔생활을 했다. 그에게 한 누이가 있었는데 그녀도 수녀원에 보내졌다.

초기 기독교 동방정교회에서 혼자 광야에 나가 숨어서 은둔생활(隱遁生活)을 많이 했는데 이들을 은수사(隱修士)라고 불렀다. 주후 305년 안토니는 은수사를 모아 은수사원(隱修士院)을 세우고 수도복을 입게 했는데 이것이 수도원(修道院)의 효시(嚆矢)가 되었다.

그후 4세기 중엽 알렉산드리아의 주교 아타나시우스는 수도원의 규칙을 제정하여 체계화 하였고, 파고미우스는 이것을 발전시켜 수도원 주위에 담을 쌓아 세속과 단절시켜 금역제(禁域制)를 만들었다. 성 안토니 수도원은 요새처럼 흙돌의 담벽을 10m 높이로 쌓아 외부의 습격에 대비한 수도원을 만들었다.

이집트의 수도원은 높은 담벽을 튼튼히 높이 쌓고 아주 작은 출입대문을 달아 안에서 잠그면 밖에서 파괴가 불가능하도록 완벽하게 제작되어 있다. 본래 수도원으로 들어가는 출입문이 없이 담벽을 쌓고 담벽 위로 바구니를 이용하여 사람과 물건을 실어 올리고 내렸다고 한다.

성 안토니는 주후 311년 기독교에 대한 박해가 심할 때 알렉산드리아에 가서 신도들을 격려하고 많은 기적을 보여주어 "황야의 별"이라는 말을 들었다고 한다. 그가 길러낸 제자들이 많이 있는데 그 가운데 성 아타나시우스(St Athanasius)를 비롯하여 성 마카리우스(St Macarius), 씨릴(Cyril), 성 아마타스(St Aamatas) 등이 있다.

성 안토니는 나이 61세가 되던 주후 312년 지금의 수도원 뒤의 1.6km 되는 지점에 높은 콜줌산(Mt Kolzoum, 약 300m) 정상에 가까운 곳에서 자연동굴을 발견하고 그 동굴에서 수도생활을 시작하여 약 44년간을 수도하다가 105세에 죽음으로 유해는 수도원에 봉안되어 있다. 성 안토니수도원의 백미(白眉)는 성 안토니가 콜줌산에서 수도생활을 하던 기도동굴이다.

참고
베니수에프에도 성 안토니 수도원과
성 바오로 수도원이 있어 두 곳을 탐방했다.
(1997년 7월 25일 김흔중 목사)

성 바오로 수도원

가장 특출한 바로 성 바오로 수도사 이다.

성 바오로 수도원(The monastery of St. Paul)은 수에즈 시(Suez City)에서 남서쪽으로 80km, 수에즈 만에서 내륙으로 30km 거리에 위치하고 있다. 또한 수에즈 만과 인접한 이집트 사막지대의 콜줌산(Mt Kolzoum) 동쪽 기슭에 위치한 수도원이며 성 안토니 수도원은 콜줌산(Mt Kolzoum) 서쪽 기슭에 위치한 수도원이다.

성 안토니 수도원에서 성 바오로 수도원을 가려면 높은 콜줌산(Mt Kolzoum)이 험하여 산으로 넘어갈 길이 없고, 산의 주변에 도로가 없어

갈 수도 없다. 오직 멀리 우회의 도로로 가야만 한다.

나는 성 안토니 수도원을 아침 일찍이 출발하여 성 바오로 수도원 탐방을 위해 수도사의 협조를 받아 승용차에 동승을 했다.

내가 동승한 승용차는 사막 도로를 따라 달렸고 홍해의 해안도로(수에즈시-후루가다)를 만나는 그곳에서 나는 하차했다. 다시 다른 차편을 두 번 갈아 타고 성 바오로 수도원에 어렵게 도착했다. 수도원 관리사무소에서 숙소 배정을 받고 잠시 쉬었다. 이어 수도원의 수도사에 의해 친절한 안내를 받으며 탐방을 했다.

수도원 내에는 성 바오로교회, 수도사 숙소, 망루, 정원이 있으며 교회 내에는 성 바오로의 묘소, 성 바오로 성소, 성 안토니 성소가 있다.

또한 산 기슭으로 올라가면 12세기에 지어진 식품저장소와 18세기에 지어진 성 마르쿠리우스교회(The church of St, Mercurius)와 성 미가엘교회(The church of St, Michael0가 있다.

성 바오로 수도원은 과거에 순례자가 많이 찾아 왔지만 성 안토니수도원 보다 순례자도 적고 관심이 적은 것 같았다. 그러나 기독교인이면 한 번 순례할 필요성이 있는 수도원이다. 성 바오로는 성 안토니보다 나이가 23세가 많고, 성 안토니보다 36년 전에 일찍이 이곳의 동굴에서 수도생활을 했다. 그는 80년간 수도생활을 하면서 성 안토니도 만나게 되었다.

성 바오로의 36년간 동굴 수도는 성 안토니에게 큰 영향을 주었으며 성 안토니의 콜줌산 동굴 수도와 성 바오로의 동굴 수도가 쌍벽을 이루었다는 사실을 나는 현지에서 알게 되었다. 성 바오로는 주후 228년 알렉산드리아의 부유한 가정에서 태어났다. 그러나 그의 아버지가 남긴 매우 많은 유산을 형에게 남기고 죽었다. 그들은 유산(遺産) 때문에 다투고 재판을 받아야 했다.

그는 어느 날 길을 가다가 부자의 장례식 광경을 보고 삶에 변화를 가져

왔다. 그는 도시를 떠나 3일 동안 버려진 무덤 곁에서 주님께 기도하며 가야할 길을 보여달라고 간절히 간구했다. 주님은 천사를 보내어 그를 동쪽 사막으로 인도했다. 그는 홍해가 내려다 보이는 네므라산(Mt Nemra)의 꼭대기에서 거하면서 누구와도 만나지 않고 80년 이상의 수도생활을 했다. 그의 의복은 단지 종려나무의 가지와 잎이었고, 음식은 까마귀가 매일 빵 반덩어리를 물어다 주어 먹고 지냈다.

주님께서 성 바오로의 신성함을 계시하기 위하여 성 안토니를 그의 동굴로 인도하였다. 그들은 만나 장시간 대화를 나눴고 저녁 무렵에는 까마귀가 날아와 그들을 위하여 빵 한덩이를 떨어뜨려 둘이 나눠 먹었다. 이때 성 바오로는 성 안토니가 진실한 하나님의 사람임을 깨달았다.

성 바오로는 죽음이 가까이 왔음을 깨달았을 때 성 안토니에게 알렉산드리아의 교황 아타나시우스(Athanasius)의 사제복을 가져오라고 부탁했다. 성 안토니가 사제복을 가지고 돌아 오는 길에 그는 천사가 성 바오로의 영혼을 천국으로 데려가는 것을 보았고, 그가 동굴에 도착했을 때 성 바오로는 이미 죽어 있었다.

그는 무덤을 어떻게 팔 것인가를 생각하고 있는 동안에 두 마리의 사자가 와서 무덤을 발로 파주었다. 그는 성 바오로의 시신을 사제복으로 싸서 묻었다. 그리고 성 바오로의 옷을 아타나시우스 교황에게 보냈고, 그 옷을 크리스마스와 부활절에 입었다.

성 안토니와 성 바오로가 함께 나란히 그려진 성화를 많이 볼 수 있다. 또한 성 바오로의 초상화에 야자나무 가지와 잎의 옷을 입고, 머리 위에 빵 반조각을 물은 까마귀 한 마리가 있고, 왼발 앞에 사자 두 마리가 그려져 있음을 볼 수가 있다(참조, 초상화).

성 바오로 수도원이 베두인의 습격을 받아 수차례 존립의 위기에 처해 있다. 주후 1484년 베두인 침입으로 수도사 대학살의 참상을 겪은 뒤 폐허가 되었지만 1970년대에 이집트 콥티 주교 슈노더 3세(Pope She-nouda Ⅲ)에 의해 수도원이 복구되고 수도사가 파견되어 옛날의 번영을 되찾았다.

나는 수도사들과 새벽 예배에 참석하려고 일찍 일어나 밖으로 나갔다. 수도원 뒷산 넘어 하늘에 운동장 보다 더 큰 원형으로 달무리처럼 환한 불이 밝혀져 있었다. 혼자 깜짝 놀아서 바라보고 있었다. 바로 산뒤에는 성 안토니 수도원이 있는데 혹시 수도원의 전기불일까 생각도 해 보았지만 전기불일 가능성은 전연 없었다. 얼마 뒤에 환한 달무리 불빛이 사라졌다. 주님께서 직접 나의 눈에 보여주신 환상이라 믿었다.

서둘러서 교회에 가서 동석해 수도사들과 예배를 마치고 나오니 여명이 서서히 밝아지고 있었다. 나는 숙소에 들어가지 않고 숙소에서 떨어진 낮은 반석의 바위에 올라 앉아 찬송가 책을 펴서 찬송(아침 해가 솟을 때 만물 시선하여라)을 부르기 시작했다. 그때 마침 전방 약 100m 전방에 가로 지른 도로에서 낙타 일곱 마리가 일렬로걸어가고 있었다. 나의 찬송 소리를 듣자 마자 일곱 마리가 동시에 긴 복을 오른쪽으로 꺾어 방향을 전환하여 나를 바라보자 마자 일제히 뛰어 산 모퉁이로 사라졌다.

지금도 성 바오로 수도원 뒤 산넘어 운동장만한 크기의 붉은 달무리 그리고 일곱 마리 낙타가 나의 찬송 소리에 놀라서 뛰는 모습이 눈에 선하다.

나는 성바오로 수도원의 탐사를 1박2일간 잘 마치고 카이로 나의 임시 거처로 출발해야 했다. 수도사의 협조로 후루가다로 가는 승용차에 동승해서 홍해 해안도로에 도착했다. 이곳에서 후루가다 반대 방향인 수에즈 항구를 경유하여 카이로에 가고자 했다. 오래 기다려도 대중교통 수단이 없었다. 이제 아무 차편이든 편승하는 수밖에 없어 마침 대형 화물차가 오길래 손을 들었더니 정차해 주어 편승을 요청했더니 마침 조수석이 비어 있어 타라는 것이다.

아주 큰 대형 화물차인데 화물을 싣지 않은 빈차였다. 이곳에서 수에즈 항구까지는 약 150km가 되는데 앉은 좌석이 높아서 내륙을 스치며 전부 바라보고, 홍해 푸른 바닷물을 계속 바라보면서 모세가 출애굽할 때 홍해 바다의 현장으로 가고 있었다.

너무나도 상상 밖의 신기함을 체감했다. 왜냐하면 승용차나 버스를 탔다면 창문을 통해 한정된 좁은 시야로 볼 수 밖에 없는데 화물차의 높은 좌석에서 앞과 좌우를 동시에 볼 수 있었기 때문이다. 휴게소에서 휴식을 하는데 의당 내가 커피 대접이라도 해야 했다. 그러나 운전기사가 나에게 융숭한 대접을 했다. 오후 4시경 수에즈 항구 도시에 도착했다.

운전기사는 화물차를 차고에 주차해 놓고 자기 집으로 나를 안내하는 것이다. 무척 망설였으나 진심어린 초청인 것 같아 따라갔다. 부인과 아들 딸 남매가 반갑게 맞아 주었다. 거실은 아랍인들의 특유한 장식으로 꾸며져 있었다. 그 곳에서 빵종류와 과일의 푸짐한 대접을 받았으나 내가 줄 선물은 없었다.

마침 내가 쓰고 있던 짙으누 초록색 모자를 보고 무척 좋다는 말을 했기에 모자를 선물로 주었더니 무척 좋아 했다. 나는 6시경 수에즈 항해에 가서 홍해바다 물에 손을 담그고 모세를 연상해 보며 손을 씻었다. 이어 버스정류장에서 카이로행 버스에 승차했다. 화물차 운전기사는 버스가 출발할 때 손을 흔들어 전송해 주었다. 아랍인이지만 너무나 감사해서 그들 가족사진을 지금도 바라보곤 한다.

회고록(제2장-2)

김흔중 찬가모음집

목차

나를 택해주신 하나님

김흔중 시 / 김광진 곡

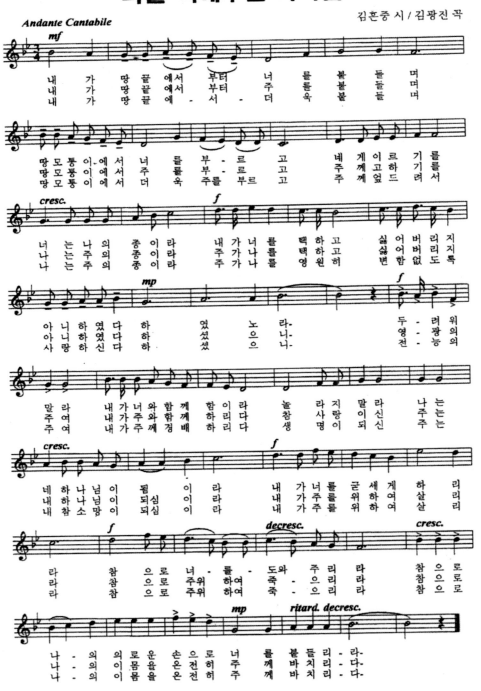

(제1절은 이사야서 41장 9,10절)

…

골고다 언덕의 종소리

김혼중 작사 / 김광진 작곡

저 거치른 광야에

김흔중 작사 / 김선미 작곡

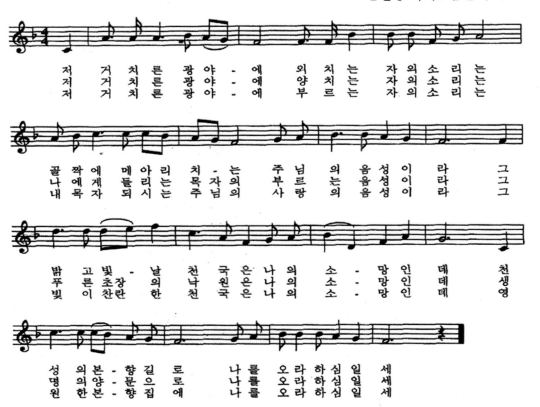

저　거치른　광야－에에　외치는　자의소리　는
저　거치른　광야－에에　양치는　자자의소리　는
저　거치른　광야－에　부르는　자의소리　는

골짝에　메아리치－는　주님의음성이이　라라　그그
나에게들리시는　목자의　부르는의음성이이　라　그그
내목자되시는　주님의　사랑의음성이　라

밝고빛－날　천국은　나의소－망인데　천생영
푸른초장의　낙원은　나의소－망인데
빛이찬란한　천국은　나의소－망인데

성의본－향길로　나를오라하심일세세
명의양－문으로　나를오라하심일세세
원한본－향집에　나를오라하심일세

겟세마네 동산에

김흔중 작사 / 김선미 작곡

겟세마네 동산에 예수님이 꿇어엎드려
겟세마네 동산의 바위 위에 꿇어엎드려
겟세마네 동산에 나 홀로 무릎꿇고서

땀 흘려 핏방울이 맺히도록 기도할때
십자가에 달리실것 아시면서 기도할때
감람나무 숲속에서 간절하게 기도할때

예수님이 깨어서서 기도하라 당부했건만
예수님이 시험에 들지말라 경고했건만
갈보리산 언덕에 못박히신 주만보이고

함께한 제자들은 모두가 단잠에 빠졌으니
잠자는 제자들은 마귀의올무에 걸렸으니
영원한 길이시요 진리와 생명이 되시니

안타까움은 내마음속에 아픔이 되었네
그불순종은 내마음속에 상처가 되었네
늘깨어서 기도하며 늘경성하려네

669

감람산 정상에 올라

김흔중 작사 / 김선미 작곡

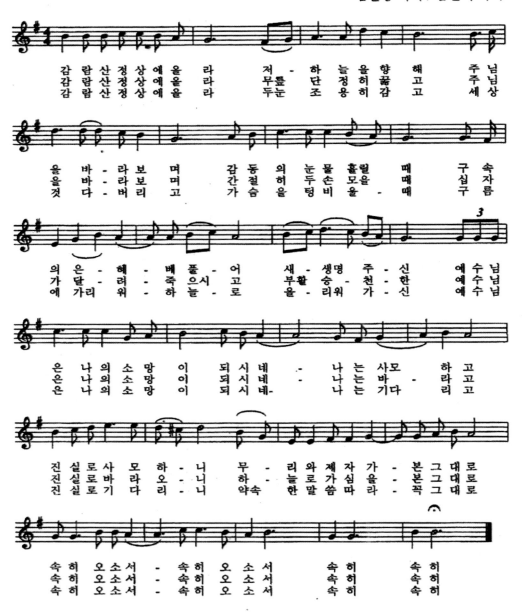

갈릴리 바닷가에서

김흔중 작사 / 김헌경 작곡

갈 - 릴리바닷가에 서 예 수 님 얼굴을뵈올 때 때
갈 - 릴리바다가운데 예 바람 이무섭게설렜 네 네
갈 - 릴리바다위 - 에 어 - 두운밤은깊은 데

찬 - 란한영광 은에 하늘끝까지퍼 - 졌네네
예 수 님의말씀 에 성난풍랑도 잔잔했 되어
주 - 님의참빛을 캄캄한밤에등 대

사 랑의음 - 성으 로 나를오라부 - 르시 니 예 수
구 원의능 - 력으 로 오른손울내 - 미시 니 예 수
영 원한생 - 명길 로 부르시고인 - 도하 니 예 수

님 의뒤를좇 아 영 원 히게따르리 라
님 의손을잡 고 영 힘차게끝까지따라가 리
님 만바라보 며 끝 까 지따라가 리

아기예수님 피난길 순례

김흔중 목사 작사 / 김광진 목사 작곡

Moderato (♩=72)

저 하늘에 별들이 베들레헴에 반짝 이는데 아기예수는 멀리멀리
저 영롱한 별들이 말구유위에 빛나는데 아기예수는 멀고먼곳
반짝이는 별들이 목자들판에 속삭이는데 아기예수는 멀고먼곳

떠 - 나야했네 마리아의 포근한품에 안겨 요셉이 이끄는 나귀를 타고
타 - 향을향해 그 옛날에 요셉이살던 곳에 요셉이 이끄는 나귀를 타고
애굽에 가시니 그 옛날에 야곱이살던 곳에 모세가 이끄는 그 백성들은

낮선은 애 - 굽 땅으로 가셨네 끝없는 사막길을 걸 - 음 때
땅설고 물다 - 른 곳으로 가셨네네 뜨거운 햇살이 - 쏟아 질때
가나안복 - 지 땅으로 떠났네 그들의 고통과 - 긴한 숨을

천사들이 강보를 감싸니 아기예수의 광채는 더욱 빛났네
구름으로 지붕을 삼으니 아기예수의 얼굴은 더욱 평안 해
하나님이 들으신 그 곳에 아기예수는 또다시 찾아 가셨네

그 때에 쉬셨던 곳곳마다 십자가높이 서있고 영광이넘치네네
그 때에 누이신 곳곳마다 찬송이울려 퍼지고 기쁨이넘치네
그 때에 머무신 곳곳마다 사랑의종이 울리고 은총이넘치네

(후렴)

영원하신 발자취의 거룩한곳을 찾아 아기예수를 찬양하리

라 찬양하리 라

※가창할 때 주의점

1) 둘째 줄 첫마디 다섯 잇단음을 천천히 할 것

2) 다섯째 줄 둘째마디 다섯 잇단음을 분해하여 와 을 천천히 같은 속도로 부를 것

3) 전체를 천천히 불러도 리듬이 빨라서 빠르게 들림
   ♩=72 를 고수하여 빨리 하지 말 것

저 산에 해 돋을 때

김훈중 작사 / 김광진 작곡

저 산에 해 – 돋을 때 이 땅에 어둠 사 라 져
십 자가 보 – 혈 – 로 모 든 죄 씻어 주셔 서
오 늘도 변함 없 – 이 생 명의 말 씀 주셔 서

반석 위 의 양 문 교회 에 새 아 침이 밝 아 오 고
피로 세운 양 문 교회 에 에 천 국 백성 모 – 였고
시 – 온의 양 문 교회 에 생 명 수의 강 흐 르 고

이 이 – 은 혜 의 동 산 에 주 님 의 사 랑 넘 치 니 니
이 이 – 구 원 의 동 산산 에 에 주 님 의 은 총 넘 치 니 니
이 – 찬 란 한 동 산 에 주 님 의 영 광 빛 나 니

우 리 모 두 하 나 되 – 어 거 룩 하게 경 배 하 세
우 우 리 모 두 하늘 높 – 이 영 광 돌려 찬 송 하 세 세
우 리 모 두 밝 아 오 – 는 새 땅으로 들 어 가 세

'수원 양문교회'를 개척하고 교회가(教會歌)의 찬송을 만들었다.
(1998. 12. 6. 담임목사 김훈중 작사. 김광진 목사 작곡)

축복하여 주소서

김흔중 작사 / 오진득 작곡

Slowly

새 아침 이 이 밝아 오 고 동 이 트 는 데 수 평 선
흰 구 름 이 이 흘러 가 고 한 하 늘 푸 른 른 데 숲 속 에

에 서 둥 근 해 는 미 소 를 짓 네 오 늘 은 은 즐 거 운
께 산 새 들 도 경 배 하 며 감 사 를 드 리 네 오 오 늘 은 은 즐 거 운

날 기 쁨 이 넘 치 는 날 주 님 의 은 총 으 로 소 내
날 기 쁨 이 넘 치 는 날 주 님 의 은 혜 로 사

망 일 의 돛 을 달 신 고 행 복 의 의 나 라 로 두 둥 실 떠 가 리 리
랑 의 꿈 을 나 래 펴 고 행 복 의 의 나 라 로 힘 차 게 날 아 가 리

1.2.
니 하 나 님 아 버 지 여 축 복 하 여 주 소 서
니 하 나 님 아 아 버 지 여 여 축 복 하

3.
여 주 소 서

승리의 노래

김흔중 작사 / 이운환 작곡

동 해의 푸른바다 우리-의요 람
영 일만 넓은터전 우리-의요 람

성 난파도 헤치며 목숨을걸었 다
험 -한길 헤치며 피땀을흘렸 다

힘 차게 퍼져라 진군의나팔소 리
드 높이 외쳐라 환호의함-성 을

조 국을 지키러 해병은간 다
무 적의 해병을 누가당하 랴

(후렴)
뭉 쳐라 돌진이다 3 연대건아 들

승 리-는 우리의것 1 대대용사 들

대대장 중령 김흔중

675

3중대 용사들

김흔중 작사 / 백대웅 작곡

힘차고 씩씩하게

온 세계 주름잡는 대한-의아-들
아 세아 밝은터전 평화-의사-도

무 적의 해-병정신 가-슴에-안 고
조 국의 명-예-를 가-슴에-안 고

장 글을 누비-면-서 베트콩찾-아
장 글을 헤치-면-서 베트콩찾-아

용 맹을 떨-친-다 청룡의건-아
땀 방울 흘-린-다 정의를위-해

보 아라 장-하다 씩씩한기-상
보 아라 장-하다 씩씩한기-상

승 리는 여기있다 3중 대용사 들
승 리는 여기있다 3중 대용사 들

월남전장의
3중대 상황실
(1968.3.5)

고노이 개선가

김흔중 작사 / 이병호 작곡

씩씩하게 (♩=118)

월 남 땅 에 진 군 한 대 한 의 용 사 들
헬 - 기 로 상 륙 한 청 룡 의 용 사 들

상 - 승 의 전 통 으 로 장 글 을 누 비 며
무 - 적 의 용 맹 으 로 장 글 을 헤 치 며

성 난 해 병 가 는 곳 에 오 직 승 리 뿐
베 트 콩 을 짓 밟 - 아 승 리 했 으 니

그 이 름 장 하 다 고 노 이 섬 작 전
그 이 름 장 하 다 고 노 이 섬 작 전

베리아 상륙전가

김흔중 작사 / 이병호 작곡

경쾌하게 (♩≒118)

월남땅을 주름잡는 대한의-건 아
성난파도 넘고넘어 상륙한-청 룡

무-적의 해병정신 솟구쳐-올 라
상-승의 해병정신 용솟음-쳐 서

베리아 반도의 베트콩무-찔 러

승리했다 베리아 상륙작 전

베트남, 베리아 해안

정글 속 전선의 밤

김흔중 작사 / 진송남 작곡

인생길이 험한들 정글보다 더하리
높은산이 험한들 정글보다 더하리
파도더미 험한들 정글보다 더하리

부슬비는 하염없이 철모를 적시는데
베트콩의 총소리에 이 가슴 조이는데
함포소리 요란하게 적진에 터지는데

포성을 자장가 삼아 향수에 젖는다
조명탄 쏘아 울려 밤하늘 밝힌다
정글을 지붕 삼아 이 밤을 지샌다

그리워라 고국산천 수만리 먼곳에

이 밤도 잠 못 이룰 내 사랑 그립다

풍어의 연평도

김흔중 작시 / 길옥윤 작곡

바다에 우뚝 솟은 연평섬 마을
서해에 황금어장 연평앞바다

살기좋은 복된터전 즐거운곳에
풍요로운 삶의터전 낭만의고향

고기떼 모여든다 배를떠우자
갈매기 모여든다 노래부르자

어기여차 어기여차 노를저어라
어기여차 어기여차 장단맞춰라

오늘도 수평선에 희망은있다
영원한 회망속에 기쁨이있다

▲ 연평도 앞 바다에서 바라보이는 소연평도 (1983.8.18)

海兵學校 第45期 期歌

김훈중 작사 / 임광원 작곡

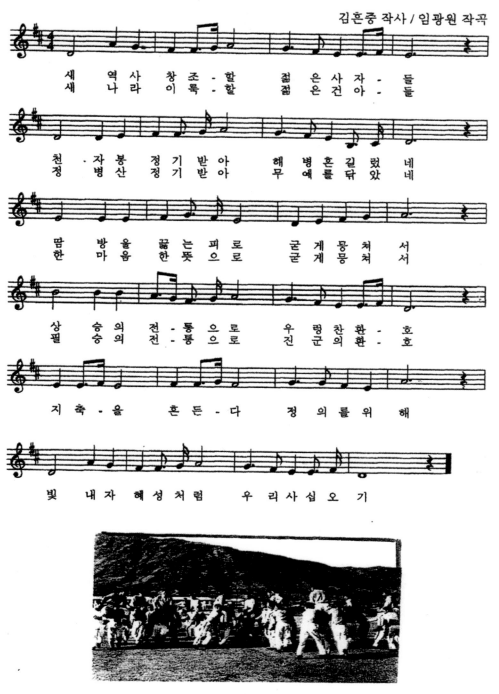

새 역사 창조ㅡ할 젊은사자ㅡ들
새 나라 이룩ㅡ할 젊은건아ㅡ들

천ㆍ자봉 정기받아 해병혼길렀네
정ㆍ병산 정기받아 무예를닦았네

땀방울 끓는피로 굳게뭉쳐 서서
한마음 한뜻으로 굳게뭉쳐 서서

상승의 전ㅡ통으로 우렁찬함ㅡ호
필승의 전ㅡ통으로 진군의환ㅡ호

지축ㆍ을 흔든ㆍ다 정의를위해

빛 내자혜성처럼 우리사십오기

▲ 젊음을 자랑하는 기마전 (1970.5.25)

진혼가

김흔중 작사 / 백태웅 작곡

조국을위해 산화한 피우지못한 꽃봉오리여
조국을위해 몸바쳐 충성을다한 젊은용사여

암혹의장막 걷으시-고 서광의하늘문을 여셨네
악몽의어둠 물리치-고 서광의새아침을 밝혔네

태극기는중앙청-에 또다시휘날리-고
태극기는이강산-에 또다시휘날리-고

비둘기는남산위-에 평화로이날-으-니 아-
무궁화는동산위-에 찬란히피었-으-니 아-

-그-날- 감격의눈물은 흐-르-고 초목도흐느꼈-
-그-날- 승리의함성은 드-높-고 환호는물결쳤-

네
네 장하도다 호국의영령이여 젊은해병혼이

여 한많은 역-사-의 사연을잊으시고

고 이 잠드소-서 평안히쉬웁소-서

캄보디아 하늘에

김훈중 목사 작사 / 김기웅 교수 작곡

March Tempo

캄 보 디 아 하 늘 에   주 의   영 광 빛 나 니 니   들-곳-
프 놈 펜 의 거 리 에 에   주 의   사 랑 넘 치 니 니   이 땅 위 에 십 자 가   높-이 서 있 으 니

-과   산-에 다   만 물 신 선 하-고
-곳   마-에 다   찬 양 울 려 퍼 지 고
-암   권-세   모 두 물 러 가-고

주 의 음 성 들 리 네   우 리 를 사 랑 하 사 며   주-주-
은 혜 의 단 비 내 려   우 우 리 는 기 뻐 하 하 신   사 랑 과 은 혜 넘 쳐   우 우 리 의 빛 이 되 신

-여   구-원   구 원 하 여 주 소 서 세
-께   감-사   찬-송 을 드 리 세
-께   영-광   영-광 을 돌 리 세

십 자 가 군 사 여   일-어 나 외 치 세   복 음

의 빛 비 추 고   평 화 의 종 울 리 세

▲ 캄보디아에 선교의 꿈을 심고 (2002.4.20)

새시대새사람의 노래

안경본의 노래

김흔중 작사 / 이병호 작곡

삼-천리 강-산에 새아침 이밝아 오느니
서-울의 남-산에 새무지개떠 오르느니
무-궁화 꽃-피워 새역사를창 조하느니

오-천년 역사빛 내려려 우리모 두모 였었다
진-천리의 빛을밝 히려려 우우리모 두모 였었
조-국의 통일이 루려 우우리모 두모 였었다

태 극 기 와 흔들고 애국가를 외쳐부 르며
자 유 의 흔평 화 를 노래함께 외외쳐 부르며
승 리 의 기 가 를 다함께 외외쳐 부르며

대 한 민 국 안 보와 경 제 다 시 살 리 자
대 한 민 국 안안보와 경경제 다 시시 살 리 자자
대 한 민 국 안 보 와 경 제 다 시 살 리 자

685

재향 호국 의병의 노래

김흔중 작사
김헌경 작곡

Moderato 씩씩하게

1.태 극 — 기 깃발 들고 성난 의병들 이 일어 섰다
2.호 국 — 의 모 여 — 라

애 국 가 부르며 우리가 조국 지키 자
애 국 심 솟구쳐 우리가 향토 지키 자

자 유 평 화 누리는 대한 민국 영 원 영원 하 — 라

뭉 치 자 재향 호국 의 병들 이여 만 세 만 만 세

뭉치자 재향 호국 의병들이여
우 리 가 조국을 지키자
우 리 가 향토를 지키자
대 한 민국 만세 만만세!

저 멀리 아름답고

작사 김흔중 목사
작곡 이병호 목사

저 에에서니 / 멀리 땅국고시 / 리아 새천쎘주
저 멀리 / 저이천 / 멀세성 / 리리상 / 아찬붉을 / 름란은여 / 답하죄시 / 고계를고 / 거톡빛나꼿깨접 / 한는이해 / 새천쎘주

새 다다다 / 부 니니니 / 흰 니니니 / 천 다다다
하늘 / 하름예 / 늘받복 / 로아을 / 찬감입 / 송사고 / 하하께 / 지지 / 며며금 / 들들 / 어어어 / 갑갑갑 / 니니니 / 다다다

찬송부르며 하늘나라로 가오

니 만복을 누리며 영생하게하소

서

(1997.8.25.).

저 멀리 아름답고

작사 김훈중 목사
작곡 이병호 목사

저 저 이 천
멀 리 세 성
아 름 란 상 문
답 하 죄 시 를
거 게 고
록 나 깨 빛 영 접
한 는 이 해
새 천 씻 주
땅 국 고 시
에 에 서 나

새 부 흰 천
하 름 예 사
늘 반 복 들
로 아 울 과
찬 감 입 함
송 사 고 게
하 하 지 지
며 며 금 금
들 들 들 들
어 어 어 어 어 어 어 어
갑 갑 갑 갑
니 니 니 니 니 니 니 니
다 다 다 다

미 고 슬 질
움 통 픔 병
이 이 이 이
없 없 없 없
는 는 는 는
하 하 하 하
늘 늘 늘 늘
나 나 나 나
라 라 라 라
로 로 로 로
가 가 가 가
가 가 가 가
오 오 오 오

니 니 니 니

사 은 자 만
랑 총 비 복
을 을 틀 을

베 베 베 베 베 베 베 베
푸 푸 푸 푸

사 사 사 사 사 사 사 사

축 평 위 영
복 안 로 생
하 여 합 하
안 여 계 하
주 주 주 주
소 소 소 소 소 소 소 소

서 서 서 서 서

(1969.9.20.)

우리들이 월남에

김 훈중 작사
김 현경 작곡

힘차게

1.우리 들이 월 남에　원 정 군의 사 명으로
2.맹호 부대 사기가　하늘 높이 충천하니
3.백마 부대 기상이　온천 하에 진동하니
4.청룡 부대 기백이　용솟 음쳐 치솟으니

조 국의 부름받 아　충 성스 런 용 사되어
평 화의 깃발들 고　비 호같 이 달 려가서
필 승의 화랑정 신　상 승불 패 용 맹으로
무 적의 해병정 신　귀 신잡 는 해 병들이

베 트 남의 정 글 속　전 투에 목숨 걸었 었 다

그 날의 참혹했 던　전 쟁을어찌 잊으 랴

-23-

689

등대 빛의 사명

작사 김혼중 목사
작곡 이병호 목사

진지하게

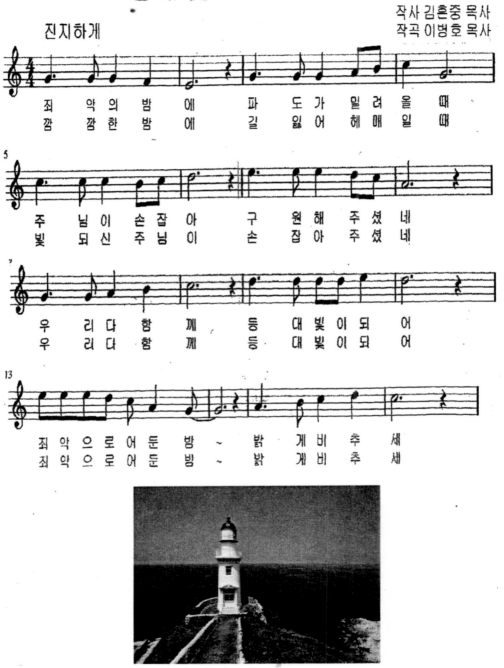

죄 악의 밤 에 파 도가 밀 려 올 때
깜 깜한 밤 에 길 잃어 헤 매 일 때

주 님이 손잡 아 구 원해 주 셨 네
빛 되신 주님 이 손 잡아 주 셨 네

우 리다 함 께 등 대빛이 되 어
우 리다 함 께 등 대빛이 되 어

죄 악으로어둔 밤 ~ 밝 게비 추 세
죄 악으로어둔 밤 ~ 밝 게비 추 세

축도[祝禱]

길이요 진리요 생명이 되시는 우리 구주 예수 그리스도의

크신 은혜와 독생자를 십자가에 달려 죽게 까지 하시며 우리를 구원해

주신 하나님 아버지의 극진하신 사랑하심과

보혜사 성령님의 내주, 충만, 교통, 역사, 섭리 하심이

우리 가족위에, 우리 이웃위에, 우리 민족위에, 대한민국위에,

세계 인류와 만방위에 이제로부터 세세무궁토록 영원히 함께

계실지어다.

아 멘

회고록

초판1쇄   2023년 5월 26일
지은이   김흔중
펴낸이   이규종
펴낸곳   엘맨출판사
등록번호   제13-1562호(1985.10.29.)
등록된곳   서울시 마포구 토정로 222
            한국출판콘텐츠센터 422-3
전화   (02) 323-4060, 6401-7004
팩스   (02) 323-6416
이메일   elman1985@hanmail.net
            www.elman.kr

ISBN   978-89-5515-064-3 03800

값 45,000 원